Kongresspolen
Russisches Reich
Lemberg/Lwiw
Barv
Czernowitz/
Tscherniwzi
Budapest
sterreichisch-Ungarische
Monarchie
Länder der ungarischen Krone,
administrativ: TRANSLEITHANIEN genannt.
Rumänien
Serbien
gowina
Teil der
ormal
rajevo
Österreich-Ungarische Monarchie
in den Grenzen um 1900
Cisleithanien: Die österreichischen Kronländer
Transleithanien: Länder der ungarischen Krone
Orte von Bedeutung für Das Blaue Klavier

Andreas Maleta

DAS BLAUE KLAVIER

Meiner Großtante
Martha Thonet gewidmet.

Anmerkung:
Der Einfachheit halber wird im folgenden Text meine Großtante Martha Thonet als »Tante« und ihr Mann Victor Thonet, mein Großonkel, als »Onkel« bezeichnet.

Andreas Maleta

DAS BLAUE KLAVIER

Ein langsames Kennenlernen der Vergangenheit

Von Wien über Mähren und Scheibbs nach Grado und Gmunden

Die Geschichte der Familien
Thonet, Scheid und Auchentaller
um 1900

Mit 89 Abbildungen

Ibera Verlag, Wien

2. Auflage 2024

Andreas Maleta: Das Blaue Klavier. *Von Wien über Mähren und Scheibbs nach Grado und Gmunden. Die Geschichte der Familie Martha und Victor Thonet.*
ISBN: 978-3-85052-414-8

Layout & Design, Covergestaltung: Andreas Maleta
Coverbild: amp-archiv, Galerie punkt12/Ver Sacrum 1901
Karte auf Innenseiten: amp, Wappen: gemeinfrei, CC, H.G. Ströhl.
Gedruckt in der EU.

www.ibera.at
www.dasblaueklavier.com

INHALT

Vorwort

VERGANGENHEIT HAT OHNE GESCHICHTE KEINE ZUKUNFT

DAS GLEICHE KANN NIE DASSELBE SEIN

Geschichte kann immer nur eine Annäherung sein – eine Annäherung aus der Gegenwart in die »Vergangenheit«. Sie ist eine reine Interpretation aus der Gegenwart, aus dem Moment heraus, in dem wir leben, fühlen, denken, »zurück« in eine Vergangenheit, die wir uns als ein kausales Konstrukt vorstellen und mit einer chronologischen Timeline ausstatten – also eins schön nach dem anderen. »Geschichtsschreibung« pur!

In unserer Erinnerung tickt allerdings keine Uhr, die Zeitabläufe in der Vergangenheit empfinden wir hauptsächlich »assoziativ«.

Deshalb ändert sich Vergangenheit immer nach dem jeweiligen momentanen Empfinden. Erinnerung ist Interpretation! Ihre Bedeutung ist Ergebnis von Alter und Lebenserfahrung – und je mehr man davon hat, desto reichhaltiger wird sie. So völlig unbedarft nähern wir uns meistens dem Fluss des Lebens, und er ist stets *der gleiche*, jedoch nie *derselbe*.

Selbst wenn wir also nicht genau wissen, wie es sich zugetragen hat, können wir oft durch Rückschlüsse, Assoziationen oder Querverweise erahnen, dass es so oder ähnlich gewesen sein könnte.

EINE ANNÄHERUNG

Ich bin kein Ahnenforscher. Eher Entdecker der Geschichte meiner Familie, aus Zufall, aus Neugier – und es begann 2007 mit dem Tod meiner Mutter. Einen Großteil meines Lebens habe ich im Ausland verbracht, in Amerika, im Mittleren Osten, in Indien. Die Geschichte meiner Vorfahren hat mich lange Zeit überhaupt nicht interessiert. Lieber unterhalb als oberhalb der Erde war meine Einstellung zu Onkeln und Tanten und anderen Anverwandten, auch wenn es davon in meiner Generation nur noch sehr wenige gab. Schließlich sucht man sich seine Verwandtschaft nicht aus – die hat man einfach.

So stand ich durch das plötzliche Ableben meiner Mutter von einem Tag auf den anderen in ihrem Haus vor den vollen Kästen der Vergangenheit. Was immer ich in die Hände nahm, kam mir fremd und unbekannt vor: alte Fotos auf Glasplatten von unbekannten Häusern und Räumen, Schriftstücke, in der früher verwendeten Kurrentschrift verfasst, und Namen von Personen, von denen ich kaum gehört hatte. Es dauerte einige Zeit, bis ich den »roten Faden« (eigentlich waren es mehrere) fand, der mich durch dieses anfängliche Durcheinander führen konnte. Völlig ahnungslos über die spätere Bedeutung war ich glücklicherweise bereits viele Jahre vorher in eine solche »Spurensuche« eingeschult worden.

In den 1990-Jahren lebte ich teilweise in den Vereinigten Staaten. Stan und Lynda, mit denen ich zusammenarbeitete, waren die Chefs eines kleinen Verlages im Bundesstaat Oregon. Mit typisch amerikanischem Pioniergeist hatten sie ihre gut bezahlten Jobs in der Computerindustrie in Kalifornien verlassen (Apple und Wang Computers), um etwas Neues, etwas Interessanteres aus ihrem Leben zu machen: einen Verlag, der sich mit dem »New Age[1]« beschäftigte. Schließlich waren wir alle damals von einer Art geistiger Aufbruchstimmung erfasst worden und offen für neue Ideen. Im Verständnis von Stan und Lynda war das »New Age« durch eine Verbindung von Verstand und Geist zu erreichen, um es ganz einfach auszudrücken.

Einmal saßen wir alle in Portland, der Hauptstadt Oregons, in einem der bekanntesten Lokale für die dort so typische »Pacific Northwestern Cuisine« zusammen. Ich liebte diese Küche mit den herrlichen Lachsgerichten und ihrem stark irischen Einschlag. Diesmal bestellte ich meinen geliebten Lachs mit einer speziellen Safransoße, die gerade an diesem Tag angepriesen wurde. Gutes Essen war hier im Nordwesten nicht unbedingt sehr teuer, hier war man eher bemüht, hohe Qualität zu liefern.

Stan hatte sich meiner Bestellung angeschlossen und als uns der Lachs serviert wurde und diese Safransoße so unglaublich gut schmeckte, fingen wir an, uns darüber zu unterhalten, wie wir eine solche Soße selbst zubereiten könnten. Stan und ich kochten gerne außergewöhnliche Speisen und unterhielten uns oft über solche Themen.

»*Na, Andy, versuch's doch mal mit ›Reverse Engineering!*[2]‹«, warf mir Stan so einfach über den Tisch zu und lachte. »Reverse Engineering?«, typisch Stan, dachte ich, der formulierte gerne in »Computer-Speak«: »*Na klar, das ist es! Wir verfolgen jetzt die Zubereitung vom Teller hier weg, zurück bis zum Anfang, also bis zum rohen Lachsstück und den Safranfäden*«, wies er mich an.

Ohne Unterbrechung ging es weiter: »*Was meinst du, auf welcher Basis ist die Soße zubereitet beziehungsweise gebunden? Eier, Mehl, Butter, mit Schlagrahm oder mit einem Lachsfond?*«, wollte Stan gleich darauf wissen und so begann meine erste echte Schulung im Zurückverfolgen von Vorgefundenem, in diesem Falle einer Speise – eben kulinarisches Reverse Engineering.

Was ich damals erkannte: Reverse Engineering ist gar nicht etwas Einzigartiges oder Neues, das haben nicht die heutigen Programmierer erfunden, nein, das hat es schon immer gegeben. Das beste Beispiel stammte aus der griechischen Mythologie: Es war der Ariadnefaden!

Als Theseus aufbricht, den wilden, stierköpfigen Minotaurus im Labyrinth zu töten, empfiehlt ihm Ariane einen Faden zu legen, damit er später wieder aus dem Labyrinth zurückfindet. Wir sprechen heute sogar noch von einem »roten Faden«, der uns zur Lösung eines Problems bringen kann. Solche Fäden stecken in den meisten Dingen, man muss sie nur finden: Manchmal sind sie stringent logisch, sehr oft allerdings völlig unlogisch, manchmal nur assoziativ, nicht in eine Zeitschiene eingebunden, sie sind fließend und unterliegen Funktionen, die man besser intuitiv aufspüren kann als mit der reinen Vernunft.

Im damaligen Umfeld der »New Age Bewegung« fiel mir der Umstieg von einem bloß kausalen »Reverse Engineering« der Programmierer hin zu einem allgemeingültigen Verständnis vom Zurückverfolgen der Dinge des täglichen Lebens ganz leicht.

Schnell eignete ich mir diese Methode an. Natürlich hatte ich damals noch keine Ahnung, welche bedeutende Rolle das »Reverse Engineering« für dieses Buch haben wird. Schließlich bekam ich viele solche »rote Fäden« in die Hand und konnte daher die Welt der Familien Scheid, Thonet und Auchentaller zurückverfolgen und leichter entschlüsseln.

DIE FAMILIEN-VILLA

Ich wuchs als Einzelkind in Wien auf, wohlbehütet mit Kindermädchen und ohne Sorgen. Mein Vater [3] stand als Politiker in der Öffentlichkeit und meine Mutter führte einen großen Haushalt mit Angestellten. Für mich fühlte sich das wie eine ganz normale Kindheit an, ich erfuhr keine Sonderbehandlungen, keine frühen Begabungen stellten sich ein, keine furchtbaren Krankheiten brachen aus.

Unser Leben wurde durch die prominente Stellung meines Vaters dominiert. Es kamen viele Besuche ins Haus, meistens Politiker oder Personen, die in der Öffentlichkeit standen. Für mich waren das alles langweilige Menschen. Verwandtschaft kam eher selten. Mein Vater hatte außer einem fast gleichaltrigen Neffen, einem Rechtsanwalt, den ich Onkel nannte, keine nahen Verwandten. Bei meiner Mutter gab es wenigstens einen Bruder, einen echten Onkel, er hatte drei Kinder in meinem Alter und wir trafen uns oft und verbrachten einen Teil der Sommerferien zusammen.

Ludwig Scheid, der Vater meiner Mutter, mein Großvater also, an den ich mich gerade noch erinnern kann, war früh verstorben. Er war der Jüngste in einer langen Reihe von zehn Kindern, wobei eine seiner älteren Schwestern, Martha genannt, in der Folge noch eine wichtige Rolle spielen wird. Die meisten anderen Geschwister waren bereits verstorben oder starben, als ich noch ein Baby war.

Thea Scheid, die zweite Frau meines Großvaters überlebte ihn um viele Jahre, kam aber nicht oft zu uns auf Besuch, eher besuchten wir sie. Als ich älter wurde, ging ich auch alleine zu ihr. Meine Großmutter war eine sehr strenge und ernste Person, die meinen schlechten Schulerfolg und meine Liebe zu den Beatles nicht sehr schätzte. Dafür hinterließ sie eine Familienchronik, die mir bei meinen Entdeckungen später sehr zu Hilfe kam.

Um die wenigen anderen sogenannten »Onkel« und »Tanten« machte ich einen großen Bogen, sie kamen und gingen, ohne einen tieferen Eindruck bei mir zu hinterlassen.

Ganz anders war es in den Sommerferien auf dem Land in Oberweis bei Gmunden. Dort befand sich ein stattliches Haus: die Familien-Villa, die anfänglich noch meinem Großvater gehörte. Wir nannten sie »Haus

Traunegg«, in der Umgebung allerdings war sie als »Thonet-Villa« oder »Scheid-Villa« bekannt. Mein Großvater hatte sie von seiner Schwester Martha geerbt, und diese war mit Victor Thonet verheiratet gewesen. Später wird dieses Haus meine Mutter bekommen.

Es war eine ziemlich große Villa, allerdings ohne Heizung. Die war im Krieg kaputt gegangen, und so nutzten wir das Haus nur in der wärmeren Jahreszeit. Ich erinnere mich noch an einen kleinen Eisenofen im Badezimmer, den wir in der Übergangszeit immer mit Holz beheizten.

Auch dieses Haus wurde durch die Präsenz meines Vaters und durch seinen Beruf als Politiker dominiert, doch ein leichter »Thonet-Touch« war selbst für mich zu bemerken: Tante Martha und Onkel Victor Thonet hatten viele, sonderbar gebogene Möbel hinterlassen. Erklärungen oder Erzählungen über die Geschichte des Hauses gab es wenige. Wenn von einer »früheren Zeit« erzählt wurde, dann waren es meistens die Erlebnisse meines Vaters aus der Kriegszeit, also seine Inhaftierung im KZ, dann als Soldat an der russischen Front und viele Details seiner politischen Karriere, die man heute noch in seinen Büchern nachlesen kann.

Meine Mutter erzählte kaum von früher, einen Teil der Kriegszeit vor 1945 hatte sie als junges Mädchen in dieser Villa verbracht, und damals lebte Tante Martha noch. Das Haus war voll von Verwandten meiner Mutter gewesen, die wegen des Krieges hierher geflüchtet waren. Ein paar lustige Geschichten kannte auch sie, aber oft wurde nicht darüber gesprochen.

Die Räume waren überladen mit alten, von früher übrig gebliebenen Dingen. Für mich als Kind gab es zwar viel Interessantes darunter, aber das Einzige, was ich immer hörte, war: »Pass auf! Gib Acht! Vorsicht!«

Dieses Haus schien meiner Mutter gar nicht zu gehören, sondern ausschließlich dieser gewissen »Tante Martha«, die irgendwann hier gelebt haben musste, jetzt aber nicht mehr da war und daher auch nichts reparieren konnte, falls ich etwas kaputt machen würde.

Ich saß auf Sesseln, deren Überzüge von Tante Martha entworfen und handgewebt waren, ich stellte mein Glas auf einen Tisch, der mit einem handgestrickten Tischtuch bedeckt war. Ebenfalls natürlich aus der Hand dieser bereits verstorbenen Tante. Und so ging es weiter, durchs ganze Haus, fast alles, was man berühren, begehen oder auf dem ich als Kind sitzen, liegen oder stehen konnte, hatte mit ihr oder ihrem

Mann zu tun, war mit Vorsicht zu verwenden oder von Kindern fernzuhalten.

Das Wertvollste von allem schien das Gästebuch zu sein. Es lag immer, für mich unerreichbar, in einer Schublade des Schreibtisches meines Vaters. Es wurde wie eine alte Bibel behandelt. Gerade, dass man sich vor dem Öffnen nicht bekreuzigte, dachte ich später spöttisch.

Nur die wenigen Male, als ich mich damals, noch als Volksschüler, selbst eintrug, durfte ich darin blättern. Es sah schon sehr beeindruckend aus: so viele Zeichnungen, Gedichte und geschwungene Unterschriften. Aber das Ganze war für mich sowieso unleserlich, also legte ich es wieder weg.

Tante Martha hatte dieses Gästebuch kurz nach ihrer Heirat mit Victor Thonet eröffnet. Es begann mit einer Eintragung 1903 und endete irgendwann 1946 nach dem Krieg. Später hatten meine Eltern einfach eine neue Seite aufgeschlagen und es weitergeführt. Ganz im Sinne dieser Vorfahren – in der Familie auch Ahnen genannt.

Als Kind begegnete mir meine »Ahnin« Martha Thonet immer wieder in der Bibliothek des Hauses, dort hing ihr Bild – ahnengerecht – in einem vertäfelten Wandverbau. Ein ziemlich großes Porträt einer sitzenden Frau in einem langen, weißen Gewand, über die Schulter hatte sie einen blauen Schal geworfen, dahinter befand sich ein Garten.

Gerne zeigte mein Vater dieses Porträt unseren Gästen und betonte immer wieder, dass es sich hier um Martha Thonet handelte. Die Thonets waren Möbelerzeuger im großen Stil gewesen und Victor der Leiter einer der Fabriken. Die »Gebrüder Thonet« lieferten damals ihre berühmten Möbel aus gebogenem Holz in jeden Winkel dieser Erde.

Dafür bemerkte meine Mutter immer so nebenbei, dass dieses Porträt von einem gewissen Onkel Pepi 1912 im Garten von Bistritz gemalt worden war. Der Ort Bistritz war in Mähren gelegen (heute Tschechien), südöstlich von Olmütz (Olomouc), und dort wohnte damals Tante Martha mit ihrem Mann.

Dieser Onkel Pepi, eigentlich Josef Maria Auchentaller, war mit Emma, einer anderen Schwester meines Großvaters, verheiratet gewesen. Daher war Emma auch eine Schwester von Tante Martha und beide verstanden sich sehr gut. Onkel Pepi hatte mit seiner Frau in Grado gelebt, wo sie eine Pension betrieben und Morgo, eine große Insel in der Lagune, besaßen. Bei der Erwähnung von Morgo wachte meine Mutter immer förmlich auf und erzählte, wie sie in ihrer Jugend einmal das Fortino, so hieß die Pension der Auchentallers, und auch Morgo besucht hatte. Sie schilderte den Pepi als lustigen, umgänglichen Menschen, der immer wieder zu Späßen aufgelegt war. In der Familie hieß es, er hätte auch nette Bilder aus der Umgebung von Grado gemalt, mehr wusste man nicht über ihn.

Über Tante Martha fügte meine Mutter noch hinzu, dass sie eine großartige Pianistin gewesen war und viele bekannte Musiker der damaligen Zeit in ihrem Haus auftraten. Martha hatte immer auf zwei Klavieren gespielt: einem Steinway, der später in unserer Wiener Wohnung stand, und einem Ehrbar-Klavier. Von einem »Blauen Klavier« erzählte meine Mutter nichts, davon erfuhr ich erst viel später.

EIN LANGSAMES KENNENLERNEN DER VERGANGENHEIT

Meine Mutter war am 17. April 2007 verstorben. Als Alleinerbe kam ich in den Besitz der Villa. Es war schon ein ganz ungewohntes Gefühl nach dem Tod meiner Mutter, das erste Mal das von ihr zurückgelassene Haus zu betreten – allein, ohne ihr zu begegnen. Zu ihren Lebzeiten hatte sie meine Neugier immer unterbunden, nie durfte ich uneingeschränkt in den Kästen stöbern. Jetzt standen mir alle Türen offen, nichts war verschlossen, nichts verborgen, nichts verboten – nur fragen konnte ich niemanden mehr, alle Bewohner waren verstorben.

Ich ging in den Salon, wo ein Klavier stand, auf dem meine Mutter und natürlich auch bereits Tante Martha gespielt hatten. Es war der alte Ehrbar-Flügel, jetzt ziemlich verstimmt und schon lange nicht mehr gebraucht. Er diente mehr als Abstellfläche als zum Musizieren – und blau war er auch nicht.

In der Bibliothek standen noch immer die vielen Bücher meines Vaters, der schon lange verstorben war. Niemand hatte sie nach seinem Tod angerührt, alles verblieb, wo es gerade stand. Niemand war hier jemals wieder hinter dem Schreibtisch gesessen und hatte gearbeitet. In diesem Haus hinterließ jede Generation ihre Spuren und niemand verwischte sie.

Ich öffnete einen der Eckkästen und da waren Schachteln über Schachteln, vergilbte Pläne, Kassetten voll mit alten Fotografien, in manchen steckten Briefe, Ansichtskarten oder Zeichnungen.

Das war die Hinterlassenschaft von »Onkel« Victor Thonet (eigentlich mein Großonkel). Schon lange vor 1900 war er ein begeisterter Fotograf gewesen, damals ein teures Hobby für technikbegeisterte Menschen. Victor hatte immer eine eigene Dunkelkammer und entwickelte seine Negative, egal ob schwarz-weiß oder später auch in Farbe, selbst. Jetzt stand mir plötzlich sein Archiv uneingeschränkt zur Verfügung.

Nach Victors Tod blieb alles, wo immer es war, niemand hatte irgendetwas angerührt. Victor stellte seine Fotos und Dokumente womöglich

Teilansicht des Musikzimmers im Lehenhof, um 1930

Im Hintergrund (links an der Wand) J.M. Auchentallers »Elfenreigen«

noch 1946 selbst in diesen Kasten. Nichts war verändert, nichts verkommen, gestohlen oder verblichen.

Mir fiel die hohe Qualität der Bilder auf: Sie waren entweder auf großem Karton aufgezogen, oder ich fand fantastische alte Glasnegative, gestochen scharf und bestens erhalten.

Ihm ist es zu verdanken, dass ich die ersten Hinweise auf sein und Tante Marthas Leben finden konnte. Er lieferte mir unbekannte Fotos zu mir unbekannten Räumen, die sicherlich schon lange nicht mehr betrachtet worden waren. Diese Räume waren weder geheim noch versteckt. Sie waren schlicht vergessen, weil niemand mehr wusste, wo sie sich befanden, vielleicht auch, weil sie gar nicht mehr existierten.

Diese Räume erwachten in seinen alten Fotografien zu neuem Leben, wirkten aber erstarrt, weil auf Schwarz-Weiß reduziert. Um ihnen eine Bedeutung zu entlocken, würde ich sie, wie ein Märchenprinz, wachküssen müssen. Je mehr ich mich in diese Zeit hineinversetzen könnte, desto lebendiger würden diese schwarz-weißen Bilder werden und dadurch in meiner heutigen Welt wiedergeboren: ein langsames Kennenlernen der Vergangenheit in der Gegenwart.

Der Lehenhof in Scheibbs NÖ, um 1930
Foto: Victor Thonet (von einem Hang gegenüber)

Auf einigen dieser so perfekten Fotos waren Zimmer abgebildet mit Gemälden an den Wänden. Auf einem lag ein Eisbärfell auf dem Boden, dahinter befanden sich zwei gemütliche Fauteuils und ein offener Kamin.

Auf einem anderen standen zwei Klaviere im Raum und jemand spielte darauf. Sofort erkannte ich Tante Martha am Flügel – und wiederum waren große Gemälde, etwas unscharf, im Hintergrund an der Wand zu erkennen.

Ein anderes zeigte ein sehr großes, weißes Haus, umgeben von bewaldeten Bergen, eingebettet in eine wohlgeformte Landschaft, vorne ein Fluss, dahinter eine Eisenbahnlinie, dann etwas höher das große Haus mit Balkon zum Tal hin, eine Straße und rundherum wenige Häuser.

Das war der Lehenhof bei Scheibbs in Niederösterreich, erkannte ich sofort, den hatten die beiden Thonets ab 1925 gemietet. Von diesem großen Gutshof, der wie ein Schloss wirkte, hatte meine Mutter immer wieder erzählt und ihn beschrieben. Nur Fotos kannte ich keine und schon gar nicht von den Räumen im Inneren des Hauses. Dafür bemerkte ich sofort die großen Gemälde an den Wänden der alten

Fotos: Das waren die Bilder von Josef Maria Auchentaller, und die hingen jetzt hier bei mir, in diesem Haus, das ich gerade geerbt hatte.

Vom Lehenhof gab es noch viele verschiedene Fotos, einige auf Papier, andere auf Glasplatte, ohne Beschriftung oder Kommentar. Auf den meisten Fotos erkannte ich auch schnell weitere Details: Tische, Stühle, Lampen, Schalen, Figuren, Kästen und mehr. All diese Gegenstände auf den Fotos befanden sich nämlich hier um mich herum, sogar die Teppiche lagen heute noch in diesem Haus auf dem Boden. Zwischen den Möbeln auf den alten Fotos und denselben Möbeln um mich herum war kein Unterschied, sie waren wie ineinander verschmolzen, es fühlte sich wie eine Rückführung in die Vergangenheit an. Die physische Gegenwart dieser noch immer vorhandenen Gegenstände belebte die alten Fotos, und zum ersten Mal kommunizierte alles aus dem Lehenhof der Thonets von damals mit allem aus der Thonet- Villa von heute. Eine fast kindliche Freude überkam mich. Wie herrlich, dachte ich, so ein Spielzeug zu haben. Da schaust du auf ein hundert Jahre altes Foto, und neben dir steht derselbe Tisch, Sessel oder dieselbe Lampe.

Mit den großen Auchentaller-Wandbildern verhielt es sich ganz ähnlich: Zwei davon befanden sich unten beim Haupteingang, dort war es sehr eng. Trotzdem hatte jemand links und rechts diese riesigen Bilder angebracht. Eigentlich eine schreckliche Platzierung, für die Bilder unpassend und für das Raumgefühl vernichtend.

Schon als Kind war ich immer daran vorbeigegangen und dachte: »Warum sind die nur so dunkel, so groß und so grün?« Auf Victors Fotos hingen sie allerdings in wunderschönen, großen Räumen, prominent platziert, und nicht in irgendwelchen Ecken wie hier, die »Elfe« im Bügelzimmer zum Beispiel. Was für ein schrecklicher Platz, dachte ich entsetzt, auf die so nobel wirkenden Bilder blickend.

Jedenfalls erkannte ich sofort: Diese Fotos stammten aus den Privaträumen im Lehenhof. Sie würden ein Schlüssel zum Verständnis dieser schon lang versunkenen Welt werden. Aber es war eben keine Welt von Gestern, es war eine Welt von Heute, und die vielen Gegenstände auf den Bildern waren die Wegweiser zwischen diesen Zeiten.

Bei meinen späteren Nachforschungen ging es daher nicht nur darum, bloß die historischen Fakten kennenzulernen, viel wichtiger und auch viel schwieriger wurde es, die Verhältnismäßigkeit abzuwägen, also die Gewichtung von Ereignissen einzuschätzen, um sie richtig zu beurteilen. Nur dadurch konnte ich die Bedeutung der Abbildungen auf den Fotos richtig einordnen. Nur dadurch würde ich zum Gast meiner Vorfahren werden, ein verspäteter Begleiter, ein verborgener Beobachter.

Tante Martha wie auch ihr Mann Victor hatten mir wunderbare Hilfen als Geschenke hinterlassen: Da war dieses einzigartige Gästebuch voll mit Zeichnungen und Gedichten, eine Art von Landkarte ihres Lebens in Bistritz in Mähren und später am Lehenhof in Niederösterreich. Ein Bilderbuch, erfüllt von Freude und Dankbarkeit ihrer Besucher.

Und auch die vielen Bilder und Zeichnungen von Josef Maria Auchentaller, wie Victors fotografisches Erbe: technische Wunderwerke aus seiner Dunkelkammer, hunderte Bilder und Negative, fein säuberlich in Schachteln verstaut und über die Jahrzehnte in Dunkelheit gelagert. Diese Fotos konnte ich später mit Ereignissen im Gästebuch in Zusammenhang bringen. Allein schon aus diesen Verflechtungen entstand eine Geschichte meiner Familie, wie ich sie nie zuvor kennenlernen konnte. Alles zusammengenommen ergänzte einander wie die beiden Ehepartner Martha und Victor: Aus dieser Harmonie heraus entstand mein langsames Erkennen der Vergangenheit.

DAS GÄSTEBUCH

Gästebücher sind in der heutigen Zeit selten geworden, wenn nicht überhaupt abgeschafft. Im besten Fall werden sie online geführt und in dieser Form werden sie keine wie immer geartete Nachhaltigkeit haben. Im Gegenzug dazu hat das Gästebuch von Victor & Martha Thonet fast 120 Jahre überlebt und wird es wohl auch noch weitere 120 Jahre schaffen – falls meine eigenen Nachkommen darauf Wert legen.

Auf mehr als 200 Seiten haben sich ab 1903 fast 1000 Personen in den verschiedensten Formen »verewigt«. Die längste Eintragung stammt von der Musikerin Grete Hinterhofer 1931 und umfasst ein Gedicht von vier mit Bleistift beschriebenen Seiten (ein Teil davon ist im Kapitel Lehenhof zitiert). Viele Gäste haben sich nur mit ihrem Namen (oft unleserlich) eingetragen, zwei Eintragungen sind in fremden Schriftzeichen verfasst: Persisch und Japanisch. Neben vielen Gedichten unterschiedlicher Qualität, wie in Gästebüchern üblich, finden sich außergewöhnliche Zeichnungen und Aquarelle von Künstlern der damaligen Zeit. Die Musiker hinterließen neben guten Wünschen oft Notenzeichnungen, Fotos gibt es keine.

Wie schon angemerkt, lag das Gästebuch jahrzehntelang in der Lade des Schreibtisches meines Vaters. Mein großes Glück war es, dass alle früheren Bewohner der Villa nichts wegwarfen, sondern einfach nur zur Seite schoben – Platz war genügend vorhanden und »ausräumen« wollte niemand.

Ich nahm das Gästebuch aus der Lade und verstaute es erst einmal an einem sicheren Ort: Ich ahnte sehr genau, dass darin Schätze verborgen waren, die ich noch zu entdecken hatte. Nur wie sollte ich das anstellen? Beim oftmaligen Durchblättern fiel mir immer wieder auf, dass ich nur sehr wenige Personen kannte: meine Mutter, meinen Großvater, verschiedene Tanten und Onkel und mehrere Auchentallers, von denen ich damals eigentlich nichts wusste, außer dass sie früher in Grado und heute in Südtirol lebten.

Inzwischen habe ich den Wert dieses Gästebuchs begriffen und es auch fast hundertprozentig »entschlüsselt«. Nicht nur, dass ich Kurrentschrift zu lesen gelernt habe, sondern inzwischen kann ich typische Schriftformen auch Personen zuordnen. Allerdings stellen die

Eintragungen im Gästebuch bloß den ersten Schritt in der Entschlüsselung dar. Ich musste diese schriftlichen Dokumente auch mit damals lebenden Personen optisch in Zusammenhang bringen.

Diese stark vernetzte Vergangenheit kennenzulernen, ging natürlich nur sehr langsam vor sich. Erst durch die Aufarbeitung des Nachlasses von Victor & Martha Thonet, wie des Archivs meines Großvaters Ludwig Scheid, gelang es mir, Lebenswege auch »optisch« (also mit Bildern) zu verfolgen. Fotoaufnahmen waren mir immer sehr wichtig, weil sie besonders hilfreich sind, eine Person von der Jugend bis ins Alter dokumentieren zu können. Manchmal musste ich dabei auch gemalte Porträts zu Hilfe nehmen, um die Jahressprünge im Aussehen festzustellen.

Was trieb mich also an, über die vielen Jahre eine so minutiöse Recherche zu machen und nicht irgendwann aufzugeben? Auf der einen Seite, so glaube ich, war es das große Interesse an der Zeit um und nach 1900, die mich noch immer tief berührt, weil sie unserer heutigen Zeit so schrecklich ähnlich erscheint.

Als besonders beeindruckend empfand ich auch das enge Netzwerk zwischen den Personen, die in dem Narrativ um die drei Familien: Scheid, Thonet und Auchentaller immer wieder auftauchen. Dieses Netzwerk war so weit gespannt, dass daraus eine Art von Kulturgeschichte der damaligen Zeit entstand, da die handelnden Personen oftmals mit bekannten Zeitgenossen ident waren oder in enger Verbindung standen. Daraus ergab sich ein dynamischer Kulturmix zwischen Privatheit und Öffentlichkeit, sodass ich meinte, manchmal »hinter den Vorhang der Geschichte« blicken zu können – und dadurch diese Vergangenheit langsam, aber wirklich sehr langsam, kennenlernen konnte.

Diese »Slowness« war auch unbedingt nötig, um die »Vergangenheit(en)« besser verstehen und einordnen zu können. Die Überbewertung eines »geschichtslosen Jetzt« ist eine gängige Fehleinschätzung. Vergangenheit, wie auch die angeblich so »unbekannte Zukunft«, stellt sich hauptsächlich durch eine »Vernetzung« zwischen den drei Zeitparametern: gestern-heute-morgen dar. Deshalb hat Vergangenheit ohne Geschichte auch keine Zukunft – denn sie braucht Zeit, sich darzustellen, und manchmal benötigt sie scheinbar auch eine »kleine Ewigkeit« dafür ... .

P.S.: Einer der ältesten Kulturräume der Welt, der Indische Subkontinent, kennt in seinen Sprachen (Urdu und Hindi) nur ein einziges Wort für Gestern und Morgen: »*Kal*« – wörtlich: das, was gewesen ist, und das, was kommen wird.

---

1 *Das »New Age« genannte »Neue Zeitalter« war gegen Ende des 20. Jahrhunderts ein gebräuchlicher Begriff, um alternatives oder spirituelles Gedankengut zu bezeichnen.*

2 *Reverse Engineering, auf Deutsch: umgekehrt entwickeln oder rekonstruieren.*

3 *Alfred Maleta (*1906 Mödling -†1990 Salzburg), mein Vater, war ein führender Politiker (ÖVP) der II. Republik. Von 1945 bis 1975 war er Abgeordneter im Nationalrat, von 1961 bis 1970 Präsident des Nationalrates, davor Klubobmann der ÖVP und ab 1960 Bundesobmann des ÖAAB. Über seinen Lebensweg in die Politik schreibt er sehr genau in »Bewältigte Vergangenheit, Österreich 1932 - 1945«, Graz: Styria Verlag 1981.*

Teil I

DIE FAMILIE GEORG ADAM SCHEID

Kapitel I

DER GOLDSCHEID

Georg Adam Scheid, Foto um 1908 (70 Jahre alt)

DER GOLDSCHEID

Mein Urgroßvater Georg Adam Scheid (1838-1921) hatte zehn Geschwister: Sie reichten vom Erstgeborenen Georg Scheid (1817-1842) bis zu ihm, dem Letztgeborenen. Laut der Familienchronik meiner Großmutter ist nur eine einzige der Schwestern früh verstorben.

Wenn auch die Nachforschungen bei so vielen Vorfahren mühsam sind, war es hilfreich, dass alle im Ort Schönau geboren wurden. Schönau liegt im Odenwald, im heutigen Baden-Württemberg, ganz nahe an der Grenze zu Hessen. Der Vater war Bürgermeister des kleinen Ortes und gleichzeitig *»Ochsenwirt«* und Bäcker, also sicherlich eine angesehene Person. Mit stattlichen 52 Jahren zeugte dieser Johann David Scheid meinen Urgroßvater, seine Frau war bei der Geburt bereits 41 Jahre alt. Beide waren für ihre Zeit alte Eltern, sie fingen auch sehr spät an, Kinder zu bekommen: Ihr erstes Kind wurde 1817 geboren, da war der Vater Johann David Scheid bereits 31 Jahre alt.

Schönau habe ich nie besucht, mir aber Fotos von dem Ort angesehen. In der Mitte des Ortes gibt es eine alte Klosterruine, der Ochsenwirt existiert nicht mehr und die Familie Scheid war ausgestorben, hieß es immer.

Vor Jahren einmal, aus reiner Neugier, suchte ich im Telefonbuch von Schönau nach einem Scheid und – siehe da – fand unvermutet doch einen Eintrag. Ich rief sofort dort an, und es meldete sich ein Mann und wirklich ein echter Scheid. Er war überrascht, plötzlich von einem Verwandten aus Wien zu hören, gab aber bereitwillig über die Familie Auskunft. Er war nicht der letzte Scheid, der noch in Schönau lebte, sondern nur rein zufällig vor kurzem hierher gezogen. Es gab schon lange keine Scheids mehr in diesem Ort, erzählte er. Andere Familienmitglieder lebten irgendwo in der Umgebung von Heidelberg. Dass es mich und auch noch weitere Scheids in Wien gab, war ihm nicht bekannt. Auch auf dem Friedhof in Schönau gab es keine Grabstätten mehr, die Scheids hatten als Bewohner dieses Ortes aufgehört zu existieren, so als hätte es sie nie gegeben.

Das war gar nicht so verwunderlich, denn laut dem Stammbaum meiner Großmutter waren die meisten Scheids von damals weggezogen. Auch mein Urgroßvater hatte Schönau bereits als junger Mann verlassen und war später nie mehr zurückgekehrt. Wer sollte sich da noch um irgendwelche Scheid-Gräber kümmern?

Bei meinen Nachforschungen über meine enge Familie und weitere Vorfahren bin ich immer wieder auf Friedhöfe gegangen, um Gräber zu suchen und Daten zu überprüfen. Dabei ist mir ein interessantes Detail aufgefallen: Unsere Erinnerungen reichen anscheinend genau so lange zurück, solange diese Gedenkstätten gepflegt und bezahlt werden, also aktiv im Gedächtnis der Lebenden verbleiben. Werden diese einmal aufgelassen, verschwinden mit dem Grab – innerhalb einer Generation – meistens auch die Kenntnis und Erinnerung über die darin begrabene Person.[1] Da die meisten Gräber hauptsächlich Jahreszahlen so um Anfang des 19. Jahrhunderts eingraviert hatten, gehe ich davon aus, dass viele Familiengeschichten, kollektiv gesprochen, auch um diese Zeit beginnen.

Gedenksteine, Gruftgräber und Inschriften aus dem 17. Jahrhundert und davor sind viel seltener. Meistens interessieren sich dafür Historiker, Denkmalschützer oder die alten Adelsgeschlechter. Erhalten werden diese dann oft durch die Kirche, staatliche Institutionen oder sind seit Jahrhunderten in privatem Besitz. Im Falle der Familie Scheid gab es also keine Gräber mehr, dafür aber Briefe, Dokumente und eine Chronik meiner Großmutter.

Wie sollte ich mir also das Leben in Schönau vor fast 200 Jahren vorstellen: War es langweilig, dörflich, einfach, primitiv? Das Einzige, was mein Urgroßvater in späteren Jahren immer wieder über seine eigene Mutter erzählte, war ihre Fähigkeit, bis ins hohe Alter ohne Brille lesen zu können. Wahrscheinlich, so fügte er dann immer lachend hinzu, war es die Bibel, und die konnte sie auswendig.

Die Scheids aus Schönau waren eine streng protestantische Familie, sie hielten die Werte ihrer Konfession sehr hoch und befolgten alle Vorschriften wie die meisten Menschen ihrer Umgebung. Mein Urgroßvater lebte mit acht älteren Geschwistern zusammen, da blieb für die Eltern wenig zu erziehen übrig, das erledigte sich von selbst. In einer Großfamilie erzogen immer die Älteren die Jüngeren. Für jeden gab es immer viel zu tun, jeder half jedem, alles wurde geteilt, auch Probleme. Die Älteren sorgten für die Jüngeren. Für Sonderbehandlungen war kein Platz. Das gesellschaftliche Korsett hielt alle zusammen, große Veränderungen waren nicht vorgesehen.

Zu einer Schwester fühlte sich Georg Adam in seiner Jugend ganz besonders hingezogen, es war die immerhin um sieben Jahre ältere Sophia, genannt »Lisette«. Sie war der Liebling der Eltern, sehr frühreif und verantwortungsvoll. Lisette übernahm bei ihm die Rolle der Mutter und das prägte ihn für sein ganzes Leben. Als wäre es in seiner DNA gespeichert, wird sich Ähnliches bei seiner eigenen Familie später wiederholen.

Als er mit 15 Jahren sein Elternhaus verließ, heiratete die geliebte Schwester zur selben Zeit und übersiedelte zu ihrem neuen Mann, Moritz Arzner, nach Karlsruhe. Für meinen Urgroßvater wird diese Arzner-Familie erstaunlicherweise später noch eine große Rolle spielen: in einem ganz anderen Zusammenhang und auf einem ganz anderen Kontinent.

Die protestantischen Werte, mit denen er in seiner Familie aufgewachsen war, hatten meinen Urgroßvater stark geprägt. Sein ganzes späteres Leben wird er Disziplin, Körperertüchtigung, Zielstrebigkeit wie auch Handschlagqualität schätzen und diese Werte auch seiner eigenen Familie weitergeben. Geboren in der Gründerzeit, war er wie gemacht für diese Epoche. Aus eigener Anstrengung heraus lernte er später mehrere Sprachen, bereiste ganz Europa, Russland, Amerika, kam bis Neuseeland und gründete erfolgreiche Firmen in verschiedenen Ländern.

Gemessen an seinem späteren geschäftlichen Erfolg nehme ich an, dass das Talent meines Urgroßvaters für Handel, Sprachen und seine Liebe zu schönen Dingen sehr bald erkannt wurden. Die ihm angeborene Neugier wie sein großes Interesse an allen Erfindungen, die es zu seiner Lebenszeit genügend gab, halfen ihm sicherlich bei seinem raschen Weiterkommen.

1853 ging er zuerst nach Heidelberg und zwei Jahre später nach Pforzheim. In der als »Goldstadt« bekannten Schmuckmetropole gelang es ihm relativ schnell eine Ausbildung zu absolvieren. Drei Jahre später wird er bereits als Handlungsreisender unterwegs sein. Pforzheim war in den Fünfzigerjahren des 19. Jahrhunderts noch nicht an eine Bahnlinie angeschlossen, der Handel und die Logistik liefen daher über die Flüsse. »Falls es mit dem Schmuck nichts wird, Wein geht immer«, dachte er. Und da einer seiner Brüder mit Rheinwein handelte, nahm er privat einfach einige Fässer mit aufs Schiff.

Wenn zu dieser Zeit am Donaukanal, im damaligen Hafen von Wien, wieder einmal ein Schiff aus Passau mit Reisenden aus den deutschen Fürstentümern ankam, hieß es immer fälschlicherweise: Jetzt kommen wieder »Donauschwaben«! So bezeichnete man Passagiere, die mit einem Schiff über die Donau aus Deutschland ankamen und nach Ungarn auswanderten, auch wenn sie weder Schwaben noch Deutsche waren. Das war nicht abschätzig gemeint, im Gegenteil, die so Bezeichneten waren gesuchte Arbeitskräfte und fanden schnell ein Auskommen in der aufstrebenden Kaiserstadt.

Georg Adam Scheid war Protestant, dadurch waren seine Rechte in der Hauptstadt des katholischen Kaiserreiches Österreich ziemlich eingeschränkt. Für den Ankauf von Grund und Boden in Wien fehlte ihm nicht nur das Geld, sondern auch die gesetzliche Erlaubnis. Handel hingegen durfte er betreiben.

Für die nächsten fünf Jahre durchquerte er alle Ecken und Enden des großen Habsburgerreiches. Für einen Deutschen aus der Enge eines Kleinstaates wie dem Großherzogtum Baden war das die große Freiheit. Überall gab es im damaligen Österreich eine Gesetzgebung, die Rechtssicherheit garantierte – was für eine Wohltat. Außerdem, so bemerkte er schnell, waren seine Kunden alle ziemlich rückständig. In Pforzheim hatte Scheid die Zukunft gesehen: maschinelle Produktion auf höchster Ebene, im Gegensatz zur Handarbeit mit geringem Output.

Die Ware aus Pforzheim kam gut an, Bestellungen wurden aufgegeben und Scheid war bald zum Spitzenhändler aufgestiegen.

Was ihn bei Kunden so beliebt machte, waren nicht nur die vortrefflichen Fabrikate aus Pforzheim, sondern seine handfeste Beratung. Meistens hatte es Scheid mit Kleinbetrieben zu tun, ein Meister mit einigen Gesellen, und die waren dankbar für jeden guten Tipp aus der großen fernen Welt, aus der Georg Adam kam.

In der Bukowina[2], in Lemberg (heute Lwiw) und in Czernowitz (heute Tscherniwzi) traf er mit vielen jüdischen Händlern und Handwerkern zusammen, denen er von den modernen Maschinen für die Schmuckerzeugung vorschwärmte. Viele Jahre später wird er mit Hilfe von alten Bekannten aus dieser Zeit eine Filiale seiner Wiener Firma im jüdischen Viertel von Budapest, gleich hinter der Rumbach Synagoge, gründen. In der Bukowina lernte er auch etwas Russisch, was ihm wiederum Jahrzehnte später in St. Petersburg half, eine Filiale zu eröffnen.

Georg Adam war ein umgänglicher Mensch, weit gereist, eloquent, charmant und verbindlich. Durch seine protestantische Herkunft hielt er sich gerne an Regeln, hatte eine gute Hand für Mitarbeiter und schätzte Qualitätsarbeit.

Anfang der Sechzigerjahre des 19. Jahrhunderts kam er wieder nach Wien zurück und wohnte in Gumpendorf (heute Teil des 6. Wiener Gemeindebezirks).

*

Georg Markowitsch war Sohn eines tschechischen Schneiders und als gelernter Gold- und Silberschmied 1835 nach Wien gezogen. In der Sandwirtgasse 8, im 6. Bezirk, hatte er sich angesiedelt und eine erfolgreiche Schmuckproduktion hochgezogen. Natürlich wurde er von den verschiedensten Handelsvertretern besucht, so auch von Scheid. Auffällig war dabei, dass Georg Adam immer zu Zeiten im Geschäft auftauchte, an denen auch die hübsche Tochter des Chefs, Hermine, anwesend war. Es schien, als wusste er über ihren Tagesablauf gut Bescheid, wunderte sich der Vater, dachte sich aber weiter nichts dabei.

Er und Scheid hatten eine wunderbare Geschäftsbeziehung. Alles, was der zugereiste Deutsche dem zugereisten tschechischen Goldschmied empfahl, hatte Hand und Fuß und führte zu Verkaufserfolgen. Nur teure Investitionen in neue Maschinen wollte er sich nicht leisten, dazu war er viel zu vorsichtig. Es dauerte nicht lange, da machte ihm Scheid den Vorschlag, eine gemeinsame Firma zu gründen, das nötige Kapital für den Ankauf von Maschinen würde er besorgen.

Inzwischen hatte mein Urgroßvater – in weiser Voraussicht – eine Silberdose als Meisterarbeit bei der Wiener Zunft eingereicht, damit er als Gold- und Silberarbeiter anerkannt werden würde. Damit forderte er die Zunftherren heraus. Er wollte in Wien auch als Meister gelten und sich vielleicht einmal selbständig machen.

Ein Protestant im katholischen Wien konnte damals nicht sehr weit kommen, sein Ansuchen wurde abgelehnt, nie und nimmer würde er als Meister in Wien in den kleinen Kreis der anerkannten Gold- und Silberschmiede aufgenommen werden. Allerdings durfte er Partner einer gemeinsamen Gesellschaft mit Markowitsch werden. Am 10. Juli 1862 wurde die als »M&S« firmierende Markowitsch & Scheid Gesell-

Georg Adam Scheid und Hermine Markowitsch

Das Fotos zur Verehelichung: Er ist 31 Jahre alt, sie ist 17 Jahre, damals ein durchaus üblicher Altersunterschied.

schaft in der Sandwirtgasse 8 gegründet. Nur achtzehn Tage später feierte Georg Adam Scheid seinen vierundzwanzigsten Geburtstag. Die schöne Tochter Hermine konnte nicht umhin, dem Kompagnon ihres Vaters jetzt fast täglich zu begegnen.

Einer gewissen Zuneigung zu dem bärtigen, umgänglichen und höflichen Scheid, mit dem etwas ungewöhnlichen Zungenschlag – einer Mischung aus badischem Dialekt und Hochdeutsch –, konnte sie sich nicht entziehen. Nur ihm in die Augen zu schauen, das traute sie sich nicht. Sie errötete, wenn er in ihrer Nähe auftauchte und sie ansprach. Sie fing dann oft zu stottern an oder brachte Dinge durcheinander, völlig gegensätzlich zu ihrem sonst sehr organisierten Naturell.

»*Ich kaufe einen Scheid, Herr Kraut!*«, antwortete sie einmal völlig verwirrt, als sie gerade auf dem Weg zum Markt war und Georg Adam sie zufällig auf der Gasse ansprach, um sich nach ihrem Wohlbefinden zu erkundigen.

In der Folge wurde nicht nur herzlich über den peinlichen Lapsus von Hermine gelacht, sondern daraus entwickelte sich langsam, aber sicher eine starke Zuneigung und später ein Heiratsantrag.

Die Heirat fand im Juni 1868 in der evangelischen Pfarrkirche von Gumpendorf statt. Die Hochzeitsanzeige ist nicht überliefert, wäre aber interessant, da beide Elternteile Georg Adams nicht mehr leben und nur er in seinem eigenen Namen die Vermählung anzeigen konnte. Höchstwahrscheinlich kam seine Schwester Lisette Arzner mit ihrem Mann für die Hochzeit nach Wien. Ob noch jemand aus seiner Schönauer Familie anreiste, ist nicht bekannt.

Für die erst 17-jährige Hermine bedeutete die Heirat mit dem aus dem Großherzogtum Baden stammenden Scheid eine drastische Veränderung: Sie verlor ihr österreichisches »Heimatrecht«[3] und wurde in Baden eingebürgert. Allerdings, so vermute ich, wussten beide damals bereits, dass die angekündigten neuen Staatsgrundgesetze bald erlassen werden und Scheid durchaus die Staatsbürgerschaft von Österreich-Ungarn erhalten könnte.

Als weitgereister Handelsvertreter wusste er nur zu genau, wie langsam die Mühlen der Behörden mahlen, und konnte warten. Ein Jahr später änderten sich, wie erwartet, die Gesetze und das Paar wurde in die österreichisch-ungarische Habsburgermonarchie eingebürgert.

Gleichzeitig bedeutete diese Heirat eine große berufliche Veränderung für die Zukunft: Durch die Verehelichung mit einer Goldschmied-Meister-Tochter war Scheid nach einiger Zeit berechtigt, der Wiener Gold- und Silberschmiedezunft beizutreten. Die Zunftvorstände konnten ihn jetzt nicht mehr daran hindern, weder als Zugereisten noch als Protestant.

Zu dieser Zeit war es nämlich in den streng kontrollierten Gewerben durchaus üblich, dass die Gesellen die Witwen ihrer Meister oder auch deren Töchter heirateten, um dadurch als selbständige Meister in den begrenzten Kreis eintreten zu können.

Durch seine Heirat war Scheid etwas gelungen, was ihm viele aus seinem Gewerbe übelnahmen. Neidisch auf seinen Erfolg, sprachen sie von einem Einschleicher. Ein Leben lang hatte er innerhalb seiner Standesvertretung mehr Feinde als Freunde.

Ganz anders erging es ihm mit seiner Familie. Knapp ein Jahr nach der Hochzeit wird seine erste Tochter, Emma, geboren. Zu diesem Zeitpunkt ist Scheid bei der Geburt seines ersten Kindes, genauso wie sein Vater, einunddreißig Jahre alt. Auch gebiert seine Frau in den kommenden zwanzig Jahren weitere zehn Kinder. Eines davon stirbt noch als Kleinkind. Eine exakte Wiederholung, so wie es auch in der Familie seiner Eltern in Schönau vorgekommen war.

Die verbleibenden Kinder und die Eltern verbringen eine sehr glückliche Zeit miteinander. Elsa, eine der Töchter und schriftstellerisch hochbegabt, hinterlässt eine wunderbare Beschreibung dieser Jugend. Ihr ist es zu verdanken, dass ich heute so viele Details über diese Zeit kenne.

Alle fünf Töchter und die vier Söhne wachsen in Wien auf. Dieses letzte Viertel des 19. Jahrhunderts wird die großartigste, aber letzte Blütezeit für das Kaiserreich werden, und sie wird schrecklich enden; für das Reich im Allgemeinen und auch für einige aus der Familie Scheid. In diesem Umfeld von glücklichen Menschen wuchs meine Tante Martha auf.

*

Die Wiener Weltausstellung im Prater wurde am 1. Mai 1873 eröffnet. Tage zuvor hatte es andauernd strömend geregnet und das Gelände um die Rotunde im Prater in eine Schlammwüste verwandelt.

Trotzdem kam der Kaiser und eröffnete die gigantische Schau, die flächenmäßig größte der damaligen Zeit. Für den Moment war die übliche Engstirnigkeit und Kleinkrämerei der Hofbeamten durch die neue Internationalität zurückgedrängt. Einflussreiche Kreise unterstützten die großzügige Planung und ließen sich diese Ausstellung etwas kosten.

Dann brach eine Woche später, am 9. Mai 1873, einem Freitag, die Wiener Börse zusammen und beendete mit einem Schlag die grenzenlose Euphorie der Gründerzeit.

Ungestört von diesem hauptsächlich die österreich-ungarische Bankenlandschaft betreffenden Kurssturz ging diese erste Weltausstellung im deutschsprachigen Raum weiter, am Ende zwar nicht so erfolgreich wie erhofft, aber immerhin gut besucht. Nach den ersten Weltausstellungen 1851 und 1862 in London, dann 1853 New York und zweimal Paris, 1855 und 1867, war dieses Ereignis in Wien eine gewisse Art von Ritterschlag für die Donaumonarchie.

Für Markowitsch & Scheid bedeutete die Weltausstellung, zum ersten Mal Präsenz auf dem internationalen Parkett zu zeigen. Georg Adam setzte alles in Bewegung, um dabei zu sein. Seiner Initiative war es zu verdanken, dass die Firma erstmals auch die Cloisonné-Technik[4] (Zellenschmelz) in der Schmuckproduktion einsetzte und einige schöne Exemplare in der Rotundenhalle im Prater ausstellte.

Scheid hatte diese besonders anspruchsvolle Technik auf seinen vielen Reisen im Osten kennengelernt. Besonders beliebt waren solche Schmuckstücke seit der byzantinischen Zeit in der Türkei, in Russland und im gesamten Orient bis hin nach Indien.

Am 3. August 1873 besuchte Naser al-Din, der damalige Schah von Persien, zusammen mit Kaiser Franz Josef I. die Weltausstellung.

Der Schah war bereits monatelang durch ganz Europa gereist und von allen gekrönten Häuptern empfangen und kostenlos untergebracht worden. In Wien bewohnte der persische Hof exklusiv das Schloss Laxenburg.

Seit Tagen bereits überboten sich die Wiener Boulevard-Zeitungen mit meistens erfundenen Schauergeschichten über die Gäste des Kaisers. Da gab es Schilderungen von öffentlichen Hammelschlachtungen, im Laxenburger Schlossteich badenden Persern, vom Oberastrologen, der alle Schritte seines Herrschers vorausberechnen musste, und über unbezahlte Rechnungen der Entourage des orientalischen Monarchen.

Dementsprechend war der Andrang an diesem Sonntag in und um die Rotunde herum enorm. Die Polizei musste einen richtigen Kordon ziehen, damit der Kaiser mit seinem Gast und allen anderen Ehrengästen überhaupt weiterkam. Bei der Ankunft des kaiserlichen Paares spielte das anwesende Orchester augenblicklich den von Johann Strauss eigens komponierten Persischen Marsch.

Inzwischen hatte sich das Gerücht verhärtet, dass die Perser öfters etwas mitnahmen, ohne zu bezahlen, was in Mitteleuropa nicht üblich war, sondern eher als Diebstahl ausgelegt wurde. Im Orient galt das allerdings als Gastrecht, so wurde gesagt. In gewissen Ländern des Morgenlandes war es durchaus üblich, dem Gast etwas zu überlassen, falls er Gefallen daran fand.

Cloisonné-Teeservice von G.A. Scheid, Wien
für den türkischen Hof in Istanbul,
versteigert im Dorotheum, Wien 2009

Daher hatte man bei Markowitsch & Scheid die wertvollsten Stücke vorsichtshalber in eine Glasvitrine gesperrt und den Schlüssel »leider verloren«.

Diese Vorsichtsmaßnahme stellte sich hinterher als überflüssig heraus. Einige hohe Mitglieder der persischen Delegation standen zwar vor dem Scheid-Stand und betrachteten den schönen bunten Cloisonné-Schmuck hinter dem Vitrinenglas, diskutierten miteinander, zeigten auf einige der Stücke, schienen Gefallen daran zu finden, dann gingen sie zum nächsten Stand weiter.

Georg Adam nahm dieses Interesse als Ansporn und Bestätigung, in dieser Richtung weiterzumachen: »Wenn diese Schmuckstücke, die sonst niemand in Wien produziert, bei den Persern Gefallen finden, dann könnte es sich doch lohnen, mehr davon zu machen und ins Osmanische Reich zu liefern, immerhin der größte Markt im Orient«, dachte er sich. Doch da konnte und wollte sein Partner nicht mitmachen: viel zu risikoreich und ungewiss. In den folgenden Jahren reifte daher bei Georg Adam der Entschluss, selbständig zu werden.

Dieser Augenblick kam schneller als erwartet. Als der alte Markowitsch seinem Sohn Adolf die Firma übergab und Scheid daher ein neuer Partner gegenüberstand, war bald klar: Mit diesem Jungspund konnte der erfahrene, damals 43-Jährige nicht gut zusammenarbeiten. Onkel Adolf, wie er genannt wurde, gab sein Geld nicht für neue Technologien aus, sondern fuhr lieber mit einem gemieteten Vierspänner [5] am Samstag beim Praterkorso [6] mit.

Im Frühjahr 1881 kam es zur einvernehmlichen Trennung der beiden Firmen. Der Grundbesitz verblieb bei Markowitsch, die modernen Maschinen durfte Scheid mitnehmen. Mit dem Orden der Barmherzigen Schwestern, welche die schönen Gärten entlang der Gumpendorfer Straße besaßen, hatte er bereits einen Vertrag ausgehandelt. Nach langem Hin und Her verkauften sie ihm diese Gründe. Der gesamte Maschinenpark wanderte daher bloß einen Häuserblock nach vorne, da die Gründe der Sandwirtgasse direkt an die neuen Scheid-Gründe an der Gumpendorfer Straße angrenzten. Hier entstand die Schmuckfabrik G.A. Scheid, später auch die Affinerie [7] und Eintauschzentrale für Edelmetalle. Noch heute befinden sich dort die Geschäftsräume der Nachfolgefirma ÖGUSSA.

Durch diese Trennung und die Eigenständigkeit konnte Scheid endlich seine geheimsten Pläne verwirklichen, und die Cloisonné-Technik wurde sein Markenzeichen. Viele seiner wertvollen Luxusartikel gingen in den Export: England, Frankreich, Spanien, Deutschland, Russland und die Türkei waren seine Märkte.

Die Spitze seiner Cloisonné-Technik-Produktion erreichte er mit der Herstellung von Löffel-Sets (meistens 6 Stück in einer Schatulle), die als teures »Souvenir«-Mitnahmegeschenk in vielen Ländern zum Verkauf angeboten wurden. Solche Löffel, auch in der aufwendigeren *Plique-a-jour*-Technik [8] hergestellt, produzierten weltweit nur vier Erzeuger: Drei waren in Norwegen beheimatet und der vierte, G.A. Scheid, in Wien. Heute befinden sich viele dieser seltenen Löffel in einer großen Spezialsammlung im Londoner Royal Albert Museum.

Die weite Welt war immer schon sein Ziel gewesen, nicht jedoch Hoflieferant zu werden. Über seinen Besuch 1882 in Neuseeland

Scheid Löffel-Set: 6 Stück in Cloisonné-Technik
(links und rechts)
Mitte: Zierlöffel für den türkischen Markt in Plique-à-jour-Technik (durchscheinend)

auf einer Schmuckmesse ist allerdings außer einer Urkunde nichts bekannt.

Zweimal in seinem Leben reiste Scheid in die USA, einmal 1893 zur Weltausstellung nach Chicago, über welche er einen kritischen Bericht veröffentlichte.[9] »*Die Amerikaner kommen nach Europa, um zu kopieren*«, war seine Schlussfolgerung. Der nordamerikanische Markt blieb ihm suspekt. Für die Weltausstellung in Chicago ließ er bloß hochwertigen Tand produzieren. Das zweite Mal, 1906, nahm er seine Frau Hermine mit und die beiden besuchten in der Hauptsache New York und die Niagarafälle.

Seine größten Geschäftserfolge feierte Scheid im Ausland, knapp achtzig Prozent gingen in den Export. Den in Wien so begehrten Titel: k.u.k. Hofjuwelier zu bekommen, war nie seine Absicht gewesen. In St. Petersburg, wo Scheid wahrscheinlich ab 1899 eine Filiale betrieb, gab es im russischen Kaiserreich neben Peter Carl Fabergé keinen Platz. Trotzdem fand er seine Nische im leistbaren, aber hochwertigen Sekundärmarkt.[10]

Neben der erfolgreichen eigenen Schmuckproduktion platzierte sich Scheid in den späten 80-Jahren des 19. Jahrhunderts am Markt in Wien und Budapest erfolgreich mit Halbfabrikaten für die Schmuckindustrie, mit einer Orden-Produktion und mit dem immer wichtiger werdenden Einlösegeschäft [11].

Wenn auch die Schmuckfabrik 1922 wegen Mangels an Aufträgen liquidiert wurde, das Edelmetallgeschäft überlebte. Noch heute ist in der Gumpendorfer Straße 85 die ÖGUSSA, als Nachfolger der früheren Firma Scheid, angesiedelt, in demselben Haus, welches Georg Adam 1881 erwarb.

Das alte, einstöckige barocke Gebäude kennen manche noch als: »*Der Goldscheid*«.

Jugendstil-Tischuhr aus der Scheid-Produktion, um 1900

Entwurf : J.M. Auchentaller

1 *Dies trifft besonders auf die christliche Tradition zu.*

2 *Die »Bukowina«, das »Buchenland«, war ab 1775 Teil der Habsburgermonarchie und bis 1848 Teil des Kronlandes Galizien. Erst danach wurde es zu einem eigenständigen Herzogtum mit der Hauptstadt Czernowitz. Heute ein Teil der Ukraine.*

3 *Ab 1850 »Heimatrecht«, vorher »Bürgerrecht«, im weitesten Sinne vergleichbar mit einer Staatsbürgerschaft.*

4 *Dabei werden feine Kupferdrähte auf einen Edelmetallgrund aufgelötet, meistens in einem floralen oder geometrischen Muster angeordnet, welches vorher von einem Künstler entworfen wurde. Die entstandenen Leerräume zwischen den filigranen Drähten (Stege genannt) werden mit farbigem sogenannten Glasfluss (Emaillepulver) befüllt und später bei rund 850 Grad kurz verschmolzen. Diese Feinarbeit verlangt ein besonderes Können.*

5 *Ein Vierspänner galt damals als Rolls-Royce unter den Pferdewagen. Einen Vierspänner (oder auch Sechs- bis Achtspänner) zu fahren galt als Königsdisziplin.*

6 *In der warmen Jahreszeit fuhren der Adel und wohlhabende Bürger am Wochenende mit geschmückten Pferdekutschen die Prater Hauptallee entlang.*

7 *Eine Affinerie ist eine Scheideanstalt, sie trennt Edelmetalle (Gold und Silber) von unedlen Metallen (z.B. Kupfer etc.).*

8 *Bei der Plique-à-jour (Deutsch: Fensteremail) Technik werden ähnlich wie bei der Cloisonné-Methode (Deutsch: Drahtemail) Stege miteinander verlötet. Das so entstandene feine Gerüst wird mit farbigem Email ausgefüllt, daraus entsteht nach einem aufwendigen Verfahren ein lichtdurchlässiges Email.*

9 *»Officieller Bericht der k.k. Österr. Central-Commission für die Weltausstellung in Chicago im Jahre 1893«, Volume 1*

10 *Diese Filiale wurde während der Russischen Revolution 1917 beschlagnahmt, der Goldbestand aber später zurückgegeben. Scheid hatte eine eigene russische (zyrillische) Punze.*

11 *Die als »Einlösegeschäft« bezeichnete Tätigkeit beinhaltet den gewerblichen Ankauf von Edelmetallen, in welcher Form auch immer.*

Kapitel II

MARTHA

MARTHA

Beethovens Pastorale-Symphonie und die fünf Sätze im Leben der Martha Scheid.

Wien, 1899

(Martha ist 25 Jahre alt)

Martha saß im Musikzimmer am blauen Klavier – sie wohnte wieder bei den Eltern. Die neue Villa ihres Vaters in der Hochschulstraße 9 im Wiener Cottage (heute Gregor-Mendel-Straße 25) gleich neben der ebenfalls neuen Hochschule für Bodenkultur war erst kurz vorher bezugsfertig geworden. »Ein recht einsamer Ort«, dachte Martha, »nur umständlich und mühsam kam man hier auf den Berg herauf.« Besucher scheuten den langen Weg.

Die Übersiedlung aus der Mietvilla im 13. Bezirk, wo die Familie Scheid zwischenzeitlich gewohnt hatte, war für alle sehr anstrengend gewesen. Die Pferde mussten den Hausrat langsam durch Schlamm und Schnee heraufziehen, was hier oben, im ganz neuen und völlig unverbauten Cottage, der übliche Zustand der Straßen war. Alle Last lag auf Hermine, Marthas Mutter, und sie war jeden Tag fast am Ende ihrer Kräfte, auch wenn ihr Dienstmädchen und andere Helfer zur Seite standen. Für sie bedeutete es eine große Herausforderung, die in vielen Jahren angesammelten Gegenstände der Familie zu übersiedeln, denn wegwerfen wollte sie ja auch nichts.

Martha half der Mutter, so gut es ging, war aber noch immer durch den Trennungsschmerz tief getroffen und traurig. Kurz nach ihrer Hochzeit hatte sie sich plötzlich von ihrem geliebten Mann trennen müssen. Jetzt beschwerte sich zu allem Übel auch noch Elsa, ihre jüngere Schwester, sie hätte sich wegen ihres seelischen Schmerzes immer wieder um die Schmutzarbeit gedrückt. »Gerade Elsa beschwerte sich, gerade die«, dachte Martha, »die nie in ihrem Leben Schmutzarbeit angerührt hat, weil sie immer zur rechten Zeit ›Guter Hoffnung‹ gewesen ist. Ja, ein Kind sollte man erwarten, dann ist alles gut, dann wird man geschont.«

Es waren nur noch wenige Familienmitglieder, die nach der Übersiedlung hier oben in der Villa wohnten. Die meisten Schwestern und

Brüder Marthas hatten bereits geheiratet und waren ausgezogen. Übrig blieben außer den Eltern nur sie selbst und ihre beiden jüngeren Brüder Ernst und Ludwig. Für ein so stattliches Haus eigentlich zu wenige Bewohner. Der Anlass für den Bau war der sechzigste Geburtstag ihres Vaters gewesen und dieser wollte sich damit einen standesgemäßen Wohnort schaffen.

*

Moritz Kuffner und Georg Adam Scheid waren einander öfters gesellschaftlich begegnet. Der Kunstliebhaber Kuffner war ein guter Kunde der edlen Zigarrenutensilien, welche die Schmuckfabrik exklusiv herstellte. Scheid hatte ein Privileg (Patent) für Zigarrenabschneider erhalten. Die Kuffners waren reiche Bierbrauer aus Ottakring und besaßen den halben Hügel hier im Cottage. Früher einmal hatten sie geplant eine Sternwarte hier oben zu errichten, jetzt benötigten sie die Gründe nicht mehr: Ihre Sternwarte war am Gallitzinberg im 16. Bezirk erbaut worden und lieferte sensationelle Arbeiten. Private Sternwarten waren unter den Superreichen der damaligen Zeit hoch in Mode.[1] Der stadtbekannte Baron Alfons Rothschild hatte sich extra einen solchen Kuppelbau, mit allen technischen Finessen, in sein Palais im vierten Bezirk einbauen lassen. 1898 brauchten die Kuffners hingegen Geld, sie planten ihre Brauerei zu erweitern, daher verkauften sie diese Gründe an Scheid.

Marthas Vater, ganz der »down-to-earth Protestant«, wollte sicherlich keine Sternwarte als Statussymbol, sondern bloß eine Villa errichten lassen. Zur Parkstraße hin (heute Hasenauerstraße) standen bereits zwei schöne Häuser. Die Villa Scheid war nach Vollendung das am höchsten gelegene Gebäude in diesem Teil des Cottage. Im obersten Stock befand sich eine kleine Terrasse, von der hatte man einen wunderschönen Blick über die Colloredogasse (früher Stephaniegasse) hinunter auf Wien.

Die gesamte Anlage, Haus und Garten, war vom Architekten Josef »Pepi« Hackhofer (dem Ehemann von Marthas Schwester Elsa) entworfen worden, sehr modern und natürlich im Secessionsstil (später als Jugendstil bezeichnet). Nur bauen durfte er die Villa nicht, die Cottage-Gesellschaft wachte sehr streng über die Einhaltung ihrer

Architekt Josef Hackhofer am Zeichentisch, 1909

minutiösen Vorschriften, über Größe des Hauses, des Gartens, Höhe des Gebäudes, Abstände zu Nachbar und Straße und vieles mehr. Alles lief hier oben sehr bürokratisch und ziemlich kompliziert ab, deshalb wurde das Ensemble von einem eigens von der Cottage-Gesellschaft ausgesuchten Baumeister vollendet.

Marthas Schwager hätte ja sowieso keine Bauleitung übernehmen können. Josef Hackhofer war gerade mit einem Großauftrag beschäftigt: Zusammen mit seinem Partner, Architekt Friedrich Ohmann, plante er den Stadtpark in Wien. Daher wiederholte ihre Schwester Elsa immer wieder ihren Standardsatz: »*Der Pepi hat keine Zeit!*«! Damit entschuldigte sie ihn, den Eltern bei der Umsiedlung beizustehen. Aus ihrer Sicht verständlich, der Stadtpark war schließlich ein Prestige-Projekt für die beiden Architekten. Die Milchbar[2] (heute ein Nobelrestaurant) plante Hackhofer, für das Flussbett und die Grotte unter der Stadtbahnstation vom Architekturkollegen Otto Wagner zeichnete Ohmann verantwortlich, den Rest erledigten sie gemeinsam.

Oft war Martha damals bei ihrer Schwester zum Tee eingeladen – sonntags wohlgemerkt, nie unter der Woche – und nie war dieser Pepi anwesend, immer zeichnete er im Büro. Elsa aber war glücklich und schon wieder einmal »guter Hoffnung«. Im Gegensatz zu Martha hatte sie mit ihrem Mann ein harmonisches Familienleben. Hackhofer war ein gut aussehender, aufmerksamer Ehemann und Elsa liebte ihn sehr. Wann immer Martha den beiden begegnete, waren sie ein attraktives Paar. Ein bisschen steif war der Pepi schon, aber er konnte so herzhaft lachen, genauso wie der zweite Pepi in der Familie, bekannt als Josef Maria Auchentaller, der Künstler und Mann ihrer älteren Schwester Emma.

*

Josef Maria Auchentaller war Jugendstilmaler[3] und Schöpfer der gesamten Inneneinrichtung der Villa Scheid im Cottage und besonders des Musikzimmers: seinem Meisterwerk. Er selbst spielte hervorragend Klavier und liebte Beethoven. Des Meisters Bemerkungen auf der Partitur zu seiner 6. Sinfonie, der Pastorale »*Mehr Ausdruck der Empfindung, als (in) der Malerei*«, fand Auchentaller bereits als Student an der Akademie (der bildenden Künste in Wien) als eine »*bodenlose Frechheit der darstellenden Kunst gegenüber*«, wie er immer schmunzelnd verkündete. »*Was glaubt der da eigentlich, der Beethoven – was der mit Musik macht, kann ich auf der Leinwand genauso!*«

Auf diese Möglichkeit, die Musik Beethovens auf einer Leinwand darzustellen, musste er allerdings bis 1898 warten. Erst führte ihn sein Lebensweg nach Deutschland und später nach Italien.

Die Hochzeit mit Marthas Schwester Emma 1892 und die Geburt der Tochter Maria Josefa fanden noch in Wien und Maria Enzersdorf statt, bereits ein Jahr später übersiedelten die Auchentallers nach München. Kurze Zeit später fing Josef Maria, noch von München aus, für seinen Schwiegervater zu arbeiten an und entwarf viele Schmuckstücke, die später in Wien bei der Firma Scheid in Produktion gingen.

Die bei ihm beauftragten Fresken für das gerade in Bau befindliche Raimundtheater in Wien entstanden zuerst als Entwürfe noch in München, dann fuhr er nach Wien, um sie vor Ort zu vollenden. Ständig traf er auf der Baustelle mit seinem Studienkollegen, lebenslangem Freund und späterem Schwager Architekt Josef Hackhofer zusammen, der gerade bei Otto Wagner untergekommen war und damals am Bau des Theaters mitarbeitete. Der Stadtbaumeister Franz Roth plante und errichtete das Raimundtheater und drei Jahre später heiratete der Sohn [4] dieses Stadtbaumeisters Minny, die jüngste Schwester von Martha. Vielleicht war es doch kein Zufall, dachte Martha, denn im Stiftungsverein des Theaters saßen hauptsächlich Bürger aus dem Wiener Bezirk Mariahilf und die aktivsten Förderer des Theaterbaues waren Georg Adam Scheid und der bekannte Stoffhändler Johann Backhausen.

In München wohnten die Auchentallers im damals bereits bekannten Künstlerviertel Schwabing und bewegten sich hauptsächlich in der fortschrittlichen und internationalen Künstlerszene. Sie wurden Zeitzeugen der bahnbrechenden und richtungsweisenden Gründung der »Münchner Secession« durch 96 Künstler, unter anderem durch Franz Stuck [5] und Paul Hoecker, dessen Malklassen Auchentaller an der Akademie der Bildenden Künste mit Begeisterung besuchte. Diese Münchner Secession und der großzügige Glaspalast als Zentrum hinreißender Ausstellungen wird für Auchentallers Zukunft beispielgebend werden. Sein Musikzimmer in der Villa Scheid gilt heute noch als Prototyp für die damals in München sehr populäre Pleinair-Malerei (Freilichtmalerei).

Paris, das andere, alte Zentrum der Kunst, galt in München als altbacken und überholt. Die Stadt beherbergte damals viele Künstler aus ganz Europa und Russland. Wer weiterkommen wollte, ging damals eher nach München als nach Paris. München war das Zentrum für den Aufbruch in die Moderne und wollte den Historismus überwinden und einen eigenständigen Stil erschaffen. Persönliche Bekanntschaften und der Austausch von Ideen zwischen den verschiedenen Künstlern waren an der Tagesordnung. Aus Auchentallers Briefen wissen wir, dass er und seine Frau mit vollen Zügen an dem Schwabinger Bohème-Leben Anteil nahmen und oft in den vielen Kneipen Tarock mit Franz Stuck und anderen Künstlern spielten. Als Krönung seiner Münchner Zeit gewinnt Auchentaller 1896 einen Hauptpreis bei einem Wettbewerb der damals trendigen Zeitung »Jugend« und sein Entwurf für ein Titelblatt wird veröffentlicht.

Allerdings – kurze Zeit später brach Auchentaller überraschend seine Zelte in München ab und begab sich mit Emma, seiner Frau, und Tochter Maria auf eine zwölfmonatige Reise nach Italien. Florenz und das »dreckige Rom«, wie sie in ihren Briefen an die Scheid-Eltern schreiben, werden Verweilorte im Künstlerleben.

Die Auchentallers waren bereits fast ein Jahr in Italien unterwegs, da erreichte sie die Nachricht, dass Josef Maria für seinen Schwiegervater Georg Adam Scheid eine in Planung befindliche Villa in Wien ausstatten könnte; dabei wurde auch an ein »Musikzimmer« gedacht. Eine solche Chance wollte er sich natürlich nicht entgehen lassen. Emma und Tochter Maria kamen daher bereits im Sommer 1897 zurück, Auchentaller verspätete sich bis in den Herbst hinein und verpasste dadurch auch die Gründung der Secession in Wien. Gleichzeitig war die Villa Scheid, von seinem inzwischen zum Schwager gewordenen Freund, Architekt Hackhofer, bereits fertig entworfen und baubehördlich genehmigt. Auchentaller erhält den Auftrag für die Innenausstattung, muss sich aber mit den vorgegebenen Räumlichkeiten abfinden.

Das Musikzimmer in der geplanten Villa sollte später sein Meisterwerk werden, am Beginn ist davon natürlich noch nichts zu bemerken. Im Gegenteil, es herrscht Unklarheit über die Farbgestaltung der Inneneinrichtung und manchmal auch Verwirrung über die Raumnutzung.

Auchentaller experimentierte mit Farben und Formen, konzipierte Muster für Vertäfelungen und überlegte sich Einrichtungsgegenstände. Noch von Italien aus werden in Briefen von Emma an ihre Eltern Wandfarben und Möbel diskutiert. Sogar das bei der Firma Ehrbar bestellte Klavier sollte farblich an das Musikzimmer angepasst werden: ein »blaues Klavier«!

Es wird ein Konto für die Innenraumgestaltung eingerichtet, mit dem er seine Kosten verrechnen kann, streng kontrolliert vom Schwiegervater Scheid. Immer wieder wird seine Frau Emma zur Interpretin seiner Gestaltungsvorschläge. Besonders angetan hatte es Auchentaller das Musikzimmer, welches er grün gestalten will. Die Ausführung und Farbe des Ofens für das Musikzimmer werden ein lang diskutiertes Problem. Neben der durchscheinenden grünen Grundfarbe des Musikzimmers[6] ist die gesamte Holz- und Vertäfelungsarbeit in den Händen des damals bekannten Tischlers Wenzel Hollmann. Später wird dieser eine ähnliche Villa gleich um die Ecke von Scheid nach den Vor-

Das Musikzimmer mit dem »Blauen Klavier«,
Villa Scheid 1899

Mit den großen Auchentaller-Paneelen im Hintergrund an den Wänden.
Links: Der erste Satz Beethovens Pastorale-Symphonie »Elfenreigen«.
Rechts: Der zweite Satz Beethovens Pastorale-Symphonie »Elfe am Bach«.

gaben von Josef Hoffmann für den Wiener Werkstätte-Gründer Fritz Waerndorfer ausstatten und ein Musikzimmer nach den Plänen von Charles Mackintosh und dessen Frau Margaret anfertigen. Auchentaller ist also in bester Gesellschaft, was das Handwerk betrifft, und sein Schwiegervater scheut keine Kosten. Trotzdem ist Auchentaller mit den Plänen für das dreistöckige Haus im Cottage nicht zufrieden, wunderschön sind die Fassade und das vorgezogene Dach, aber innen findet er die Räume ziemlich beengend.

Die Planung des Musikzimmers war nicht leicht. Es gab nur einen kleinen, quadratischen Raum, der dafür infrage kam. Die Fläche betrug gerade einmal 26 Quadratmeter und die Raumhöhe maß 3,80 Meter, dafür befand sich auf der Südseite ein sehr großes Panoramafenster hinaus zum Garten, das viel Licht hereinließ.

Auchentaller entschied schnell: Kleine Bilder würden den Raum noch kleiner erscheinen lassen. Es müssen sehr große Paneele sein, dachte er sich, in den großen Paneelen muss man verschwinden können, hineinfallen, dann wird die Musik Beethovens den Betrachter in seine Bilderlandschaft tragen, mit ihr verschmelzen.

Und so fing er an, sein Hauptwerk auf der Staffelei zu »komponieren«. Noch wusste Auchentaller nicht genau, wohin die Reise gehen würde. Nach der Rückkehr aus Italien 1897 wohnten er und seine Familie bei den Schwiegereltern in Maria Enzersdorf, südlich von Wien. Dort hatte Marthas Vater vor langer Zeit am Beginn der Johannesstraße einen Weingarten gekauft und ein Holzhaus mit Nebengebäude errichten lassen. In diesem Nebengebäude befand sich das Atelier und hier entstanden die Bilder für das Musikzimmer.

Jeden Tag spazierte Auchentaller die Johannesstraße in Maria Enzersdorf hinauf, Richtung Rauchkogel und Burg Liechtenstein. Immer rastete sein Blick auf der großen Wiese vor dem Hang zum Kogel und auf der anderen Seite mit dem Blick auf die Burg – das wurde zur Inspiration für das Bild zum ersten Satz. Dann ging es Schlag auf Schlag. Links oben die Burg Liechtenstein, darunter der Birkenwald, ein kleiner Bach,[7] ein Fußpfad und dann die fünf tanzenden Elfen auf der Wiese: Der Elfenreigen war entstanden. Die fünf Elfen waren natürlich die fünf Töchter von Georg Adam Scheid – wer denn sonst!

Ganz vorn, mit dem Rücken zum Betrachter, malte Pepi seine eigene Frau, die geliebte Emma, mit wallendem Gewand. Ihre ausgestreckte Hand reicht sie der zweitgeborenen Schwester Ida (damals bereits verheiratete Hoerde). Weiter im Hintergrund die rothaarige Martha, dann Elsa (bereits verheiratet mit Architekt Hackhofer) und Minny (verheiratet mit Baumeistersohn Franz Roth). Diesen Spaß wollte er sich gönnen. Seine Schwägerinnen, alle bereits älter und verheiratete Frauen, tanzten hier schwebend als jungfräuliche Elfen über die Maria Enzersdorfer Wiesen. Für Verdruss oder Verzweiflung über die schwierige Durchführung seiner Ideen in einem so beengten Raum blieb Auchentaller keine Zeit, dafür war er ein zu fröhlicher Zeitgenosse.

Für Martha, die von 1898 bis 1903 in der Villa wohnte und jeden Tag im Musikzimmer Klavier spielte, wurde dieses Bild des ersten Satzes der Pastorale-Symphonie zur Hoffnung auf einen Neuanfang. Den leichtfüßigen Tanz ihrer verheirateten Schwestern über die Wiesen unterhalb der Burg Liechtenstein nahm sie als Wink des Schicksals, dass ihr Leben womöglich doch noch andere, bessere Zeiten, für sie bereithalten würde.

Der erste Satz der Pastorale:

DIE ANKUNFT VON MARTHA SCHEID IN IHREM LEBEN

Trauer und Ärger über die erzwungene Trennung von ihrem Mann, eine unheimliche Begegnung auf der Gumpendorfer Straße, der Umzug der Familie in ein neues Zuhause, Begegnungen mit Gustav Klimt.

»Elfenreigen« (Ausschnitt), Josef Maria Auchentaller 1899,
Erster Satz Beethovens Pastorale-Symphonie, Paneele für das Musikzimmer

Wien, um 1899

Wieder einmal war sie den Tränen nahe. Nur im Musikzimmer würde sie Beruhigung finden – am Nachmittag, wenn niemand anwesend war. Mit 25 Jahren von ihrem Angetrauten getrennt leben zu müssen, war für sie als junge Frau vernichtend. Immer wieder brach diese Gewissheit über sie herein.

Noch dazu hatte jetzt auch Robert, ihr älterer Bruder, gegen sie Partei ergriffen. »*Sie sollte sich nicht so anstellen, das verwöhnte Mädchen, diese Martha*«, meinte er. Das war gemein von Robert, dachte Martha, wie eine unreife Göre wurde sie dargestellt. Besonders jetzt, da vor Kurzem die Ärzte festgestellt hatten, dass sie keine Kinder mehr bekommen könne. Martha fühlte sich einer ausweglosen Situation ausgeliefert. Ihre Tage verliefen in einem einzigen Auf und Ab zwischen Hoffnung und Verzweiflung – eine schwere Zeit.

Sie musste Klavier spielen, um wieder gesund zu werden, ins Gleichgewicht zu kommen, sie konnte ihre Trauer, ihren Schmerz nicht wie einen Rucksack andauernd herumschleppen.

In solchen Situationen erinnerte sie sich gerne an die aufmunternden Worte ihres Geigen- und Klavierlehrers, der ihr immer von Franz Liszt, Marthas Liebling, erzählte: »*Als glücklicher Mensch wirst du durch dein Spiel Freude verbreiten – und gibt's was Besseres?*« Das soll Beethoven zu dem jungen Liszt gesagt haben, als er ihm am Klavier vorspielte.

In ihrer Jugend war Martha in Franz Liszt richtig verliebt gewesen und eiferte ihm nach: Mit gerade zwölf Jahren war er ihr erster Schwarm, ihr Superstar. Sie spielte seine Stücke und liebte seine Beethoven-Transkriptionen. So war sie auf die Pastorale gekommen, Liszt hatte die Symphonie für Klavier bearbeitet.

Nachdenklich wendete sie ihren Blick langsam vom großen Panoramafenster des Musikzimmers ab und begann zu spielen. Am Beginn zart, dann kräftig, mit leichten Anschlägen wiederholte sie die liedhafte Struktur der Takte.

Der erste Satz der Pastorale erklang im Musikzimmer. Martha spielte hervorragend, das hatte sie von ihrer Mutter geerbt. Hermine Scheid konnte ohne Klavier und Musik nicht leben. Jede Woche ging sie mit ihrem Mann in die Oper oder in ein Konzert; jeden Abend spielte sie auf demselben Klavier wie Martha Schubert oder Beethoven.

»Das Erwachen von heiteren Empfindungen bei der Ankunft auf dem Land«, so hieß dieser erste Satz. Wie die tänzelnden Schritte ihrer Schwestern auf dem Auchentaller-Bild flogen Marthas Finger über die Tasten, einmal hierhin, einmal dorthin, dann wieder zurück, dann hinauf, in den Himmel geblickt – das drückte die Musik Beethovens aus: Neugier und Entzückung. Martha konnte diesen ersten Satz sehr rhythmisch spielen und mit dem Kopf dazu im Takt nicken. Sie spielte ihn auswendig. Es war ein himmlisches Gefühl der Befreiung, so in die Musik eintauchen zu können. Doch dann kam wieder dieser Ärger zurück, sie kränkte sich, dass ihr Bruder Robert und auch ihre Schwester Elsa sie so maßregelten und ihr so viele Vorwürfe machten. Martha hackte förmlich auf die Tasten ein.

> *Fortepiano bis hin zum Crescendo, danach erfolgte die Abwandlung des liedhaften Beginns und ging in einen melodischen Fluss über: Wir sind angekommen! – Entspannung.*

Sie war noch immer in ihren Mann verliebt, den sie jetzt nicht mehr sehen durfte, den sie aus ihrem Leben entfernen sollte – auf Wunsch der Familie – das war schmerzhaft.

> *Fortepiano, und immer wieder Fortepiano, ihre Emotionen übernahmen den Anschlag auf den Tasten. Doch vergaß sie auch hier nicht das Zwitschern der Vögel einzufügen: Rollende Wiederholungen des liedhaften Themas, einmal, mehrfach, immer wieder, beim Spielen konnte sie sich darin verlieren, nicht mehr aufhören.*

Beethoven war halt ein Naturnarr, dachte Martha, jeden Moment verbrachte er auf der Wiese oberhalb des Kahlenbergerdörfls mit dem Blick zur Donau hinunter. Die pastoralste Landschaft Wiens schlechthin. »Nur am Lande bleiben!«, notiert er auf einem Skizzenblatt und fügt hinzu: »Ist es doch, als jeder Baum zu mir spräche.«

*

Wien, um 1886
(Martha ist 13 Jahre alt)

Als sie noch ein junges Mädchen war, hatten sie einmal Unbekannte auf der Straße angesprochen. Sie kam gerade aus der Schule und ging nach Hause, über den Naschmarkt, dann hinauf in die Gumpendorfer Straße, die damals mit Pflastersteinen ausgelegt war und nur von Pferdefuhrwerken befahren wurde. Plötzlich bemerkte sie, von älteren Burschen verfolgt zu werden. Sie überholten sie auf der anderen Straßenseite und an der Ecke Kasernengasse (heute Otto-Bauer-Gasse) fingen die beiden vor allen Leuten zu streiten an, schrien aufeinander ein, drohten mit ihren Fäusten und beschimpften einander aufs Gröbste.

Als Martha näher kam, hatte sich bereits eine Menge gebildet, Fuhrwerke mussten anhalten, die Kutscher stießen ungeduldig Flüche aus und jeder glaubte, gleich begänne eine Schlägerei.

Aber es kam anders: Kaum war Martha in Reichweite der beiden Kontrahenten, ließen die sofort voneinander ab und verbeugten sich plötzlich tief vor der perplex dreinschauenden Dreizehnjährigen, zogen ihre Hüte und warfen ihr ein Veilchensträußerl zu: »*Oh grüß Gott, verehrte Gnädigste, haben heute schon geruht und sind wohl ausgeschlafen ... !?*«

Martha, die in der Jugend immer zu Bleichsucht neigte, wurde noch blasser, war ziemlich verwirrt, drehte sich beschämt um und lief schnell aus dem Kreis der Schaulustigen heraus, die Gumpendorfer Straße entlang, in Richtung der Firma ihres Vaters. Während die zwei Burschen an der Straßenkreuzung schallend zu lachen begannen, einander herzlich umarmten und die Zuseher mit Schmunzeln und Klatschen ebenfalls ihren Beifall zu dem dreisten Streich ausdrückten.

Schnell wurde später klar, dass es sich nicht um Unbekannte, sondern um Heinrich, den älteren Bruder von Pepi Auchentaller, Emmas Verlobten, gehandelt hatte. Dieser verkaufte edle Seidenstoffe auf der Mariahilfer Straße und machte damals, so zum »Spaß«, wie er später sagte, einen Umweg über die Gumpendorfer Straße, um die Schwester von Emma, die sein jüngerer Bruder anbetete, ein bisschen zu »hänseln«.

Als Martha erfuhr, um wen es sich bei dieser vorgespielten Rauferei gehandelt hatte, musste sie sehr lachen und schwor sich, in einer solchen Situation nie mehr wegzulaufen, sondern sich zu stellen. Mit erhabener Stimme würde sie verkünden: »*Meine Herren, Sie sind verhaftet, wegen Erregung öffentlichen Ärgernisses!*«

»*Ah ja, verhaften – du – die Schmächtige?*« schmunzelte Emma, als Martha ihr diesen festen Entschluss mit strenger Miene mitteilte, »*weißt was, Flamingotscherl*[8]*, geh dem Ganzen lieber aus dem Weg, beachte die gar nicht, dann lassen sie's eh sein!*« Emma, die von Pepi Auchentaller Angebetete und ältere Schwester, hatte das letzte Wort.

Martha galt schon immer als aufgewecktes Kind, sehr früh interessierte sie sich bereits für Kochen und Haushaltsführung, konnte Gedichte leicht auswendig lernen, war handwerklich sehr begabt und liebte, mit anderen Leuten zusammen zu sein. Ihr handschriftlich, über dreißig Jahre geführtes Kochbuch beginnt sie mit zwölf Jahren niederzuschreiben. Es fühlte sich an, als würde sie sich bereits damals unbewusst auf ein Leben als Gastgeberin, Hotelmanagerin und Grande Dame vorbereiten. Immer wieder gelingt es ihr auch bereits in jungen Jahren, rein zufällig, Personen zu begegnen, die eine gewisse Bedeutung in der damaligen Gesellschaft hatten.

*

Wien, um 1881

In diesem Jahr war ihre Familie von der im letzten Stockwerk der Sandwirtgasse 8 befindlichen Scheid-Wohnung einen Block nach vorne in die Gumpendorfer Straße 85 gezogen. Als Martha am Tag der vereinbarten Übersiedlung unter Tränen ihren im alten Haus liegen gelassenen Korb holen wollte, kamen ihr auf den Stiegen bereits die Möbelpacker entgegen. Bis sie den letzten Stock erreichte, dauerte es eine Weile. Endlich oben angekommen, war der Eingang in ihre frühere Wohnung von einem großen Holzgestell blockiert.

Es war eine Staffelei, wusste Martha sofort, solche Dinge kannte sie von den Leuten, die für ihren Vater Schmuckstücke entwarfen, aber warum denn so etwas hier? Da kam ihr ein kleingewachsener, stämmiger Mann entgegen. Er trug einen schmächtigen Bart, nicht so wie die vielen anderen Männer damals hatte er keinen riesigen Rauschebart und er lächelte sie sogar freundlich an.

An dem konnte sie nicht so ohne Weiteres vorbei kommen: »*Mein Korb … !*«, stammelte sie eingeschüchtert, aber der freundliche Mann erwiderte sofort: »*Aber Mädl, des hama glei. Wo soll denn der sein?*« Martha war vorsichtig an ihm vorbei geglitten und etwas angsterfüllt zum Fenster ihres früheren Kinderzimmers gelaufen, dort stand ein Korb auf dem Boden. Sie öffnete ihn und nahm freudestrahlend einen der darin befindlichen Haarkämme heraus. »*Ah so, die Kämme?*«, sagte der freundliche Mann, »*du bist sicherlich a Scheid-Töchterl, göh?*« Martha nickte und lief ins Stiegenhaus zurück. Haarkämme waren damals Marthas Blasinstrumente, sie beherrschte wie keine andere die Kunst, auf Kämmen bekannte Musikstücke zu spielen. Was sie nicht wusste und erst später mit viel Schmunzeln erzählt bekam: Sie war gerade

Gustav Klimt begegnet, der als Mitglied der »Künstler-Compagnie«[9] in die ehemalige Scheid-Wohnung, im vierten Stock der Sandwirtgasse 8, eingezogen war.

*

Wien, um 1899

(Martha ist 25 Jahre alt)

Viel später – es war einige Jahre nach der Gründung der Secession – traf sie den berühmten Maler Klimt wieder. Es war bei den Mayreders am Neuen Markt, Pepi Auchentaller und Emma nahmen sie zu der Einladung mit. Gustav Klimt kam mit Emilie Flöge[10], natürlich waren die beiden Brüder Mayreder, als Gastgeber, anwesend. Karl, der Leiter des Stadtbauamtes, und Julius, der Architekt, den Emma später mit der Planung ihres Hotels in Grado beauftragen würde. Am interessantesten erzählte eigentlich Rosa Mayreder, Karls Frau. Alle sprachen über das neu errichtete Secessionsgebäude, vom reichen Eisenbaron Wittgenstein finanziert und von Karl Mayreder im Gemeinderat durchgedrückt. Klimt hatte es eingefädelt, blöd war er ja nicht. Nebenbei erzählte Rosa – die sonst gerne über Frauenrechte sprach – diesmal viele Geschichten über einen außergewöhnlichen Menschen, über Rudolf Steiner[11], den sie von früheren Begegnungen gut kannte.

Emilie Flöge, Klimts Muse und Modeschöpferin, war eine tolle Person, gescheit, witzig und »dem Gustl völlig überlegen«, erinnerte sich Martha. »*Die waren ein herrliches Paar, so völlig unterschiedlich. Der Gustl, ein Genie als Maler, aber wenn er auch nur ein Wort sprach, wirkte er ziemlich einfältig. Dieser Mensch konnte ja weder reden noch schreiben*«, erzählte Martha später. »*Seine Postkarten an die Flöge, soweit bekannt, waren furchtbar simpel, einfach peinlich*«, so wurde zumindest in Wien gemunkelt – aber es musste ja nicht stimmen, alles ein Gerücht, wahrscheinlich bösartig. In Wien blieb weniges geheim, der Tratsch blühte in jeder Ecke und alle wussten immer alle Liebes- und andere Geschichten über Persönlichkeiten des öffentlichen Lebens. Schon der berühmte Ringstraßenkünstler Hans Makart[12], eine Generation davor, hatte darunter zu leiden. »Eigenartig, na ja, wienerisch halt«, dachte sie.

Was auch immer die Leute meinten, Martha gefiel dieser Klimt! Der war echt, so wie er auftrat, kein Schwindler, kein Possenreißer. Nur – na gut – er hatte seine wohlhabenden Auftraggeber und malte deren

Frauen, was immer das bei ihm bedeuten mochte. Man kannte doch den Gustl Klimt, er war jedenfalls kein Kostverächter. Aber, an diesen Damen der obersten Gesellschaft konnte er sich nicht so einfach vergreifen, dann hätte er nämlich die Flöge verloren, und die war ihm heilig.

Was Auchentaller mit Klimt verband, wusste Martha nicht: Innige Freundschaft war es kaum, aber Respekt und Hochachtung, ja, das war vorstellbar. Die beiden hatten einander anerkannt. Auchentaller war dem Klimt wahrscheinlich zu normal und nicht verrückt genug.

Beide waren exzellente Handwerker. Klimt beherrschte alle Facetten der Malerei. Mit seinem Bruder Ernst und Franz Matsch fertigten sie fast alle Theaterfresken in der Monarchie an. Ihr Atelier war früher die ehemalige Scheid-Wohnung gewesen. Martha musste unwillkürlich lachen – was für ein Auf und Ab in ihrem Leben!

Martha wuchs in einer wunderbaren und liebenswerten Familie auf. Sie ging in Wien in die Volksschule, wurde aber später nicht nach Weimar, ins strenge evangelische Mädcheninternat geschickt wie ihre beiden älteren Schwestern. Die damals wichtigen Sprachen, Französisch und Englisch, lernte sie bereits zu Hause von Kindermädchen und Hauslehrern. Klavier und Geigenunterricht waren obligatorisch. Ihr Leben begann also wie der erste Satz der Pastorale: eine Art von Ankunft in einer neuen Welt, in ihrer Welt.

Der zweite Satz der Pastorale:

SZENEN AUS MARTHAS JUGEND

Die Trauer geht weiter, Umzug ins Zentrum der Stadt zur Karlskiche, Verehrer kommen und gehen, eine »Liebestorte« entscheidet, der Architekturstudent Eduard Ast ist gerne gesehen, ein Dinner mit Josef Hoffmann und den Stoclets.

»Elfe am Bach« (Ausschnitt), Josef Maria Auchentaller 1899,

Zweiter Satz Beethovens Pastorale-Symphonie,
Paneele für das Musikzimmer

Martha war ziemlich verwöhnt. Ein junges und gut aussehendes Mädchen wie sie konnte wählen, die Verehrer kamen und gingen wie die Chancen im Leben, die man nimmt oder nicht. Alles lag vor ihr, alles konnte sie haben. »Hab ich mich wirklich daran gewöhnt? Ist mir der Erfolg immer in den Schoß gefallen, so wie Robert ätzend sagte«, dachte sie, »jetzt müsste ich dem Ernst des Lebens, das erste Mal, eben unvorbereitet begegnen?« – und damit meinte er wohl die erzwungene Trennung von ihrem angetrauten Mann!

Wie immer blickte sie nachdenklich durch das große Panoramafenster des Musikzimmers hinaus auf eine verschneite Winterlandschaft. Auf dieser Seite war weit und breit kein Haus zu sehen. Am Horizont ragte ein Türmchen in die Höhe. Ganz rechts eine Sternwarte, die stand schon ewig dort. Aber wie lange wird sie noch sichtbar sein? Alle Gründe in dieser Richtung waren zum Verkauf ausgeschrieben. In Kürze wird hier alles verbaut sein und das schöne Panorama ruiniert, verstellt, blockiert. Dann wird man sagen: *»Damals, ja da gab's hier noch einen schönen Ausblick!«* Immer dieses »Damals«, immer dieses »Gestern!« Für einen kurzen Moment vermischten sich für Martha die Zeiten: das Damals, das Heute und das Morgen. Wie sich die Landschaft vor dem Fenster bald verändern würde, hatte sich auch ihr eigenes Leben bereits verändert. Der Fluss des Lebens spülte sie bereits an neue Ufer, doch sie erkannte diese Ufer noch nicht.

Sie verbrachte eine schöne Zeit – »damals« – mit ihrem angetrauten Mann, dem Gustl: Zwei Jahre ist es bereits her, sie waren damals nur kurze Zeit zusammen.

Im Frühsommer 1897 wurde die Hochzeit gefeiert und im Herbst waren sie schon wieder getrennt. Wie ein Traum kam es ihr vor, eigentlich ein Albtraum. Ihre große Liebe, so wahr, so echt und dann so schnell zerstört, so schnell zur Vergangenheit geworden. Kaum Zeit, um diese Vergangenheit besser kennenzulernen, zu verstehen, zu verarbeiten – wieder überfiel sie eine große Traurigkeit.

*

Der zweite Satz der Pastorale, Beethovens »Szene am Bach«, wurde von Pepi Auchentaller zur »Elfe am Bach« umgedeutet. Ein leicht transparent gekleidetes weibliches Wesen – man könnte fast wieder Martha vermuten – schwebt durch einen Birkenwald, davor ein Bächlein; mehr eine Erscheinung als ein reales Wesen. Das Bild hing gleich neben dem Glasfenster, auf der rechten Seite des Raumes. Es war kleiner als die anderen Paneele, weil sich darunter der Notenschrank befand, aber wunderschön, so fein, zart und zierlich. Martha fühlte sich geschmeichelt, obwohl ihr das durchsichtige Gewand nicht wirklich zusagte, man konnte eindeutig ihre Brüste sehen. Aber, die Secessionisten hatten schon ganz andere Dinge gemalt, soweit hat sich der Pepi Auchentaller dann doch nicht vorgewagt. Martha saß am Klavier und begann zu spielen.

Im Gegensatz zum ersten Satz war der zweite durchgehend fein und lieblich. Fast kein Crescendo, dafür diese vielen kleinen, sehr schnell zu spielenden und abwechselnden Tastenkombinationen, die Vogelstimmen in den Bäumen imitierend. *»Die haben da ja mitkomponiert«*, wie Beethoven immer sagte. Martha schwebte über die Tasten. Nur ein Genius wie Liszt konnte eine solche orchestrale Komposition so perfekt für das Klavier umsetzen. Die Leichtigkeit der Musik erinnerte Martha an die Unbeschwertheit ihrer Jugend.

*

Wien, Anfang der 1892er-Jahre

(Martha war um die 18 Jahre alt)

Lange bevor die Villa Scheid mit dem Musikzimmer geplant wurde, zog die Familie in die Lothringerstraße 37 (heute Kärntner Straße 63). Zentral gelegen, gegenüber der Karlskirche, mit Blick auf den Wienfluss und den Naschmarkt; die Secession war noch nicht gebaut.

Für Martha und ihre heranwachsenden Schwestern war das eine strategische Position, um die unten auf der Straße Richtung Elisabethbrücke, Karlskirche und Technische Hochschule gehenden Studenten von oben her zu mustern. Die Wohnung lag im Hausherrenstock, auch Beletage genannt, mit einem Balkon zur Karlskirche hin, und die Fenster der Schlafzimmer der Mädchen waren in Rufweite zur Kärntner Straße.

Es dauerte nicht lange, da wussten die unten, wer die da oben waren. Praktisch für die Studenten der Technik: Am Nachhauseweg gab es Kaffee und Kuchen bei den Scheids. Praktisch für die Mädchen, sie konnten aussortieren und nur diejenigen einladen, die in ihre engere Wahl fielen, und praktisch auch für die Eltern: Alles lief unter ihrer Kontrolle ab.

So entstand allerdings auch ein Wettbewerb zwischen den Schwestern, wer für wen zuständig war und – das war besonders bedeutend – wer für wen die insgeheim unter den Mädchen als »Liebestorte« bezeichnete Nascherei backen durfte, um ihre Zuneigung auszudrücken.

Martha hatte die meisten Verehrer und teilte viele »Körbe« aus, was verständlicherweise viel Liebesschmerz bei den Betroffenen auslöste. Diese wiederum wurden gerne von den verbliebenen weiblichen Geschwistern getröstet. Emma, die älteste Schwester, war damals bereits mit ihrem Pepi Auchentaller zusammen. Es verblieben die zweitgeborene Ida und die beiden etwas Jüngeren: Elsa und Minny.

Wer damals in der Kärntner Straße unten vorbeiging, musste nur auf ein gewisses, recht leises Pfeifen hören und hinaufsehen, dann bekam er mit den Fingern einer jungen weiblichen Hand die Uhrzeit der Einladung angezeigt, oder es segelte ein Zettel mit einer Botschaft herunter. Die Mädchen waren schlau genug, um über den Stundenplan der Vorlesungen an der Uni Bescheid zu wissen.

Die Auswahl an Verehrern war groß, da gab es Architekturstudenten und Ingenieursanwärter. Josef Maria Auchentaller, Emmas Auserwählter, ging bereits auf die Akademie am Schillerplatz und war selten zu Gast. Dafür brachte er Elsas Liebling mit, den angehenden Architekten Josef Hackhofer, und dieser wiederum brachte im Schlepptau einen gewissen Eduard Ast mit, einen sehr eleganten, witzigen und gutaussehenden jungen Mann. Martha und er verliebten sich auf der Stelle. Das Problem war allerdings dabei, dass auch Ida sich in diesen »Edi« verliebte, die gegen ihre Schwester aber chancenlos war.

Krieg im Vier-Mäderl-Haus? Mitnichten! Die Schlichtungsstelle hieß wie immer Emma, sie konnte es am besten. Um nicht den Überblick zu verlieren – es gab ja bei vier Mädchen eine Unzahl an Verehrern –, war ein Gästebuch angelegt worden, und über die Jahre waren die Einträge der Besucher zu einer stattlichen Menge angewachsen. Es galt als ausgemachte Sache, dass der hundertste Besucher von »seiner« Liebsten eine Torte als Belohnung bekommen würde.

Das sprach sich rasch bei den Burschen herum und plötzlich wollte jeder der Hundertste sein. Dabei hatten die älteren Schwestern die Entscheidungshoheit und da alle im Hause Eduard Ast besonders nett, liebenswürdig und angenehm empfanden, sollte eben dieser Verehrer von Martha der Tortenempfänger werden. Nur Ida stemmte sich dagegen, sie wollte »ihren Ast« auch beglücken dürfen.

Emma wurde wieder einmal befragt und entschied, dass Ida die Torte backen durfte, und Martha würde sie in Idas Namen an den Glücklichen übergeben. Die Mädchen schummelten bei den gezählten Besuchern, um Ast zum hundertsten zu machen. Eine Insider-Information wurde ihm zugespielt, damit er am richtigen Tag am richtigen Ort erscheinen würde. Dabei kam es leider zu einem Missgeschick. Ida buk die Torte und war furchtbar nervös, verwechselte Zutaten und Hitze – am Ende brannte die Torte an. Jetzt war Martha an der Reihe. Noch war die zweite Torte nicht fertig gebacken, als sich plötzlich ein unangesagter Besucher einstellte und damit eigentlich der hundertste Gast gewesen wäre. Noch dazu war es Pepi Auchentaller, der so überhaupt nicht in die Pläne der Mädchen passte, erstens war er bereits vergeben und außerdem zu alt.

Mit vielen Entschuldigungen und Wehklagen wurde ihm schnell ein Stück der verbrannten Torte serviert; sie hätten halt nichts anderes und der Kaffee war leider auch gerade ausgegangen. Alles Ausreden, damit er nur so rasch wie möglich wieder verschwinden würde. Tat er aber nicht, ihm schmeckte die verbrannte Torte oder zumindest täuschte er dies vor, weil er etwas ahnte.

Um ihn so schnell wie möglich aus dem Haus zu schaffen, wurde er kurzerhand zum Kaffeeeinkauf geschickt. Insgeheim wussten alle Beteiligten, dass gerade an diesem Tag die Rösterei mit dem guten Kaffee geschlossen war. Sie hofften, mit diesem Trick Pepi loszuwerden, waren sich aber nicht sicher. Daher wurde ihm sogleich Minny, die jüngste Schwester, hinterhergeschickt, um ihn abzuhalten, womöglich wieder anzuklopfen.

Dann kam er endlich, ja er »erschien«: Eduard Ast verneigte sich tief und nahm mit seinem betörenden Lachen die Torte in Empfang.

Ida weinte ein bisschen und hielt sich im Hintergrund, ihr war bewusst geworden, dass er nur Augen für Martha hatte.

»Ach, der Edi, dieser Ast, mein ›Baum‹ «, Martha hatte wieder Tränen in den Augen und verfiel ihren Erinnerungen. Der schöne Eduard Ast, Student an der Technik, Architekturstudent: »Mein Gott, wie waren wir verliebt. Aber, dann kam seine Maria, und bei mir der Gustl. Er wäre schon eine gute Partie gewesen«, überlegte Martha.

Jetzt großer Baumeister, Promotor des Eisenbetons mit tollen Aufträgen. Sie verstanden sich noch immer gut und manchmal war sie später bei den Asts auch eingeladen. Sie ging gerne hin, denn im Speisezimmer der Villa Ast hing auf der einen Seite ein großer Auchentaller, die »Drei Grazien«, auf der gegenüberliegenden Seite hing der »Flöte spielende Jüngling« von Berthold Löffler und im Herrenzimmer ein Klimt. Wie immer, ihr Schwager war in bester Gesellschaft.

Bei dieser Gelegenheit traf Martha einmal auf den »schrecklichen Hoffmann«, erinnerte sie sich, »der ach so berühmte Architekt, der Josef Hoffmann. Nichts und niemand konnte es ihm recht machen, selbst der Edi nicht. Der Hoffmann war einfach schwierig, nichts fasste er an, vor jedem Bazillus hatte er Angst, ein total verschreckter Mensch, wie konnte man nur mit diesem Hypochonder zusammenarbeiten?«

»Und die Stoclets,[13] der Adolphe und seine Suzanne, die waren gerade wieder auf Besuch in Wien. Mein Gott, die wussten überhaupt nicht den Wert des Geldes zu schätzen, die verwendeten Geldscheine wie andere Papier. Ihr Interesse an unseren Künstlern war enorm, dem Hoffmann sind sie nachgerannt. Der Adolphe verkündete immer ganz stolz, er würde sich mit einem Stecktuch von Hoffmann begraben lassen, und das stand bereits in seinem Testament. Dann lachten immer alle und nahmen das als guten Scherz eines reichen Mannes. Nur der Hoffmann nicht, der fand das Ganze gar nicht lustig.« Nachdenklich blickte Martha durch das große Fenster in den Garten hinaus, für kurze Momente hatte sie ihr Klavierspielen unterbrochen.

Der dritte Satz der Pastorale:

MARTHA UND IHRE FESTE

Der Maskenball im Künstlerhaus, die dreifache Hochzeit im Hause Scheid, der plötzliche Tod des ältesten Sohns.

»Lustiges Zusammensein«, Josef Maria Auchentaller 1899,

Dritter Satz Beethovens Pastorale-Symphonie, Paneele für das Musikzimmer

Zart beginnt er, dieser dritte Satz, heftig geht es weiter. Beethoven notiert hier zwar »Allegro«; munter, fröhlich, beschwingt, ist vom Meister vorgegeben, aber wenige Interpreten halten sich daran.

Die Tempi sind wirklich fröhlich-beschwingt, aber nicht Marthas Tastenanschlag, der ist heftig bestimmt, ein Crescendo schlechthin, kurzzeitig bebte das Musikzimmer, als wäre ein ganzes Orchester angetreten und die spielen diese Stelle meistens genauso heftig. Man glaubt fast, bereits im Gewitter gelandet zu sein, also im vierten Satz, aber nein, dann wird es ganz feinsinnig und ganz »piano«. Wie aus einer Waldesstille heraus entwickelt sich eine feine Melodie, wiederholend, zwitschernd, eine Vogelstimme durchzieht das Leitmotiv, den gesamten Satz, wieder und immer wieder, alternierend, verwoben mit Untertönen und Obertönen, teilweise unhörbar, teilweise überhörbar, schnell, fließend, lieblich. Jungen Mädchen hat diese Stelle damals besonders gut gefallen, so züchtig, unschuldig, ungefährlich, für die Schüchternste unter allen geeignet, um in Schwingung zu kommen.

*

Wien, um 1893

Als älteste der im Elternhaus verbliebenen Schwestern (Emma war ja bereits verheiratet, Ida gerade im Internat in Weimar und Minny noch zu jung), durfte Martha als Erste ausgehen und auf vielen Bällen in Wien ausgiebig tanzen, sich unterhalten und spät nach Hause kommen. Martha war sehr strikt, mit sehr klaren Vorstellungen, wie ein Mann an ihrer Seite auszusehen und sich zu benehmen hatte.

Naturgemäß waren die Eltern interessiert, wer da wohl im Rang der Verehrer ganz oben stand. Besonders ihr Vater war in dieser Angelegenheit sehr streng und wie damals üblich, wollte er alle seine Töchter entsprechend gut verheiratet sehen. Später gingen die Schwestern gerne zusammen auf den Maskenball im Wiener Künstlerhaus, der war bei ihren Freunden besonders beliebt. Einmal war Vater Scheid krank geworden, sodass er nicht mitgehen konnte und die Töchter mit der Mutter alleine den Ball besuchten. Sie machten sich einen großen Spaß daraus, die Mutter als ältere Schwester auszugeben, das klappte immer ganz hervorragend. Hermine Scheid war eine lebenslustige Frau Mitte vierzig, sah um vieles jünger aus und konnte hervorragend tanzen.

Immer wieder wurde die Mutter zum Tanz aufgefordert, und da es ja ein Maskenball war, hatten sich alle Anwesenden mehr oder weniger verkleidet. So wusste man nie, wer sich hinter einer solchen Maskerade versteckte. Für die Töchter gab es eine gute Auswahl von jungen und gut aussehenden Burschen zum Tanzen.

Etwas Komisches fiel allen anwesenden Scheids allerdings auf: Da gab es einen weiß gekleideten Mohren[14], der sich auffälligerweise permanent in der Nähe ihres Tisches aufhielt und alle Vorgänge zu beobachten schien. Schon etwas eigenartig, dachten sich die Schwestern, aber es störte sie nicht. Kurz vor Mitternacht fasste Martha ihre Mutter am Arm und flüsterte ihr zu: »*Also ich glaube, dieser Mohr da drüben ist Vater, geh mal bei der Damenwahl hin und fordere ihn zum Tanzen auf, dann werden wir es ja gleich sehen!*«

Das ließ sich die Mutter nicht zweimal sagen. Bei der nächsten Gelegenheit ging sie auf den Mohren zu und dann konnten sich beide vor Lachen nicht mehr halten: Es war Vater! Seine Krankheit war vorgetäuscht und der Arzt musste auf seinen Wunsch hin der Familie eine unrichtige Auskunft geben, damit er als Mohr unerkannt seine Töchter beobachten konnte. Noch lange nach diesem Abend, der noch bis in die frühen Morgenstunden dauerte, wurde darüber viel gescherzt.

*

Im dritten Satz hält sich Pepi Auchentaller strikt an Beethovens Anweisungen. Nur sind die leicht erkennbaren Landleute auf dem Bild wiederum Mitglieder der Familie Scheid. Mit dem Gesicht zum Betrachter positioniert er Arthur Scheid, Marthas älteren Bruder. Mit dem Rücken zum Betrachter sitzt dessen Frau Valerie Gillar. Martha hat sich immer gewundert, warum der Pepi gerade hier, im dritten Satz, der Tanz und Fröhlichkeit ausdrückt, das tragische Schicksal des früh verstorbenen Arthur anklingen lässt.

Drei Jahre vorher, im Oktober 1896, gab es diese unglaubliche dreifache Hochzeit im Hause Scheid. Am selben Tag, heirateten Elsa ihren Architekten, den Josef »Pepi« Hackhofer aus Kärnten, Robert seine Gabrielle Leroy, die Tochter des Polizeipräsidenten von Paris, und der

Arthur die hübsche Valerie Gillar aus Wien. Ihr Vater, Valerian Gillar, war ein bekannter Kunstschlosser in der Stadt.

Diese dreifache Trauung fand in der evangelischen Kirche[15] auf der Gumpendorfer Straße etwas stadtauswärts, gleich nach der Firma Scheid, statt. Es stand sogar in der Zeitung. Unglaublich, ein Feuerwerk der Liebe – und eine großartige Leistung der beiden Eltern. Der Empfang für die vielen Gäste, Zuschauer und Gaffer fand natürlich auf den Scheid-Gründen in Maria Enzersdorf statt. Das hatten die Maria Enzersdorfer noch nie gesehen, eine dreifache Hochzeit! Ja, bei den Scheids war immer was los.

Mit schrecklichem Schaudern erinnerte sich Martha allerdings auch an den Tag, als der gerade glücklich vermählte Arthur, Stolz seines Vaters und ausgesuchter Nachfolger für die Firma Scheid, innerhalb von zwei Tagen an einer Lungenentzündung verstarb: »Drei Monate nach der Hochzeit! Unglaublich, die arme Frau, diese Valerie! Die beiden hatten noch nicht einmal die Chance gehabt, ein Kind zu zeugen – in diesem Falle vielleicht sogar ein Glück. Warum war der Arthur nur so dumm, unbedingt mit dem Kutscher um die Wette Rad zu fahren – von der Gumpendorfer Straße nach Maria Enzersdorf? Nur weil der Arthur aus Birmingham, wo er einige Jahre vorher wohnte, ein modernes, dem letzten Stand der Technik entsprechendes, Rennrad mitgebracht hatte und daher glaubte, er kann schneller sein als eine Kutsche mit Pferden. Am Ende gewann er das Rennen nur, weil der Kutscher aus Respekt vor unserem Vater seine Rappen zurückhielt, damit Arthur, der zukünftige Firmenchef, gewinnen konnte. Was er aber wirklich gewann, war sein Tod. Angekommen sprang er verschwitzt und entkräftet schnurstracks in das kalte Wasser des Schwimmbades in Maria Enzersdorf und holte sich dadurch die tödliche Lungenentzündung.«

Für die Eltern war das der Anfang vom Ende. Der älteste Sohn war nicht mehr, was sollte jetzt aus den Firmen werden? Die Schmuckfabrik exportierte in die ganze Welt, die Affinerie[16] expandierte erfolgreich nach Ungarn. Das alles hätte Arthur im nächsten Jahr übernehmen sollen, und jetzt lag er am Zentralfriedhof, in der Familiengruft.[17]

Martha hämmerte in die Tasten, man konnte meinen, das Gezwitscher eines Spatzes wird zum lauten Amselkonzert, »andante molte«, dann »fortepiano«, egal, was Beethoven befahl, daran musste sich niemand halten, niemand war da, der Martha zuhörte. Ihr Schmerz wurde durch ihr Spiel gelindert. Die Musik war wie Balsam auf ihrer verletzten Seele, die gleichzeitig wie die Botschaft einer neuen Weiblichkeit wirkte. Dazu hatte sie zwar noch Zeit, wusste nicht viel davon, ahnte vielleicht ein bisschen, glaubte aber nicht daran. In der schwierigen Situation, in der sie sich befand, war für sie kein Ausweg in Sicht.

Der vierte Satz der Pastorale:

MARTHAS HOCHZEIT

Auf einem Kostümball trifft Martha ihre große Liebe Gustav Markl, Verlobung und Heirat in Maria Enzersdorf, Hochzeitsreise nach Venedig, erzwungene Trennung, ihr Ehemann landet in der Landes-Irrenanstalt in Graz.

»Birken im Sturm (Gewitter 1)«,

Josef Maria Auchentaller 1899,
Dritter Satz Beethovens Pastorale-Symphonie, Paneele für das Musikzimmer

Maria Enzersdorf war eine liebliche Gegend im Süden von Wien, eingebettet in Weingärten und Föhrenwälder, die immer wieder von Birkengruppen durchbrochen waren. Gegen Ende des 19. Jahrhunderts zog das milde Klima immer mehr ältere Menschen an. Neben dem altbekannten Baden, wo schon Beethoven zeitweise gelebt hatte, entwickelten sich Mödling und eben Maria Enzersdorf zu gesuchten Plätzen. Was diesen Ort auszeichnete, waren die vielen Schlösser und hauptsächlich natürlich die Burg Liechtenstein oben auf dem Hügel. Martha, wie alle Geschwister, kannte jeden Fleck in der Umgebung, schließlich waren sie allesamt hier aufgewachsen. Mit der Südbahn war der Ort schon in ihrer Kindheit gut erreichbar gewesen.

Waren die Sommer heiß und trocken, musste man trotzdem das ganze Jahr über aufpassen, immer wieder brachen ganz plötzlich Unwetter herein. Man konnte sie nicht sehen, sie kamen von Westen her, also von der Hinterbrühler Seite, und stürzten sich dann förmlich von oben auf den Ort. Auch die Winde und der Hagel waren bekannte Unruhestifter. Bei solchen Unwettern war es gefährlich, draußen zu bleiben; am besten man verkroch sich unter einem Dach.

Und genau so eine Unwetter-Situation, die alle kannten, ließ Josef Maria Auchentaller auf seiner Leinwand entstehen. Es sah furchterregend aus, so gut war es ihm gelungen. Das Bild hing seitlich von Martha auf der rechten Seite des Musikzimmers. Eigentlich hing es um die Ecke, denn es waren ja zwei Bilder, die in einem 90-Grad-Winkel zusammenstießen und einander ergänzten. »Gewitter und Sturm«, so bezeichnete Beethoven den vierten Satz seiner Pastorale. Martha erkannte die Wiese und die Hütten am Waldesrand: »Auf dieser Wiese haben wir Schwestern im ersten Satz noch als Elfen getanzt, jetzt zog das Gewitter darüber her und zerzauste die Bäume, sie bogen sich im Wind, die Sonne war hinter Wolken verschwunden«. Diese »Hüter-Hütten«, im lokalen Dialekt: »Hiata-Hitten«[18] genannt, waren oft die letzte Rettung vor dem Sturm. »Der Pepi malte da wieder einmal seine eigene Geschichte ins Bild. In einer solchen Hütte, oberhalb der Johannesstraße am Rauchkogel, hatte er einmal mit Emma einen Unterschlupf suchen müssen«, erinnerte sie sich.

Die beiden Bilder waren so platziert, dass der Sturm aus dem Zimmer heraus durch das gleich anschließende Panoramafenster wehte. Das war alles genau geplant und bedacht. Auch die »Lustigen Landleute«

zusammen mit Bruder Arthur und seiner Valerie, auf der anderen Seite des Fensters, richteten ihre Tanzbewegungen genau so aus, dass sie mit Schwung aus dem Fenster schweben würden.

Martha fühlte sich, als würde ein Orchester mitspielen: Es begann mit einem lauten Donner, dann ging es Schlag auf Schlag. Auf die Trompeten folgten die Trommeln, darauf antworteten die Geiger und verbanden das Getöse mit den feinen Blitzen, die sich in Lichtgeschwindigkeit entluden. Das Konzert des Gewitters reflektierte sich in der Partitur. Paukenschläge, höher und höher wurde der Tonfall, um danach in ausgleichenden musikalischen Kaskaden langsam wieder abzufallen.

Stoßweise, im Takt des Donners, prasselte der Regen zur Erde, getragen vom Wind in alle Ecken und Enden der Schöpfung. Es war eine gewaltige Welt, die Beethoven hier auf hörbare Weise umsetzte: Martha tat es am Klavier und Auchentaller auf der Leinwand.

Sie begann zu schwitzen, dieser vierte Satz verlangte körperlichen Einsatz. Es war heiß im Musikzimmer, links von ihr stand der Holzofen und der war gut beheizt worden. In einem so kleinen Raum verbreitet sich rasch die Wärme. Ihre ersten Anschläge waren zart, fast schüchtern, so wie die Ruhe vor dem Sturm, melodiös erhoben sie sich aus der mit flinken Fingern gespielten Tastenfolge, um rasch in stakkatohafte Handbewegungen zu eskalieren. Einmal gab die Rechte auf den oberen Oktaven den Ton an, dann flog die Linke weiter nach unten zu den Basstönen. In einem unglaublich schnellen, fast zittrigen Hin und Her bewegten sie sich über die Tasten. Dann jagten beide Hände einmal die Tastatur hinauf, einmal hinunter, um gleich darauf wie wild auseinanderzustieben. Kein Wunder, dass da der Himmel zu regnen begann, sein Schluchzen wurde zum Donnergrollen und das Licht für eine kurze Erleuchtung verbraucht. Hier brach Martha plötzlich ab, ihre Finger hatten sich verlaufen, sie waren aus dem Gewitter herausgefallen. Ihr fehlte einfach die Übung, diese schwierigen und schnellen Passagen am Klavier durchzuhalten. Sie war müde geworden, auch weil das Gewitter ihr Herz erreichte.

*

Wien, um 1896

Der für sie so lebensentscheidende Moment passierte auf einem Kostümball. Auf einem solchen Fest traf sie das erste Mal mit ihrem späteren Ehemann, Gustav Markl, zusammen. Die Markls waren k.u.k. Hoflieferanten für Pflanzen und Sämlinge. Im Frühjahr belieferten sie das Schönbrunner Schloss mit den ausgefallensten Blumenzwiebeln und durften sogar das Schlafzimmer des Kaisers wöchentlich betreten, um dort südländische Gewächse in dafür vorgesehene Kästen einzupflanzen.

Da der Blumenschmuck für diesen Ball von der Firma Markl geliefert wurde, war der Gustl auch dabei: als »Rose« verkleidet, das fand sie damals sehr beeindruckend. Die Halskrause in Rosenform, in Rot natürlich; den Kopf von Schalen umschlossen, die wie Blütenblätter wirkten, und dazu trug er einen grünen Anzug, der wie der Stängel aussah. Es war das beste Kostüm auf dem ganzen Ball und alle Mädchen rissen sich um den feschen Unbekannten. Martha hatte sich als Parsifal verkleidet, ganz in Weiß, ihre roten Haare waren hinter ihrem blassen Gesicht zu einem langen Zopf zusammengebunden, in dem goldblondes Echthaar eingearbeitet war. Das Kostüm schenkte ihr Pepi Auchentaller zum Geburtstag. Alfred Roller, ein guter Freund von ihm, hatte es entworfen. Roller und Pepi arbeiteten in der Secession oft eng zusammen, viele Bühnenbilder und Kostüme auf Wiener Bühnen stammten von Roller, auch dieses von Parsifal. Marthas Schwester Emma konnte sehr gut nähen und passte ihr das Kostüm körpernah an, schließlich musste sie an diesem Abend einen jungen, unschuldigen Knaben darstellen, daher auch die Farbe Weiß. Wer konnte schon in einem echten Theaterkostüm auf einen Maskenball gehen?

Parsifal war der Held junger Mädchen in der damaligen Zeit, weil er als »reiner Tor« den Vorstellungen von einer heilen Welt am nächsten kam. Außerdem hieß seine Mutter Herzeleide, was für ein Name! Niemand wollte damals so heißen, aber die Mädchen liebten nun mal den Namen. Die gleichnamige Oper von Richard Wagner kannten sie alle.

Warum sie auf diesem Fest gerade einen jungen Mann darstellen wollte, war selbst für Martha in diesem Moment der Erschöpfung nicht mehr nachvollziehbar. Sie stand auf und lehnte sich an das Klavier, den Blick durch das helle Panoramafenster gerichtet, der Schnee reflektierte das rötliche Licht der untergehenden Sonne in den Raum herein. Das war erst gerade einmal drei Jahre her, im Spätherbst 1896, nach ihrem 22. Geburtstag. Auf diesem Ball wurden Gustl und sie ein Paar. Ab diesem Zeitpunkt waren sie unzertrennlich.

Im Gegensatz zu all ihren Schwestern, ging es mit Gustl dann sehr schnell. Vater Scheid musste nicht erst überzeugt werden, meistens das größte Hindernis, um eine Genehmigung für eine Verehelichung zu bekommen. Bei den Markls war er nicht so streng. Gustl, einige Jahre älter als Martha, war geschäftlich durch die ganze Monarchie gereist, so wie ihr eigener Vater, deswegen verstanden sich die beiden sehr gut, sie hatten sich viel zu erzählen und kannten dieselben Orte. Martha war glücklich, dass er in ihrer Familie so gut ankam.

Noch vor Weihnachten gab es die Verlobung, gefeiert wurde im winterlichen Maria Enzersdorf. Die Heirat sollte vor dem Sommer 1897 erfolgen. Wie bei allen anderen Geschwistern wurde der Polterabend im alten Landhaus und im Weingarten von Maria Enzersdorf abgehalten. Allerdings hatte ihr Vater seit dem Kauf 1873 viel Land dazu erworben und daraus war ein stattlicher Grundbesitz entstanden. Der erstreckte sich jetzt von der Ecke Hauptstraße-Johannesstraße bis hinauf zur Helfersdorferstraße, fast ein Hektar groß mit Gemüsegarten, Glashäusern, Stallungen für Pferde und zwei Kühe und Hühner, einem Schwimmbad, einer Aschenbahn zum Laufen und Turngeräten. Vater Scheid war seiner protestantischen Erziehung treu geblieben, körperliche Ertüchtigung war Teil der Anforderungen an seine Kinder, dazu gehörte frühes Aufstehen – nicht unbedingt eine von Marthas Vorlieben –, dann Turnübungen vor offenem Fenster, und die Überzeugung, in einem gesunden Körper stecke auch immer ein gesunder Geist.

Das alles verkörperte der Gustl in Reinkultur, er schwamm mit ihren Brüdern um die Wette, lief wie ein Wiesel auf der Rennbahn, konnte gut reiten und geschäftlich war er erfolgreich. Gustl war sogar bibelfester als ihr Vater. Das hieß aber gar nichts, da Georg Adam die Bibel meistens nur von außen betrachtete. Für ihren Vater war die Hochzeit mit Gustav Markl eine richtige Erleichterung.

Martha erinnerte sich an viele Details: »Dann kam das Jahr 1897 und meine Hochzeit rückte näher, die niedergeschlagene Stimmung meines Vaters über den Verlust seines Sohnes Arthur erholte sich etwas. In einem Jahr würde er sechzig Jahre alt werden, eine magische Zahl, da will sich jeder erfolgreiche Mensch ein Denkmal bauen. Unser

Vater plante die Villa Scheid im Cottage, das war sein Geschenk an sich selbst«, so vermutete sie – er sprach nie darüber.

Als Martha und Gustl heirateten, war die Welt in Ordnung. Ja, sie waren glücklich, überglücklich, ihre Hochzeitsreise ging nach Venedig. Diese Stadt war eine Art von geistiger Heimat für sie und Gustl, beide waren gleichermaßen an Kunst und Musik interessiert – und davon gab es in Venedig wohl genug.

Sie wohnten im Hotel Gabrielli Sandwirth, gleich neben dem Markusplatz. Das Hotel gehörte seit 1856 einer Südtiroler Familie, die ihr Schwager, Josef Maria Auchentaller, gut kannte. Er hatte auch das Quartier organisiert, da die gesamte Auchentaller Verwandtschaft aus Trient, wo die Brüder seines Vaters eine große Handelsniederlassung für edle Seidenstoffe hatten, in Venedig immer nur im Sandwirth abstieg.

Venedig war bezaubernd, erinnerte sich Martha, »ich glaubte mich im siebenten Himmel, Gustl war ja auch so ein wunderbarer Mann, verführerisch, anschmiegsam, vorsichtig. Die Hochzeitsnacht verbrachten wir eng aneinandergeschmiegt, aber ich blieb Jungfrau. Wir hatten eine Abmachung getroffen. Er musste sich zurückhalten, was er auch tat. Ich liebte ihn dafür, auch ich musste ja zurückstecken. Wir kamen beschwingt aus Venedig zurück, ich dachte, meine beste Zeit würde nun beginnen – aber es kam ganz anders! Innerhalb von einigen Wochen bekam ich einen eigenartigen Ausschlag an vielen Stellen meines Körpers. Es gab dafür keine andere Erklärung, als dass mich Gustl mit irgendetwas Unbekanntem angesteckt haben könnte. Von da an brach die Hölle los.«

Für Details interessierte sich niemand mehr, Martha haderte mit ihrem Schicksal, eine Trennung wollte sie nicht, sie liebte Gustl noch immer. Ihre gesamte Familie war aufgebracht, besonders die älteren Geschwister wetterten gegen die Markls, allen voran ihr Bruder Robert, der wollte Gustl gleich mal »den Kragen umdrehen«. Diesmal konnte sie nicht einmal auf ihre Mutter Hermine hoffen, auch sie schloss sich dem Chor der Familie Scheid an: Martha sollte sich scheiden lassen. Was das hieß, konnte sie in diesem Moment nicht erahnen – zu ihrem Glück.

Anfang 1899 wurde Gustav Markl, der bereits seit einiger Zeit in der Landes-Irrenanstalt in Feldhof bei Graz eingeliefert worden war, unter Kuratel gestellt[19]. Martha erfuhr davon nur am Rande, sie wollte davon auch nichts wissen, sie musste sich um ihre eigene Gesundheit kümmern. Seit einem Jahr bekam sie umfangreiche ärztliche Hilfe, wurde von einem zum anderen Spezialisten geschleppt. Danach war sie auf Kur gefahren, langsam erholte sich ihr Körper wieder und sie fühlte sich besser. Die Trennung von ihrem Gustl, so wie von ihrer Familie gewollt, war damit vollzogen.

Unbewusst drückte sich Martha um diese Erinnerungen herum, sie schmerzten noch immer. »Warum gerade ich?«, dachte sie, »ist es nicht wie auf einer Hochschaubahn: einmal ganz oben und dann gleich wieder unten?« Ihre Heilung kam aus der Musik, sie brauchte keine weitere Hilfe, ihr Medikament hieß »Beethoven«. Damit überhaupt Melodien entstehen können, müssen Töne auch Höhen und Tiefen durchlaufen: Die Pastorale als ein heilbringendes Lied von der Hochschaubahn des Lebens? Martha störte nur eines: Müssen es immer solche Extreme sein, wollte sie wirklich so hoch hinaus?

Das Leben ging weiter. Nur langsam änderte sich ihre innere Gemütslage. Die äußere Umstellung fiel ihr leichter. Was vorher wie ein Gefängnis wirkte, wurde langsam zu einem schützenden Haus. Hier oben in der Villa auf der Hochschulstraße war sie in einer anderen Welt und im Winter kamen nicht viele Besucher. Wenn sie ihre Mutter in die Stadt begleitete, ließ sie sich in der Gumpendorfer Straße nicht blicken. In der Firma des Vaters wusste jeder über ihr Schicksal Bescheid, sie genierte sich dafür, und darauf angesprochen wollte sie auch nicht werden.

Der fünfte Satz der Pastorale:

VON GARDONE NACH GRADO

Wagner-Opernlieder auf einem Kamm zu blasen bringt Martha Glück, die radfahrende Familie Scheid, Ausflug zum »Torre di San Martino«, Bruder Ernst fährt als Erster nach Grado.

»Angelusläuten«,

Josef Maria Auchentaller 1899,
Fünfter Satz Beethovens Pastorale-Symphonie, Paneele für das Musikzimmer

Warum wurde dieser fünfte Satz von Josef Maria Auchentaller nur so gestaltet? Oft stand Martha vor dem großen Bild und wunderte sich: Eine bäuerliche Familie geht nach der Arbeit bei Sonnenuntergang auf ein Dorf zu. Sie bleiben stehen, das Kind kniet nieder, alle blicken in Richtung der Kirche im Dorf: Das Angelusläuten zum Tagesende begann, ein ländlicher Brauch. Josef Maria Auchentaller erzählte immer vom Angelusläuten, das er vom Ausseerland her kannte, dort läuteten die Glocken immer zum Sonnenuntergang: Der Friede nach getaner Arbeit, nach dem Gewitter, dem Sturm, nach einer erlittenen Schmach, trat ein.

Martha begann den fünften Satz zu spielen. Ganz langsam, bedächtig setzt die Musik ein, melodiös, wie ein Lied. Sie konnte jetzt direkt mitsummen. »Allegretto« hatte Beethoven hier notiert, also nur etwas bewegt, jedenfalls langsamer als Allegro: »Frohe und dankbare Gefühle nach dem Sturm«, war dieser Satz gekennzeichnet. Sogar Liszt hatte sich an diese Anweisung gehalten und die liedhafte Struktur dieses fünften Satzes wurde in voller Länge und in allen Aspekten durchgehalten. Eine einfache, wunderschöne Melodie wird so oft verwandelt, abgewandelt, angereichert, angetrieben, bis die beiden Hände nicht nur nebeneinander hin- und herfliegen, sondern sich sogar oft überkreuzen müssen, um die reichhaltige Tonfülle der Komposition zu ermöglichen. Und dann plötzlich Schluss, typisch für Beethoven, typisch für die Pastorale, so enden fast alle Sätze.

Martha wollte sich zurücklehnen, konnte aber nicht, Klavierhocker haben keine Lehnen. Sie legte ihren Kopf auf die Arme und beugte sich über das Klavier, sie war müde geworden. So war sie schon einmal eingeschlafen, eine furchtbar peinliche Situation damals vor vielen Jahren, in dem herrlichen Haus über dem Gardasee. Aber anders als bei ihrer Hochzeit gab es dabei ein Happy End.

*

Gardone, um 1892
(Martha ist 18 Jahre alt)

Als junges Mädchen entwickelte Martha eine Bleichsucht (Eisenmangelanämie) und wurde deswegen immer wieder auf Kur geschickt, so kam Martha früh nach Gardone Riviera am Gardasee, wo sie immer wieder den Winter verbrachte, um gesund zu werden.

Bei diesen Aufenthalten war sie in Carnacco, einem noblen Stadtteil Gardones, untergebracht und lernte dort den deutschen Kunsthistoriker Heinrich »Henry« Thode kennen, der in einer stattlichen Villa [20] eingemietet war. Thode war mit Richard Wagner befreundet und hatte Daniela von Bülow, Tochter seiner Ehefrau Cosima, geheiratet.[21]

Martha konnte seit dem Theaterspielen zu Hause sowie auch später, als Teenager, auf einer Laienbühne [22] Wagner-Opernlieder auf einem Kamm blasen. Da dauerte es nicht lange, und sie wurde herzlich im Thode-Haus aufgenommen und wie eine Tochter behandelt.

Es waren ihre ersten Schritte in die große, internationale Welt. Thode hatte in Wien promoviert und kannte die gesamte Kulturszene der Kaiserstadt, dies war für Martha sehr förderlich. Bei vielen interessanten Besuchen war sie oft mit eingeladen. Bei einer solchen Einladung hatte sie am Klavier ein kleines Konzert gegeben. Dann wurde es am Abend ziemlich spät, sie war so müde, dass sie aus dem Salon ins Musikzimmer schlich und am Klavier einschlief, bis sie vom Hausherren sanft geweckt wurde. Ihre damalige Schamesröte interpretierten die beiden Thodes freundlich als Zeichen des großen Erfolges ihres Gardone-Aufenthaltes; von einem »Bleichgesicht« keine Spur.

*

Jedes Jahr kam auch die Familie Scheid nach Gardone Riviera, um Fahrradfahren zu lernen, zu dieser Zeit eine sehr fortschrittliche und moderne Betätigung: mit Girardi–Hut und langen Kleidern die Damen, im schwarzen Anzug mit Kappe der Vater. Dann machten sie immer einen großen Ausflug zu einer Sehenswürdigkeit in der Nähe.

In diesem Jahr standen zwei Ziele zur Auswahl, die Burg von Malcesine, die Goethe auf seiner berühmten Italienreise besuchte und zeichnete. Dabei wäre er damals, im September 1786, fast als Spion festgenommen worden. Eine solche Geschichte reizte die jungen Scheid-Mädchen natürlich besonders. Der Vater entschied hingegen anders: Er wollte nicht mit dem Dampfer über den See nach Malcesine fahren, sondern nach San Martino della Battaglia, und zwar mit

Ausflug der Familie Scheid zum »Torre di San Martino«, 1897

Die Scheid-Radpartie, ganz rechts liegend: Martha

den Fahrrädern. Schließlich, so erklärte er der versammelten Familie, sei man ja nach Gardone gekommen, um sich im Fahrradfahren zu üben. Alle hatten dabei große Fortschritte gemacht, nur der Mutter fiel es schwer. Sie war noch nicht so geübt im Radfahren und konnte wegen ihres langen Kleides nicht gut treten. Beim Aufsteigen musste man gleich in Fahrt kommen, sonst kippte man zur Seite. Bei ihr klappte das nicht immer so gut, dafür bekam sie vom Fahrlehrer, einem feschen Italiener, der ein Auge auf sie geworfen hatte, besondere Hilfe. Wenn sie aufgestiegen war, schob er sie gerne an und rief immer: »*Pedali, signora, rapido ...!*« (Treten, Gnädigste, schnell) – und alle mussten herzhaft lachen. Es war ein ziemlich langer Weg bis zum »Torre di San Martino«, von dem man einen wunderbaren Ausblick über den Gardasee hatte. Dieser Turm war im Andenken an die Schlacht von Solferino errichtet worden und feierte den Sieg der Italiener unter König Vittorio Emanuele II. 1859 über Kaiser Franz Josef I.

»Wir waren acht Radler«, erinnerte sich Martha, »nur für Mutter und einige Damen wurde eine Kutsche bestellt. Es ging ganz gut, aber als wir den Turm erreichten, war er leider geschlossen und wir konnten nicht hinauf, um die Aussicht zu genießen. Nun, Vater hatte ordentlich einkaufen lassen und ein herrliches Picknick mitgenommen. Zehn Flaschen Wein und dazu für alle was zu knabbern. Die Räder hatten wir einfach vor dem Turm auf den Boden gelegt, schnell war eine Decke für das Picknick ausgebreitet, die zehn Flaschen Wein stellte der Kutscher verteilt auf den Boden. Ein bisschen ein Durcheinander war es schon, wir waren aber so froh, gut angekommen zu sein, hatten Hunger und Durst, das Mittagessen konnte nicht früh genug beginnen. Dafür dauerte es dann Stunden, unsere Begleitung leerte rasch die Flaschen, ich vertrug nicht viel von dem köstlichen italienischen Wein, aber Minny, meine Schwester, war ziemlich beschwipst.«

Bald ging es weiter nach Venedig, es war Osterzeit. Schwester Elsa, die damals dabei war, schreibt in ihren Erinnerungen: »Wir blieben über Ostern in Venedig, was Ida und mich so begeisterte, dass wir abwechselnd weinten oder lachten. Wir erlebten die Palmsonntagsmesse in der Markuskirche und sahen den Falstaff in der Oper.«

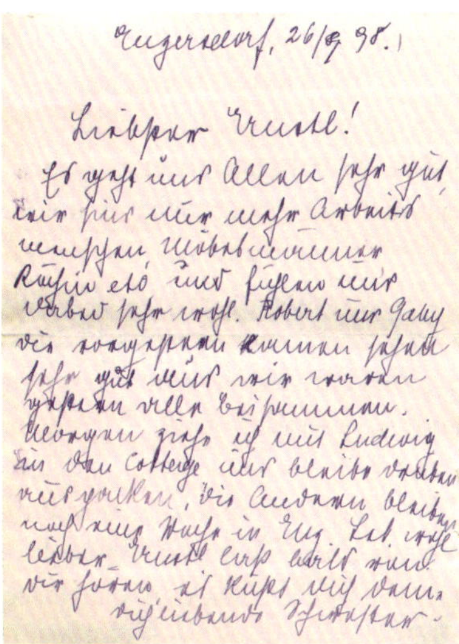
Inzersdorf, 26/9 98.

Liebster Ernst!

Es geht uns allen sehr gut,

Brief von Martha Scheid an ihren Bruder Ernst in Grado,
26. September 1898

Bei der Rückfahrt mit den Eltern ging es über Mailand zum Gardasee zurück. Elsa berichtet: »Bevor wir den Dampfer (zurück an die österreichische Nordseite des Sees, Anm.) bestiegen, nähten Ida und ich Vaters Zigarren, die er nicht verzollen wollte, in unsere Kleider ein, sodass wir Mageren nun rundlich aussahen, was aber die Zollwächter nicht bemerkten.«

*

Wien, um 1898

Inzwischen war ihr Bruder Ernst Scheid von seinem Fechtkurs zurückgekommen und fand seine Schwester im Musikzimmer auf den Tastaturdeckel gelehnt – schlafend – so vermutete er.

»Martha, was ist?«

»Na nix, bin müde, hab' die ganze Pastorale durchgespielt, jetzt tut mir alles weh ...! Bitte, schalt' das Licht ein, es wird dunkel und durch das Fenster kommt ja kaum mehr eins herein!«

»Mit dieser Grabesbeleuchtung wirst aber nicht mehr viel sehen, das hat der Pepi verhaut. Schön ist er schon, der Luster, taugt halt nix!«

»Na Ernstl, die Noten schaff ich schon! Aber weißt, heuer wird nix mit Gardone, ich werd' nach Grado, in deine Pension Post fahren, zu den Marchesinis!«

Ernst Scheid, ihr jüngerer Bruder und der begabteste unter den Scheid-Söhnen, konnte alles, was zu seiner Zeit angesagt war: Dichten, Klavier und Geigenspielen, jederzeit und bei jeder Gelegenheit Stegreifreime aufsagen, fast professionell singen und die bekanntesten Gedichte zitieren, dazu noch Nietzsches Zarathustra teilweise auswendig vortragen. Eine Schar von Verehrerinnen folgte ihm, Ernst war gut aussehend und unglaublich populär. Wahrscheinlich suchte er damals ein bisschen Ruhe vom Trubel und von den vielen Menschen, die ihn andauernd umgaben, und entdeckte Grado – eigentlich nur so – durch Zufall.

Dieser Platz mit dem wunderbaren Strand war damals noch ein unbedeutendes Fischerdorf, eine echte Laguneninsel mit wenig Komfort für verwöhnte Städter. Das Trinkwasser kam in Fässern per Boot von Aquileia und ein großer, »Cloake« genannter Brackwasserteich stank am Strand vor sich hin, ohne dass es jemanden störte. Die ortsansässige Familie Marchesini besaß an der Hauptstraße ein großes Haus,

Josef Maria Auchentaller entwirft dieses Plakat 1906

für den Gradeser Fremdenverkehrsverein. Links ist seine Frau Emma zu sehen, rechts daneben ihre Schwester Martha.

darin befand sich ebenerdig das Postamt des Ortes, gleichzeitig betrieben sie im ersten Stock ihr Hotel Post. Wer in solchen Orten lesen und schreiben konnte, wurde so schnell wie möglich Postmeister, das sicherte später Einkommen, Status und Pension. Diese wirtschaftlich schlaue Kombination bescherte den Marchesinis in der Folge den Start einer großen Karriere als Hoteliers, Bürgermeister und Grundbesitzer. Im Sommer 1898 waren sie jedenfalls die beste Adresse in Grado.

Martha kam ein Jahr später, im Mai 1899, nach Grado. Sie wohnte natürlich im Hotel Post bei den Marchesinis in der Via Stefania und wurde wie eine Tochter behandelt. Martha schrieb begeisterte Briefe nach Hause, die von ihrer Schwester Emma mit großer Aufmerksamkeit gelesen wurden. Maria, die Tochter von Emma und Pepi Auchentaller, hatte ebenfalls Bleichsucht, eine übliche Mangelerscheinung der damaligen Zeit, und sollte ans Meer und in die Sonne.

Sandbad am Strand von Grado

Postkarte nach einer Karikatur von Fritz Schönpflug

Marthas Briefe taten das Ihre. Emma Auchentaller fasste den Entschluss, im nächsten Jahr mit ihrer Tochter Maria auch zu den Marchesinis nach Grado zu fahren. Pepi, ihr Mann, würde ziemlich sicher mitkommen.

Josef Maria Auchentaller war vollkommen vom Licht und den neuen Eindrücken gefangen und malte auf großen Leinwänden seine ersten Grado-Bilder. Väterlicherseits aus Trient stammend, erwachte bei diesen südländischen Eindrücken seine Künstlerseele zu neuem Leben. Emma fielen die Möglichkeiten der touristischen Entwicklung auf, Grado hatte unglaubliches Potenzial. Ihr war die Entwicklung von Arco am Nordufer des Gardasees und später Brioni nicht entgangen. Zurück in Wien, wurden auf der X. Secessionsausstellung im Winter 1900 die ersten fünf Grado-Bilder von Auchentaller erfolgreich verkauft.

Dieser Ort wird die nächste Goldgrube, wenn man es nur richtig beginnen würde, da war sich Emma ziemlich sicher. Dass sie einmal zur »Queen of Grado« werden würde, konnte sie damals noch nicht ahnen. Mit ihrer später erbauten Pension Fortino half Emma mit, Grado zu einem bis heute populären Seebad zu machen. Wären die Auchentallers im Sommer 1900 nicht nach Grado gekommen, nie hätte es das Fortino oder auch nur das berühmte Grado-Plakat von Josef Maria Auchentaller gegeben.

Davon wusste Martha noch nichts, als sie 1899 am Strand vor Grado lag, eine warme Brise vom Meer her wehte und die salzige Luft ihre blasse, ausgetrocknete Haut befeuchtete. Hier war es ganz anders als in Gardone, dem hoch entwickelten Luftkurort mit den vielen Grandhotels am Gardasee. Der Wind hatte es in sich, diese wunderbare Meeresluft – und erst recht der Strand! Man gräbt sich ein, badet im Sand und spült sich nachher im seichten Meer ab. Niemand brauchte hier schwimmen zu können, einfach untertauchen, fertig! Ein überzeugendes Argument für den späteren Erfolg des kleinen Fischerdorfes, besonders bei den vielen städtischen Nichtschwimmern von damals.

---

1 Die private Sternwarte im Palais Rothschild wurde 1884 fertig, die Kuffner Sternwarte 1886 eröffnet.

2 In der ehemaligen Milchbar (Meierei) ist heute das Steirereck, eines der erfolgreichsten Haubenlokale Wiens, untergebracht.

3 Josef Maria Auchentaller (1865-1949) war Mitglied der Wiener Secession und schuf für die berühmte Beethoven-Ausstellung 1902 neben dem Klimt-Fries ein eigenes Wandfries im rechten Seitensaal des Secessions-Gebäude.

4 Franz Roth jun. war der Sohn von Franz Roth sen., der das Theater erbaute und in Wien ein angesehener Stadtbaumeister war.

5 Franz Stuck (1863-1928), erst ab 1905 »von Stuck«, ist Mitbegründer der Münchner Secession.

6 Grün gehaltene Zimmer waren in den Anfängen des Secessionsstils (Jugendstils) sehr beliebt. Josef Maria Olbrich gestaltete ein solches grünes Zimmer als österreichischen Beitrag für die Weltausstellung in Paris 1900.

7 Der Birkenwald ist verschwunden, dafür gibt es heute noch den kleinen Bach, allerdings nur, falls es sehr heftig und lang genug geregnet hat. Dann wird der dort befindliche steile Fußpfad vom Regenwasser befüllt und der kleine Bach tritt für kurze Zeit in Erscheinung.

8 Unter den Geschwistern war Flamingo der Kosename von Martha und das »tscherl« ein Diminutiv.

9 Franz Matsch (1861-1942) gründete mit seinen Schulkollegen Gustav und Ernst Klimt die »Künstler-Compagnie«. Ihr Atelier war in Wien VI, Sandwirtgasse 8. Sie schufen zusammen bedeutende Fresken für die Bauten an der Wiener Ringstraße und für das Achilleion der Kaiserin Sisi in Korfu.

10 Emilie Flöge (1874-1952) war in Wien um die Jahrhundertwende 1900 eine bekannte Modedesignerin. Sie war die Lebensgefährtin von Gustav Klimt. Ihre Schwester war mit Klimts Bruder verheiratet, der aber sehr früh verstarb.

11 Der Alt-Österreicher Rudolf Steiner (1861-1925), war Begründer der Anthroposophie, der Waldorfschulen und der Eurythmie (Bewegungskunst, eine Tanzform).

12 Hans Makart (1840-1884) war unter den Malern der Gründerzeit in Wien ein Superstar. Ab 1872 betrieb er ein eigenes Atelier, in welchem seine legendären Atelierfeste stattfanden. In der Kunstgeschichte werden die 70er-Jahre des 19. Jahrhunderts in Wien auch Makart-Zeit genannt.

13 Adolphe Stoclet (1871-1949) und seine Frau Suzanne waren vom Secessionsstil in Wien, wo sie auch wohnten, begeistert. Adolphe kam aus Brüssel aus einer Bankiersfamilie und vertrat von 1894 bis 1904 in Wien das Interesse seiner Familie an einem Eisenbahninvestment.

14 Der Mohr, altertümlicher Begriff für eine dunkelhäutige, männliche Person, aus dem damaligen Reich der Mauren (heute Südspanien). Im weitesten Sinne damals oft auch als beschreibende Bezeichnung für Afrikaner, heute jedoch nicht mehr verwendet.

15 *Gustav-Adolf-Kirche am Lutherplatz 1 in Wien VI.*

16 *Eine Edelmetall-Scheideanstalt oder auch Affinerie genannt, ist ein Betrieb, der Edelmetalle, also Gold oder Silber, von unedlen Metallen, wie z.B. Kupfer, Messing und Ähnlichem, trennen kann.*

17 *Die Familiengruft der Familie Scheid befindet sich heute noch am Wiener Zentalfriedhof, Eingang Tor 3, evangelischer Teil.*

18 *Solche »Hiata-Hitten« (Hüter-Hütten, zum Unterschlupf bei Schlechtwetter) gab es in den Weingärten von Maria Enzersdorf und am Rauchkogel, neben der Burg Liechtenstein; einige existieren heute noch.*

19 *Amtsblatt zur Wiener Zeitung vom 27. Jänner 1899.*

20 *Diese stattliche Villa mit riesigem Grundanteil kaufte er später für sich und seine Familie. 1921 wurde sie als »deutsches (daher feindliches) Eigentum« vom italienischen Staat enteignet und kurze Zeit später vom italienischen Dichter Gabriele D'Annunzio gekauft. Heute ist sie ein staatliches Museum: »Vittoriale degli italiani«.*

21 *Cosima Liszt (1837-1930) war die Tochter von Franz Liszt aus erster Ehe mit Gräfin Marie d'Agouit. Sie heiratete den Dirigenten Hans von Bülow. Daniela von Bülow war die ältere Tochter aus dieser Beziehung. Cosima heiratete später Richard Wagner und Daniela von Bülow den Kunsthistoriker Heinrich Thode (1857-1920).*

22 *Laienbühnen galten damals als Startbrett für eine Schauspielerkarriere. Auch die berühmte Katharina Schratt (1853-1940) hatte auf einer solchen Bühne begonnen, um entdeckt zu werden.*

Teil II

DIE FAMILIE J.M. AUCHENTALLER

Kapitel III

DAS LIED VON DER ERDE

Maria Josefa, die Tochter des Malers

Maria Josefa Auchentaller am Strand in Grado, um 1908

DAS LIED VON DER ERDE

Maria Josefa, die Tochter des Malers

»Welkt hin und stirbt die Freude, der Gesang.
Dunkel ist das Leben, ist der Tod«.
Aus: »Das Lied von der Erde«, Vertonung von Gustav Mahler,
Texte aus Hans Bethge: Die Chinesische Flöte

Maria Enzersdorf, um 1897

Sie liebte ihre Jugend, das enge Zusammensein mit beiden Eltern, auch das damalige Nomadenleben: besonders München, Schwabing, den Englischen Garten, den Spaziergang zum Stachus, die Ausflüge zum Ammersee, Tegernsee, Chiemsee. Obwohl sie damals erst vier Jahre alt gewesen war, konnte sie sich noch sehr gut erinnern, und eigentlich trauerte sie dieser Vergangenheit nach. Auch was danach kam, war ihr ans Herz gewachsen. Die italienische Reise mit den Eltern, der zeichnende Vater und die damals noch sehr entspannte Mutter. Zu Beginn in Trient zu Gast bei der großen Auchentaller-Verwandtschaft, dann Florenz und letztlich Rom. Die Eltern waren entsetzt, die Ewige Stadt war schmutzig und es stank. Ihr war das ganz egal, das Reisen mit beiden Eltern glich jede Beschwerlichkeit vollkommen aus. Damals wusste sie noch nicht, wie sehr sie das alles vermissen würde. Maria war ein pflegeleichtes Kind gewesen, in vielen Briefen nach Wien an die Eltern ihrer Mutter wurde ihre Anpassungsfähigkeit gelobt.

Nach knapp einem Jahr kamen sie nach Wien zurück und Maria ging in Mödling in die Volksschule. 1897 wohnten sie in Maria Enzersdorf, ganz am Beginn der Johannesstraße, dort war der Zaubergarten ihres Großvaters Georg Adam Scheid. Mittendrin ein verwunschenes Holzhaus, völlig mit Efeu überwachsen, mit einem gepflegten Weingarten, in dem man sich gut verstecken konnte, und es gab sogar ein Schwimmbad.

Hier erlebte Maria ihre ersten Trennungsschmerzen. Die ersten Schultage waren furchtbar. Die Fahrt ins benachbarte Dorf Mödling, obwohl ganz in der Nähe, stellte für die kleine, weit gereiste Maria ein Problem dar: Sie, die mit den Eltern sechs Jahre lang auf engstem

Raum in verschiedensten Quartieren, manchmal sehr kurz, manchmal jahrelang zusammengelebt hatte, weinte herzzerreißend, als sie in den kleinen Zug stieg, der sie die wenigen Kilometer zur Schule bringen sollte. Auch wenn sie die besorgte Mutter anfänglich immer begleitete, wusste Maria genau Bescheid, dass dies nicht für immer so sein würde. Alle erwarteten von Maria, dass sie ihren Schulweg bald alleine finden würde. Was anfänglich als vorübergehende Bagatelle angesehen wurde, entwickelte sich in den folgenden Jahren zum Lebensthema von Maria Auchentaller, der hochbegabten Tochter des Malers: Nie mehr würde sie sich irgendwo richtig zu Hause fühlen, nie mehr würde ihre Seele zur Ruhe kommen, rastlos wird sie durch die Welt ziehen und sich den Schmerz von der Seele schreiben oder dichten.

Immer wieder hatte sich Maria in den Kunstwerken ihres Vaters verloren, besonders in den großen Gemälden für das Musikzimmer. Oft hockte sie in einer Ecke des kleinen Nebengebäudes, das sich ihr Vater in Maria Enzersdorf als Atelier eingerichtet hatte, und bewunderte ihn bei der Fertigstellung dieser riesigen Bilder. Maria war damals gerade sieben Jahre alt, war in ihrer Klasse zwar die Älteste, in Rechnen aber die Beste und konnte bereits lesen und schreiben, als die anderen ihre Buchstaben noch wie Keilschrift behandelten.

Wenn er gut aufgelegt war, erzählte ihr der Vater damals viel von seinem neuen Auftrag: Wie er die VI. Symphonie Beethovens, die Pastorale, auf die Leinwand bringen wollte. Ein Beethoven-Musikzimmer sollte es für die Villa seines Schwiegervaters Georg Adam Scheid im Wiener Cottage werden. Er stand am Anfang seiner Arbeit und wusste noch nicht genau, wohin ihn die Reise führen würde. Er erzählte ihr, wie er bei seinen vielen Spaziergängen durch die Weingärten von Maria Enzersdorf, die sich neben der Johannesstraße zum Rauchkogel hinaufzogen, den Einfall für den ersten Satz der Pastorale hatte.

Mit seiner geschmeidigen, an Pinselführung gewöhnten Hand, zeigte Marias Vater auf die große Wiese im Vordergrund und auf die fünf tanzenden Figuren. Für ihren Vater war diese Gegend, wie er immer sagte: zart, zierlich, ja eigentlich sehr sanft. Hier, so meinte er, passe sich die Erde den Menschen an, die über sie gingen: Jeder Schritt ist eine Berührung, ist eine Zärtlichkeit, wie eine Annäherung an eine alte Bekannte.

»Elfenreigen«

J.M. Auchentaller 1898/99
Die fünf tanzenden Elfen sind die fünf Töchter von G.A. Scheid.

Da war die erste große Figur: Emma, Marias Mutter, Hand in Hand mit Tante Ida, dann dahinter die anderen Geschwister, Martha, Elsa und Minny. Außer Tante Martha und ihrer Mutter war sie den anderen drei Schwestern kaum begegnet. Für sie waren das einfach nur die alten Tanten, jetzt in Elfen des Waldes verwandelt, verjüngt, geschmeidig, beweglich und über dem Boden schwebend. Diese Elfen konnten über die Erde gehen, ohne Spuren zu hinterlassen, so leicht, luftig und beschwingt hatte sie ihr Vater ins Bild gerückt.

Dieses Bild stellte den ersten Satz von Beethovens Pastorale-Symphonie dar und war im Sommer 1898 entstanden. Auch der zweite Satz, die »Elfe am Bach«, entstand vor ihren Augen. Ziemlich genau erinnerte sie sich noch an die komischen Momente, als ihr Vater das bunte »Vogerl«[1] rechts oben in der Birke platzierte und dabei unglaublich umständlich versuchte zu zwitschern, bis sie beide so schallend

»Elfe am Bach«

J.M. Auchentaller 1898/99
Das Vogerl sitzt rechts oben auf der Birke.

zu lachen begannen, dass er aufhören musste zu malen, sonst hätte er sicherlich einen schrecklichen Farbklecks auf dem Bild verursacht. Die Elfe am Bach war zwar das kleinste Bild des Pastorale-Zyklus, dafür hatte er fast am längsten daran gearbeitet, da er immer so viel lachen musste, sobald er nur den Pinsel in die Hand nahm und sich dem halb fertigen »Vogerl« näherte.

»Das Vogerl muss da sitzen«, sagte er immer zu Maria, *»sonst gäb's keine Pastorale. Der Beethoven hat ja immer gesagt, dass bei dieser Symphonie die Vogerln oben im Baum mitkomponiert hätten, und das war unterm Leopoldsberg. Natürlich dort, wo man von der großen Wiese über die Donau hinüber auf den Bisamberg sieht, dort ist er gewandert, dort hat er komponiert. Das werd' ich im dritten Bild benützen, beim ›Lustigen Zusammensein‹, da passt das hin. Und außerdem mach' ich es wie der Komponist: Erst geh' ich in der Natur spazieren und wenn ich zurückkomm', hab' ich den Entwurf im Kopf: Wenn's beim Beethoven donnert, dann biegen sich bei mir die Birken, und der Regen prasselt von einem Bild ins andere.«*

Damit waren die beiden Bilder »Donner« (Gewitter 1) und »Sturm« (Gewitter 2) gemeint. Ihr Vater hatte diesen vierten Satz der Pastorale als Diptychon über zwei Wände geplant. Immer hatte er sich über die beengten Verhältnisse im Musikzimmer beklagt: Wie sollte er da einen großen Wurf hinbekommen, jammerte er, vier Wände hat ein Raum, fünf Sätze die Pastorale, wie soll das gehen – aber es ging! Josef Maria Auchentaller kompensierte die Enge des Raumes mit der Wucht seiner großen Bilder: Einmal ist die Burg Liechtenstein ganz weit weg in der Entfernung zu sehen, ein anderes Mal der Blick über die Donau zum Bisamberg. Im letzten Bild, entsprechend dem fünften Satz der Pastorale, stehen zwei große, dominante Figuren und ein Kind im Vordergrund und geben den Blick über eine fast endlose Landschaft auf eine Kapelle frei, das Vesperläuten am Abend, bei Sonnenuntergang, ein Untergang als Ausklang. Das Ende einer pastoralen Welt, wie Beethoven sie noch kannte.

*

Grado, um 1900

Waren Wien und Maria Enzersdorf nur der Anfang einer Entfremdung, so erfolgte mit dem Umzug der Eltern nach Grado, in das Österreichische Küstenland,[2] ein weiterer Schritt. Es begann zuerst völlig harmlos. Maria hatte eine leichte Form von Anämie entwickelt. Die Ärzte von damals empfahlen ihr einen Aufenthalt am Meer.

Wie so oft führte dann der Zufall Regie. Ernst Scheid, der jüngere Bruder von Marias Mutter, war 1898 auf die Insel Grado gestoßen und befreundete sich schnell mit den dortigen Hotel-Post-Besitzern, der Familie Marchesini, an. Ein Jahr später kamen Martha und ihre Schwester Minny ins bereits gut bekannte Hotel Post in Grado und wurden von den Marchesinis auf Händen getragen. »*Mein liebstes Ernstilein!*«, schreibt sie, »*wir sind pumperl g'sund und glücklich; nur kommen die Molls leider jetzt auch nach Grado ... !*« Später würden alle über diese Bemerkung lachen, denn für die jungen Mädchen galt Carl Moll damals als ein schrecklicher Aufpasser.[3]

Im Sommer 1900 reiste dann auch die Familie Auchentaller geschlossen nach Grado, und wie konnte es anders sein: Alle waren begeistert. Marias Vater malte seine ersten großen Ölbilder und fertigte viele

Aquarelle an. Kein Wunder, kamen die Auchentallers doch aus Südtirol und waren zweisprachig: Ihre Träume waren italienisch geblieben, am Tag dachten und sprachen sie Deutsch.

Damals, am Strand von Grado, war es das letzte Mal, dass Maria mit ihrer Mutter geruhsame Stunden erleben konnte. Beide lagen im Sand und ließen sich vom sanft heranrollenden Meerwasser die Füße umspülen, keine Hektik, niemand, der von ihrer Mutter irgendetwas wissen wollte oder eine Entscheidung erwartete. Es gab einfach gar nichts, nur die Möwen am Strand sangen ihren Singsang, schossen im Tiefflug über die beiden im Sand Liegenden hinweg oder stolzierten nach einem gelungenen Landeanflug scheu in der Nähe auf und ab. Es war himmlisch!

Um 1900 war Grado noch nicht das, was später daraus wurde. Marias Mutter wird an dieser Entwicklung bis 1914 einen sehr großen Anteil haben. Sie blieben den ganzen Sommer über bei den Marchesinis im Hotel Post, in der zentralen Via Stephania gelegen. Die Hauptstraße führte am Hotel vorbei und endete beim Fortino – dem alten napoleonischen Fort – wo die Insel in die Lagune überging, umgeben von stinkendem Brackwasser. Trotzdem hingen die Gradeser ihre weiße Wäsche hier zum Trocknen auf und die salzhaltige Seeluft trug das Ihre dazu bei, dass die Bettwäsche überall – eben auch im Hotel Post – so einen eigenartigen Geruch hatte, an den sich Maria aber bald gewöhnte. Dieser Geruch wurde ihr später zu einer flüchtigen »Heimat«, nirgendwo roch es so intensiv nach Lagune wie hier, und ihre Familie würde immer sagen: *»Da riecht's schon wieder so kloartig!«*

*

Wien, ab 1901

Zwei herrliche Sommer verbrachten sie in Grado, 1900 und 1901. Im zweiten Jahr fuhren sie später als gedacht und blieben bis in den Herbst hinein. Nur Marias Vater war damals nicht mehr dabei, ein Geheimauftrag für die Secession, der bereits im August begann, hielt ihn ab.[4] Erst als Maria im Spätherbst öfters ihren Vater in diesem heiligen Tempel der Kunst am Naschmarkt besuchen durfte, wusste sie es: Gustav Klimt und Josef Maria Auchentaller bereiteten Beethoven-Friese vor, standen auf Gerüsten in 4 Meter Höhe, balancierten vierzehn Meter in der Länge hin und her, verfluchten das Wetter, wenn ihnen die Farben wieder zu früh eintrockneten. Geduldig drückten sie ihre Freude über den Götterfunken[5] aus Friedrich Schillers Gedicht in den feuchten Verputz.

Aus dem Umkreis des Secession-Komitees hörte man, dass Auchentallers Entwurf der beste unter den eingereichten Werken war.[6] Deshalb, so hoffte ihr Vater, sollte er auch beide langen Wände des rechten Seitentraktes zugesprochen bekommen. Seine Entwürfe umfassten schließlich auch beide Seiten. Doch diese zweite Wand bekam letztlich der Kollege Ferdinand Andri.

Nach der Beethoven-Ausstellung 1902 änderte sich für Maria alles: Ihr Vater fiel in eine große Depression, weil sein Fries von den meisten Kritikern ignoriert oder verrissen wurde; Marias Mutter Emma beschloss, nach Grado zu ziehen und ihr Hotel Fortino zu bauen, und Maria selbst ging ab Herbst 1904 dort zur Schule.

*

Bistritz, ab 1903

Tante Martha, Marias wichtigste Bezugsperson neben den Eltern, wohnte inzwischen in Bistritz in Mähren und war seit 1903 mit Victor Thonet verheiratet (siehe Kapitel »Victor« und »Lehenhof«). Sie führte die dortige Familienvilla der Thonets wie ein Hotel, bewirtete viele Gäste und kümmerte sich rührend um die Verwandtschaft. Sie hatte Maria sehr ins Herz geschlossen. Zwischen Martha und Maria entwickelte sich über die Jahre eine Art von Mutter-Tochter Beziehung.

Maria kannte ihre Tante bereits aus der Zeit, als sie noch Martha Markl hieß. Ab 1898, nach ihrer Scheidung, wohnte sie in der schönen Villa ihres Vaters Georg Adam Scheid im Wiener Cottage und spielte oft auf dem »Blauen Klavier« im Beethoven-Musikzimmer, das Marias Vater mit den Pastorale-Bildern ausgestaltet hatte. Martha war immer sehr herzlich zu ihr gewesen. Sie hatte eine einnehmende Persönlichkeit, war aber als Tante ziemlich streng und legte Wert auf gute Manieren. Auch ein Schmutzfleck auf dem Kleidchen, das Maria einmal trug, blieb nicht unbemerkt und Maria musste sich damals sofort umziehen. Sie wohnte gerne bei ihrer Tante und blieb oft länger als einen Monat bei ihr. Bei den Thonets war immer etwas los.

Da war zum Beispiel Tante Marthas Hund namens Bendi, ein Terrier, sehr intelligent und wohlerzogen, sonst hätte er nicht lange neben ihr überlebt. Und wenn der eine Bendi verschied, kam ein junger Bendi nach, immer waren es Terrier, immer vom selben Züchter, Martha liebte eine gewisse Beständigkeit. Dann waren da die vielen verschiedenen Tiere in ihrer Landwirtschaft, von den Tauben zu den Hühnern, den Schweinen, Schafen, Kühen, alle waren ihre Kinder.

Martha und ihr Mann waren ein eingespieltes Paar. Victor führte ein »Hendl-Buch«, in dem jedes eierlegende Huhn mit Namen verzeichnet war. Jedes Ei, das im Thonet-Stall gelegt wurde, bekam handschriftlich mit Bleistift das Datum auf die Schale geschrieben. Scherzhaft würde er später immer wieder als »Hendl-Baron« bezeichnet werden. So war sichergestellt, dass die Gäste immer nur das frischeste Ei zum Frühstück serviert bekamen. Victor war der ruhige Pol in Marthas oft angespannter und aufgeregter Welt.

Maria liebte Victor. Gelehrt, ja fast oberlehrerhaft unterwies er sie in den unterschiedlichsten Dingen: über die österreichische Rechtschreibreform, über französische Literatur, ebenso referierte er hervorragend über die Geschichte Amerikas und über den Tibet-Forscher Sven Hedin. Dicke Wälzer über diese Zeit standen in seiner Bibliothek. Maria verstand nichts von Weltpolitik, aber hier sah die Welt einfach größer und weitläufiger aus. Onkel Victor war fast überall gewesen und hatte überall Freunde und Bekannte.

Im Gästebuch bedankt sie sich immer sehr höflich – in den ersten Jahren noch mit kindlicher Schrift – für die schönen Tage. Marias Eintragungen im Gästebuch der Thonets sprechen eine klare Sprache. Ihre Schrift veränderte sich später auffällig: Aus der jungen Schülerin wird eine angehende Maturantin. Aus der Provinzstadtbewohnerin eine zeitweilige Berlinerin. Mit zwanzig Jahren kannte sie sich in der deutschen Hauptstadt aus. Maria interessierte sich für Musik, Theater, Philosophie und Literatur, eine brisante Mischung, die ihr später noch zum Verhängnis werden sollte. Ausgerüstet mit den besten Voraussetzungen ihrer Zeit, mit vorbildlicher Erziehung, guten Kontakten und einem bekannten Elternhaus, gab es viele Möglichkeiten, etwas aus sich zu machen.

Ende Februar 1907, als Maria fast zwei Monate in Bistritz blieb, war auch der bekannte Militärattaché und Kunstexperte Samurai

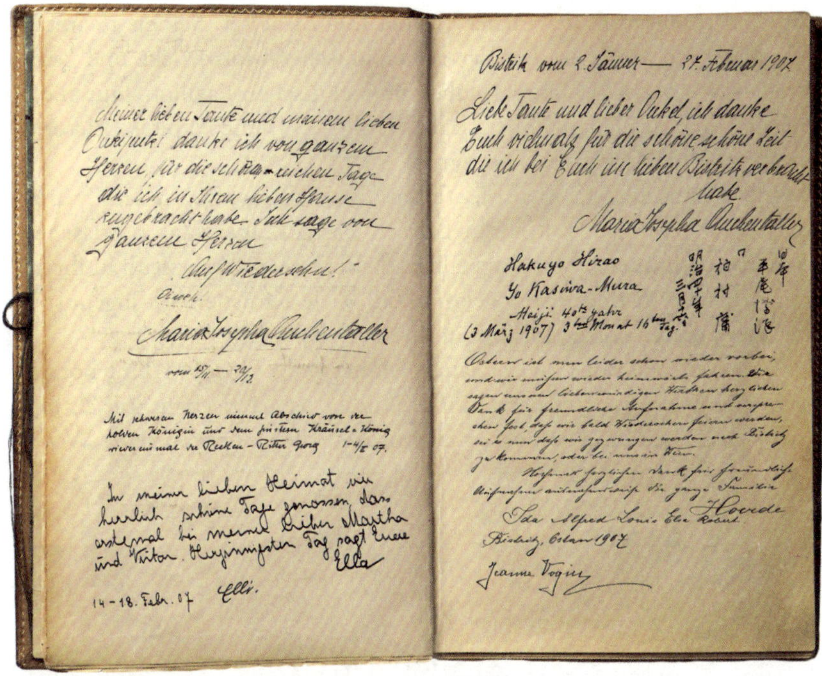

Gästebuch der Thonets,
Links und rechts oben: Maria, 1907
Rechts darunter: Hirao Yokasiwa-Mura, aus Japan

Hakuyo Hirao Yo Kasiwa-Mura zu Gast.[7] Alle bewunderten den gut aussehenden japanischen Diplomaten, der in Berlin und London wohnte und mit einer Schwester des Theater-Verlegers Arthur Langen verheiratet war (nicht zu verwechseln mit Verleger Albert Langen, 1869-1909). Am Ende seines Besuches trug er sich damals gleich unter Marias Unterschrift ins Gästebuch mit japanischen Schriftzeichen und japanischer Datumsangabe ein (Meiji, im 40.ten Jahr, 3. Monat und 16. Tag).

Stundenlang hatte Maria den beiden, Onkel Victor und Hakuyo Hirao, zugehört, als sie über die große japanische Holzschnitt-Sammlung im Thonet-Haus diskutierten. Victor war 1900 während der gesamten Dauer der Weltausstellung in Paris gewesen und hatte an der Präsentation der Firma Thonet mitgearbeitet. Seinen gesamten Verdienst steckte er in den Erwerb japanischer Holzdrucke und seine Freizeit verbrachte er hauptsächlich im japanischen Pavillon. Durch die Vermittlung des Japankenners Baron Stillfried (siehe Kapitel »Victor«) waren sie einander damals begegnet.

Ob Kunisada, Kuniyoshi, Yelsen oder Hiroshige, Maria waren diese Darstellungen mit ihren blassen Farben, aber klar umrissenen Strukturen immer schon aufgefallen. Sie war bereits sehr früh in ihrem Leben damit in Berührung gekommen. Viele Künstler des Jugendstils in Wien hatten solche Drucke in ihren Ateliers hängen.

Wie Vincent van Gogh, Claude Monet oder Gustav Klimt konnte sich auch Marias Vater dem Einfluss dieser ostasiatischen Stilrichtung nicht entziehen, und so flossen japanische Stilelemente in seine Werke

»Roter Ofen«

(Ziegelwerk bei Hinterbrühl, heute nicht mehr existent)
J.M. Auchentaller, um 1900
Öl auf Leinwand

ein. Besonders eindrucksvoll setzte er dies in seinem großen Ölbild vom »Roten Ofen«, einer Ziegelbrennerei oberhalb von Hinterbrühl, um.

Ein wuchtiges, rot-weißes Bauwerk mit mächtigen Schloten, mitten in der Natur, angeschmiegt an den steilen Berghang, von dem die für die Ziegelherstellung nötigen Mineralien abgebaut wurden. Oft war ihr Vater von Maria Enzersdorf zu Fuß hingegangen, um Skizzen zu machen. Und dann plötzlich – Maria erinnerte sich noch sehr genau daran – vollendete er seinen Entwurf in ein paar Tagen. Dabei hatte er es sogar so eilig, dass er keine neue Leinwand nahm, sondern ein früheres Bild einfach umdrehte, um auf der anderen Leinwandseite den »Roten Ofen« zu malen.

Die herbstlich kahlen Bäume stehen dicht vor dem Industriekomplex, aber sie verdecken ihn nicht, sie sind lichtdurchlässig und geben den Blick auf das monströse Ziegelwerk frei. Sie sind vorhanden, Ast für Ast, Baum für Baum, aber eben so fein, dass sie auch nicht existent sein könnten. Obwohl keine Menschen zu sehen sind, wirkt das Bild nicht entleert. Der massive Fabrikbau dominiert zwar das gesamte Bild, doch durch die Kombination aus den rötlichen Farben mit den weiß gekalkten Mauern, dem herbstlich blauen Himmel und dem kontrastreichen Licht war eine Balance entstanden, die optisch die feineren Strukturen der Bäume davor nicht ausgrenzte.

Lange Zeit war es Marias Lieblingsbild gewesen. Inzwischen an Victor Thonet verkauft, hing es sehr prominent im Eingangsbereich der Bistritzer Villa, genau vor dem Stiegenaufgang in den ersten Stock. Immer wenn sie nach Bistritz kam, begrüßte sie diese Szene aus ihrer Kindheit – einer glücklicheren Zeit.

*

Graz, ab 1907

In unserem *»kleinen, doch stets unermüdlich bewegten Leben«*, wie der Vater Marias an die Schwiegereltern in Wien schrieb, kam es 1907 wieder einmal zu einem neuen Abschnitt. Im Großen und Ganzen war Maria eine große Hilfe im Hotel ihrer Eltern. Lobend schreibt ihre Mutter immer wieder, wie gut sie sich bewährt, wie geschickt sie ist, sie hilft beim Flicken der Wäsche genauso wie bei der Büroarbeit – und trotzdem fehlte ihr etwas. Ihre geistige Entwicklung verlangte nach mehr, als ihr die Mitarbeit in einem Tourismusbetrieb bieten konnte. Viel lernte sie durch den Privatunterricht ihres Vaters, doch der Geborgenheit und Ruhe eines eigenen Zuhauses begegnete sie kaum: In der Hochsaison schlief sie auf einem Diwan vor der Küche. Selbst das Atelier des Vaters und das private Wohnzimmer mussten vermietet werden, so groß war der Andrang.

Gerade war sie wieder von den Thonets in Bistritz zurückgekommen. Ihr langer Aufenthalt dort hatte sie unglaublich bereichert und neugierig gemacht. Ihr ganzes jugendliches Wesen war aufgebracht und durcheinander.

Maria entwickelte sich zu einer schwierigen Tochter. Je älter sie wurde – und sie war gerade 15 Jahre alt geworden –, desto mehr erwachte in ihr langsam, bedächtig, aber unaufhörlich, ein Drang, die Welt besser zu verstehen. Für ihre mathematische Begabung bedeutete das: zu berechnen, was berechenbar war, und für ihre literarische Seele, poetische Worte zu finden für das, was erfühlbar war.

Arbeitete sie im Büro oder am Empfang des Fortino, dann war das wie simple Arithmetik für sie, also wie das einfache Einmaleins des Lebens. Maria wusste, da gab es mehr, Buchhaltung und Gästelisten waren nicht alles. Die Mathematik beschrieb eine Welt, die sie mit ihrer Poesie erweitern wollte. Wann immer sie konnte, las sie die Bücher aus der Bibliothek ihrer Eltern. In Grado wurde sie zur Leseratte, nur die vielen französischen Bücher ihrer Mutter konnte sie nicht lesen. Deswegen wollte sie Sprachen lernen, sich weiterentwickeln. Dieser innere Drang drückte sich nach außen hin oft als Frustration über die unangenehme Einschränkung der eigenen Bedürfnisse aus. Maria war in einem Dilemma: Sie wollte unbedingt in Grado, bei ihren Eltern zu Hause sein. Auf der anderen Seite konnte sie nur lernen, was sie interessierte, wenn sie von zu Hause fortging.

»Maria ist auf eigenen Wunsch und mit unserer freudigen Zustimmung in das evangelische Mädchenheim Graz, Hilmteichstraße 8-9, eingetreten, um ihrem Wissensdurst abzuhelfen«, schreibt ihr Vater aus Graz den Schwiegereltern nach Wien. *»Der Eindruck, den das Institut macht, ist ein sehr guter; die Vorsteherin äußerst charmant und sympathisch, die Lehrer gute, wie uns unsere Freunde hier sagten. Alle 14 Tage hat sie einen freien Sonntag.«* Im März 1907 kam sie also in Graz in das Mädcheninternat. Ob sie die wenigen freien Sonntage nützte, um die Eltern zu besuchen, wissen wir nicht, es ist aber kaum anzunehmen, da die Zeit

Die »Pension Fortino« der Auchentallers in Grado, 1910

dafür wohl nicht reichte. In Graz wohnten mehrere Verwandte ihres Vaters, die sich um sie kümmerten.

Der Besucherstrom kam viel mehr aus der anderen Richtung. Mehrere Male reiste ihre Mutter nach Graz, um in der Nähe ihrer Tochter zu sein. Sie blieb sogar wochenlang, Emma musste sich erholen, ihr Fortino verlangte ihr alle Kräfte ab. Sie brauchte dringend Hilfe. Schon im ersten Sommer wollte sie Maria wieder in Grado behalten, sie schwärmte von der guten Entwicklung ihrer Tochter und von ihrem guten Benehmen.

Maria lernte in Graz viel Neues kennen. Ob sie in diesem Internat letztlich auch maturierte, ist nicht mehr festzustellen. Jedenfalls schreibt sie im Herbst begeisterte Briefe an ihre Eltern. Der spätere Plan, ab Weihnachten auch ihren kleinen Bruder in die Schule nach Graz zu schicken, scheitert an einer Masernepidemie in der Steiermark. Weihnachten 1907 ist die Familie Auchentaller zu Hause in Grado: *»Der kleine Kreis ist wieder einmal vollständig«*, schreibt der Vater.

Zwei Jahre wird Maria in Graz verbringen, ihr Wunsch, gleich danach studieren zu dürfen, wird ihr von der Mutter verwehrt. Erst muss sie noch im Hotel aushelfen, dann zieht sie, Anfang 1909, mit ihrem Vater ins neue Atelier nach Wien; sie soll ihm »die Wirtschaft«

führen, damit er ungestört arbeiten kann. Maria liebt es, mit ihrem Vater zusammenzusein und von ihren Tanten die Kaiserstadt gezeigt zu bekommen. Insgeheim hofft sie natürlich noch immer, dass sie bald die Universität besuchen könnte, gleich hier in Wien natürlich, das war ihr Hintergedanke. Kommt Zeit, kommt Rat, dachte sie –, allerdings dabei die eiserne Entschlossenheit ihrer Mutter unterschätzend: »*Sie soll nun zwei bis drei Jahre in der Wirtschaft bleiben und in allem, was eine Frau braucht, tüchtig werden …*«, schreibt ihre Mutter an die Eltern.

Maria fügt sich in die Gegebenheiten, es wird noch fast zwei Jahre dauern, bis ihr eigener Wunsch in Erfüllung gehen würde. Sie hält sich tapfer und wird mit Lob überhäuft, die Arbeit im Hotel bringt ihr viel Anerkennung von den Eltern. Im September 1909 darf sie ihre kaiserliche Namensschwester, Maria Josepha von Sachsen, die Mutter des letzten Kaisers von Österreich, bei ihrem Besuch des Fortinos persönlich betreuen und »*hält sich tapfer*«, wie ihr stolzer Vater meint.

*

Berlin, ab 1910

In Grado ist Maria noch immer unabkömmlich, der nervliche Zustand ihrer Mutter Emma hat sich verschlechtert. Die Sommersaison 1910 wird jetzt von Maria und ihrem Vater geleitet. Die Mutter wohnt zur Erholung auf der Laguneninsel Morgo und genießt die Ruhe, Aufregungen und Probleme hält man von ihr fern: »*Die Hausfrau weiß von all diesen Kalamitäten nichts. Das Haus ist überfüllt, Maria hat ein kleines Kammerl, ich wohne in der ›Alten Schule‹* «, berichtet Josef Maria Auchentaller, der Vater. Emma beschreibt ihren Zustand dafür direkt und gnadenlos: »*… ich bin froh, dass ich mit niemandem mehr zu tun habe, mich ekelt vor den Menschen*«.

Bereits im Sommer wurde klar, dass sich am Ende Maria mit ihren Wünschen durchsetzen würde. Sie hatte ihr Wort gehalten, hatte die Wünsche der Mutter respektiert und die letzten zwei Jahre im Fortino hart gearbeitet. Jetzt wollte sie weg, hinaus in die Welt, nach Berlin – und über alles liebte sie Musik.

Auf dem Weg dorthin besuchte sie in München Gustav Mahlers Uraufführung seiner 8. Symphonie, der »Symphonie der Tausend«. Sorgenvoll schreibt die Mutter in einem Brief an ihre Eltern in Wien: »*Sie hat dort mit Moll und den Mahlers ein Rendezvous … nachher muss sie von München direkt nach Berlin, wo sie wahrscheinlich den Winter über bleiben wird. Sie wird vorläufig bei Frau Olden in Grünwald als Gast wohnen … Es lässt sich bei ihr nichts mehr aufhalten, sie will ihren Weg gehen und wir halten sie nicht mehr. Gott gebe, dass es zu ihrem Guten führt, obwohl er sicher dornenvoll sein wird.«* Marias Vater fügt hinzu: *»Der ausgiebige Abschied von ihrer Mutter scheint sehr tränenreich gewesen zu sein. Ich kann es begreifen. Aber des Mädchen Wille ist sein Himmelreich und jeder lebt sein eigenes Leben. Ich kann dem Mädel nur wünschen, dass es mit der Welt fertig wird und sich nicht unterkriegen lässt. Nach Hause kann sie alle Tage laufen, wenn es Not tut.«*

Im September 1910 zog Maria nach Berlin. Sie hatte sogar verschiedene Möglichkeiten, erstens konnte sie bei dem damals bekannten Schriftsteller Rudolf Presber als Sekretärin anfangen oder in einem großen Verlag arbeiten, an der Uni Vorlesungen besuchen und privat ihre Interessengebiete vertiefen. Die Briefe an die Eltern waren voll von interessanten Erzählungen, klangen glücklich und heiter, ihre Mutter meinte, *»sie hätte die beste Zeit ihres Lebens.*

*

Bistritz, Weihnachten 1910

Dann kam Freitag der 23. Dezember und die Eltern erhielten ein kurzes Telegramm aus Berlin. Maria würde nicht zu Weihnachten nach Grado kommen, sie hatte sich kurzfristig entschlossen, zu Tante Martha nach Bistritz zu fahren und die Feiertage bei den Thonets zu verbringen. Trocken kommentiert die Mutter: *»… wenigstens ist sie bei lieben Verwandten«.*

Gerade noch rechtzeitig für die Feiertage war Maria in Bistritz eingetroffen und konnte ihr geliebtes Zimmer im ersten Stock beziehen. Es besaß ein großes Fenster hinaus in den Garten der Villa und gab den Blick auf einen kleinen, gemauerten Pavillon im Park frei. Was sie von ihrem Zimmer aus nicht sehen konnte, war ganz rechts die schattige Laube mit der schönen weißen Thonet-Bank, die ihr Vater für das große Porträt ihrer Tante aussuchen würde, das er nächstes Jahr malen sollte. Victor wollte es seiner geliebten Frau zu ihrem Geburtstag im Oktober schenken.

Wie immer in Bistritz waren die Weihnachtsfeiertage heiter und sehr familiär. Maria lernte die Eltern von Victor kennen. Jakob Thonet, sein

Vater, war ein feingliedriger Mann mit langem weißen Bart und sehr zarten, beherrschten Bewegungen. Diese feine Art übertrug sich auch auf seine Ausdrucksweise. Maria war begeistert: Was für eine herrliche Sprache! Und wie das Ehepaar miteinander umging! Jakob und Gabrielle waren ein Herz und eine Seele. In ihrem fortgeschrittenen Alter hielten sie einander noch immer an den Händen.

Die Villa hatte viele Gesellschaftsräume, nach Süden hin einen Salon, in dem der Weihnachtsbaum stand. Linker Hand einen kleinen, eher privateren Raum, in dem die Kammerer-Möbel standen. Marcel Kammerer, ein hochbegabter Otto-Wagner-Schüler, war von Victor angeheuert worden, eine Reihe von großen und gewagten Entwürfen für die Firma Thonet zu machen. Ein Teil davon war im Sommer 1906 in London ausgestellt gewesen. Diese recht bequemen Kammerer-Sessel waren noch ganz im Otto-Wagner-Stil der Postsparkasse gehalten. Gerne saß Maria mit ihrer Tante Martha damals in diesem Zimmer und sie sprachen in einer offenen und verständnisvollen Art und Weise miteinander – so wie es sich Maria immer gewünscht hatte.

Die Harmonie im Thonet-Haus tat ihr sehr gut, sie fühlte sich geborgen, verstanden und bei neuen Gedanken, die ihre Zukunft in Berlin betrafen, voll unterstützt. Als sie am 2. Jänner 1911 den Zug Richtung Wien bestieg, schrieb sie ins Gästebuch: *»In inniger Dankbarkeit für die wunderschönen Tage in meiner zweiten Heimat«*, und was sie schrieb, das meinte sie auch. Bistritz war kurzfristig zu einem neuen Zuhause geworden.

*

»Das Lied von der Erde«
Berlin und München, ab 1911

Berlin musste Maria sehr beeindruckt und verändert haben, sie verkehrte in Literaten- und Künstlerkreisen, lernte den Verleger Lehmann kennen und verfolgte fleißig ihre Studien. Nach kaum einem Jahr war nur wenig bis zu den Eltern in Grado durchgedrungen, sie wussten von Prüfungen für ein »Doktorat« und hofften auf das Beste. Im September 1911 gab es noch immer keine Nachricht aus Berlin: *»Entweder hat sie so viel zu lernen oder steckt schon in den Prüfungen«*, vermutete der verunsicherte Vater in einem Brief an die Eltern, *»wir drängen nicht und warten. Aber weit und breit wird es keine Familie geben, wo sich die Mitglieder so wenig im Jahre sehen …«*.

Einen Monat später war Maria wieder in Grado. Überarbeitet, ausgelaugt, mit den Nerven fertig, so kam die Tochter aus Berlin zu den Eltern nach Grado zurück. Die mündliche Prüfung hatte sie im letzten Moment verschoben, um nicht durchzufallen. Sie wollte zu viele Stufen auf einmal nehmen und war daran gescheitert: »*… man kann nicht in einem Jahr leisten, wozu andere sieben Jahre brauchen …*«, entschuldigte die Mutter das Versagen der Tochter.

Lange hielt sie es in Grado nicht aus. Immer auf der Suche, oft unruhig und angespannt, konnte Maria dem fast ausgestorbenen Urlaubsort nichts mehr abgewinnen. Ihre Jugendfreunde waren alle weggezogen, keiner hielt es in Grado aus, wenn er nicht im Tourismus arbeitete. Ihr Vater war bereits nach Wien abgereist, machte dabei noch einen Abstecher an seinen geliebten Grundlsee, wo Bruder Heinrich das elterliche Anwesen übernommen hatte. Das Wetter wird wahrscheinlich dort bereits ziemlich winterlich sein, dachte sie, manchmal hatte es im November bereits geschneit, in Grado strahlte hingegen die Sonne mit 20 Grad, wenigstens war es warm. Das südliche Klima war ihr immer eine Wohltat gewesen.

Da erreichte sie ein Brief ihrer Großmutter, Hermine Scheid, aus Wien. Ihre Großmutter war der gute Geist der Familie und pendelte ständig zwischen den verschiedenen Wohnsitzen ihrer Kinder hin und her. Eigentlich sollte sie im November nach Grado kommen, war aber verhindert worden. Um ihr Sorgenkind Maria wollte sie sich jetzt vermehrt kümmern. Nebenbei erwähnte sie in ihrem Brief, dass sie gerne einen innigen Wunsch ihrer Enkelin erfüllen könnte, wenn diese einen solchen nur mitteilen würde.

Maria machte einen geistigen Luftsprung, schrieb sofort zurück und bat um die Finanzierung eines weiteren München-Aufenthaltes für die nächste Gustav-Mahler-Uraufführung: »Das Lied von der Erde«. Sie war ja bereits früher bei einer in München mit dabei gewesen. Damit überraschte sie ihre Mutter eine Woche später. In einem Brief an die Eltern in Wien formulierte Emma das so: »*Ich wusste gar nicht, dass sie schon einen Wunsch geäußert hatte, als sie gestern frohlockend in mein Zimmer stürzte und den Brief triumphierend über dem Kopf schwang … Ich hoffe, die paar Tage München, das Wiedersehen alter Freunde, der bevorstehende Kunstgenuss werden mir auch recht gut tun, man hat oft so eine unerwartete Erfrischung notwendiger, als man glaubt.*«

Wie immer war Carl Moll aus Wien angereist und es war ein herzliches Wiedersehen. Die Molls kamen ja oft in Emmas Pension Fortino und der Carl war mit beiden Auchentallers eng befreundet. So auch Alma Mahler, die ja gerade erst Witwe geworden war. Gustav Mahler war ein halbes Jahr vorher verstorben. Hier in München konnten sie alle wieder einmal zusammentreffen. Alma war wie immer viel beschäftigt und höchst begehrt, trotzdem verlief das Treffen der alten Freunde sehr herzlich. Die Auchentallers wohnten in der Barer Straße 38, in der bei Künstlern sehr beliebten Pension Finck, total zentral gelegen, gleich gegenüber der Pinakothek.

Das Konzert an diesem Wochenende, die Uraufführung des Zyklus »Das Lied von der Erde«, ein Teil von Gustav Mahlers später sogenannter 9. Symphonie, erstreckte sich über zwei Tage. Die Auchentallers waren in ihrem Element, so viele alte Bekannte aus München waren anwesend.

Mutter und Tochter kamen gar nicht mehr zur Ruhe: »*Samstagabend kamen wir an. Sonntag um 11 Uhr war schon Generalprobe, abends das erste Konzert, Montag das zweite*«, schreibt Emma wiederum an die Eltern in Wien und fügt hinzu: »*Das Lied von der Erde hat mich geradezu erschüttert … . Ich bin, obwohl ich zum ersten Mal seine Musik höre, eine begeisterte Anhängerin geworden. Wirklich schade, dass er nicht mehr ist … !*«

Zurück in Grado fühlte Maria sich diesmal sehr wohl und erzählte viel von München und der schönen Uraufführung. Besonders begeisterten sie die Gedichte der verschiedenen chinesischen Dichter, die teilweise die Vorlagen für »Das Lied von der Erde« waren. Natürlich befand sich »Die Chinesische Flöte«, aus dem die meisten Gedichte stammten, in der Bibliothek ihres Vaters. Maria versank förmlich in dem Gesang vom Lied der Erde:

> »*Wenn der Kummer naht,*
> *liegen wüst die Gärten der Seele,*
> *welkt hin und stirbt die Freude, der Gesang.*
> *Dunkel ist das Leben, ist der Tod.*«

Hier dichtete ein Seelenverwandter und beschrieb ihre tiefsten Gefühle und das in chinesischer Sprache, als ob sich diese Schwermut über den ganzen Globus verbreitet hätte. Dreimal wird diese Gedichtzeile wiederholt. Immer am Ende einer Textsequenz und Gustav Mahler hatte sie dann auch entsprechend in Musik umgesetzt. Maria liebte diese Dunkelheit der Sprache, die Moll-Töne in der Musik, wie auch die Unschärfe seiner Poesie. Sie teilte mit dem Komponisten den Verlust einer großen Liebe: Im Falle Mahler war es der frühe Tod seiner ältesten Tochter gewesen.

Auch das zweite Lied könnte für sie geschrieben worden sein, dachte sie sich, aber reden wollte sie mit niemandem darüber: »Der Einsame im Herbst«, das war Maria, wie sie mit ihrem Leiden lebte. Nur bewusst war sie sich nicht darüber.

»Ich weine viel in meinen Einsamkeiten.
Der Herbst in meinem Herz währt zu lange,
Sonne der Liebe willst Du nie mehr scheinen,
Um meine bitt'ren Tränen mild auszutrocknen?«

Der Dichter Qian Qui musste sich dabei wohl seine innere Sehnsucht von der Seele geschrieben haben – für Maria war es Inspiration, es ihm gleichzutun.

Maria hat sich schon immer hohe Ziele gesetzt. Im Jahre 1912 erscheint ihr erster Artikel als Feuilleton. *»Er ist wirklich sehr gut, finde ich, und ein sehr nobler Stil. Ich hoffe, da nun der Anfang gemacht, dass Maria Freude daran findet und sich so weiter entwickelt«*, schreibt die Mutter, macht sich aber gleichzeitig Vorwürfe: *»Maria ist auch brav und voll gutem Willen und Ehrgeiz, aber ich kann sie doch nicht so einspannen, sie muss auch Zeit für sich haben ... sie hält halt körperlich gar nicht viel aus ... .«*

*

Graz, 1912-1913

Ab September 1912 wohnten Maria und ihr kleiner Bruder bei der Familie Eisl in Untermiete. Als ihre Mutter Emma nach Graz kam, um sich die Unterkunft ihrer Kinder anzusehen, war sie entsetzt. Es war Winter, viel zu kalt und für die schwächelnde Maria völlig ungeeignet, alle waren verschnupft. Selbst die Mutter bekam eine schreckliche Verkühlung, als sie dort übernachtete, was die darauffolgende Entscheidung unglaublich beschleunigte. Durch Vermittlung der mit Emma bekannten Hoteliersfamilie Wiesler fand sich ein viel besseres Quartier in der geräumigen Pension Plentl im ersten Stock, sonnig hell und gut zu beheizen.

Rasch hatte es sich herumgesprochen, dass Emma Auchentaller in Graz weilte. Ihr Ruf als erfolgreiche und entschlossen auftretende Unternehmerin war schon längst von Grado bis nach Graz gedrungen.

Das Grazer Schauspielhaus war ein prominenter Ort im Kulturleben der Stadt. Im März 1913 sollte eine Wohltätigkeitsveranstaltung zugunsten des Seehospiz Salvore, in der Nähe von Grado gelegen, aufgeführt werden. Solche Einrichtungen waren Emma ans Herz gewachsen. Schon lange unterstützte sie in Grado das dortige Seehospiz, welches lange vor der Jahrhundertwende ebenfalls für von Tuberkulose befallene Kinder gegründet wurde. Es war das erste seiner Art in der Monarchie gewesen und sie unterstützte die neuartigen Behandlungsmethoden.

Da half kein Murren und Wehklagen, Maria Auchentaller konnte sich vor der Aufgabe nicht drücken, an diesem Benefizabend auch eine aktive Rolle auf der Bühne zu spielen. Laiendarstellerin, Tänzerin, Chorsängerin, bloße Statistin, alles musste sie übernehmen. Die Proben begannen bereits im Jänner und waren anstrengend, weil keiner der Beteiligten in Theaterangelegenheiten geübt war. Einige der jungen Mädchen waren das erste Mal hinter der Bühne und verirrten sich andauernd zwischen den Kulissen und Scheinwerfern, verschiedenen Vorhängen und Trennwänden und mussten immer wieder umständlich gesucht werden.

Mit Mitzi Knappitsch freundete sich Maria schnell an, sie war ein sehr hübsches Mädchen, ebenfalls um die 20 Jahre alt und sehr lebenslustig, mit einem herrlichen Humor und einem ansteckenden Lachen. Mitzi spielte die Hauptrolle in einem Goethe-Stück, das der Spielleiter Ferdinand Steil ausgewählt hatte: »Die Laune der Verliebten«. Eine frühe dramatische Arbeit über die Liebe zweier Mädchen zu zwei Schäfern: es geht um Eifersucht, zurückgeforderte Küsse und verborgene Leidenschaften.

Ein weiteres Stück über dramatisches Verliebtsein war Mozarts frühe Komische Oper »Bastien und Bastienne«. Er war gerade 12 Jahre alt und schrieb über Liebe und Enttäuschung, die Maria, 21 Jahre alt, gerade erlebte. Zusammen mit anderen Mädchen und Burschen musste Maria da und dort neutrale Statistenrollen übernehmen, entweder als Schäferin mit nicht vorhandenen Schafen im Hintergrund vorbeispazieren oder in Mozarts Singspiel eine Dorfbewohnerin mimen.

Nach einer anfänglichen Scheu, bei etwas so Laienhaftem mitzumachen, fand Maria Gefallen an den Proben im Schauspielhaus. Sie waren eine willkommene Ablenkung und rissen sie aus ihrem grübelnden, nachdenklichen und immer nur das Negative suchenden Leben heraus. Besonders Mitzi Knappitsch bewirkte eine Veränderung in Marias Leben. Plötzlich kam Bewegung in ihren Tagesablauf: Es gab Texte zu lesen und auswendig zu lernen, ihre Singstimme wurde trainiert und dann besonders die vielen Treffen mit Mitzi und ihrem Verehrer Wolfgang Schneider, der Maria ebenfalls gefiel.

Wolfgang Schneider entstammte einer gutbürgerlichen Familie aus Graz. Sein Vater war führender Baurat der Stadt und er wuchs in behüteten Verhältnissen auf. Seine große Liebe war die Musik. Die Eltern konnte es sich leisten, ihn an die Akademie für Musik und darstellende Kunst in Wien zu schicken. Später wurde er Mitglied des Grazer Opernorchesters und in der steirischen Hauptstadt bekannt. Als Solocellist der Grazer Oper war er sehr begehrt.

In seiner Studienzeit hatte er in Wien einen fast gleichaltrigen Musiker kennengelernt, der damals bereits als eine Art von Wunderkind bekannt war: Franz Ferdinand Mittler. Die beiden wurden gute Freunde und wann immer später Franz Mittler – den Ferdinand hatte er bereits früh weggelassen – für Klavierabende nach Graz kam, begleitete Schneider ihn auf dem Cello. Sie waren ein gefeiertes Paar und traten immer zusammen auf. Eines schönen Tages brachte Wolfgang Schneider seinen Freund aus Wien zu einem Treffen mit Mitzi und Maria mit, weil er in Graz ein Konzert gab.

Franz Mittler stammte aus der wohlhabenden, jüdischen Wiener Gesellschaft; seine Mutter (Rosalie »Lilly«) war eine Biach, allerdings aus der armen Seitenlinie der Papierindustriellen. Er war ein knappes Jahr jünger als Maria, wirkte neben ihr allerdings ziemlich unreif für sein Alter. Nur die Musik brachte ihn auf Augenhöhe mit Maria, und nach diesem Abend schien es so, als hätte sich die ältere und reifere Maria in ihn verliebt.

Viele Jahre später wird Franz Mittler in seiner Biografie über die damalige Zeit schreiben, dass er in jungen Jahren ein scheuer und schüchterner Mensch gewesen war. Zwar wird Maria in seiner Lebensgeschichte nicht erwähnt, dafür findet sich in seinem Nachlass überraschend ein Zyklus von sechs Liebesliedern »Aus der Nacht«, deren Texte von Maria Auchentaller stammen. Mittler schreibt sogar, dass es sich um seine besten Vertonungen handelt. Wie er zu diesen tieftraurigen Gedichten gekommen war, erwähnt er nicht. Die wunderbaren, feinen, zarten, aber von Kummer, Klagen und Verzweiflung erfüllten Liebesgedichte sind die einzigen überlieferten literarischen Werke von Maria Auchentaller. Sind sie aus der unerfüllten Liebe zu Mittler entstanden?

Maria plagten andauernd Zweifel über die nicht vorhandene Gerechtigkeit in der Welt, sie verurteilte die ungleiche Verteilung von Geld, Begabung und Chancen. Ihr unruhiger, forschender Geist bereitete ihr großes Unbehagen, Weltschmerz, Schwermüdigkeit und Betroffenheit. Ein dunkler Schatten lag über ihrer Seele und paralysierte die Kräfte der Lebensfreude. Was Maria oft zur Verzweiflung brachte, darüber konnte Franz Mittler nur lachen. Er war ein sehr humorvoller Mensch, ging ganz in seiner Musik auf und reiste durch die Monarchie. Die Leichtigkeit des Seins des einen traf auf die Unerträglichkeit des Seins des anderen.

Wie weit Maria sich damals in den jungen Musiker verliebte oder nicht, ist nicht bekannt. Jedenfalls verzehrte eine unerfüllte Liebe ihre Lebensfreude. Äußerlich war Maria noch immer das junge, hübsche Mädchen, das ihr Vater 1912 porträtiert hatte: Umgeben von Büchern, Manuskripten und bunten Bändern, die Tante Martha Thonet bestickt hatte, saß sie auf einem Lehnstuhl im Zentrum des Bildes.

Sie war aber älter geworden und der Gegensatz zwischen ihrem liberalen Elternhaus und der Welt, die sie in Graz umgab, wurde ihr immer stärker bewusst. Berlin war nur eine kurze Episode, eigentlich eine Flucht aus den engen Konventionen gewesen. Ein Versuch der Befreiung, die ihr nicht gelungen war.

Immer wieder fühlte sie sich gekränkt und niedergeschlagen, sogar dann, wenn wieder einmal der Name Auchentaller in den Zeitungen falsch geschrieben wurde: »Nicht einmal unseren Namen können sie richtig schreiben«, beklagte sie sich über einen Umstand, an den sich ihre Familie schon längst gewöhnt hatte.

Hofrat Dr. Franz Auchenthaler stand damals permanent in den Gazetten der Monarchie. Als Leibarzt seiner Majestät und 1889 als Erster nach dem Selbstmord Kronprinz Rudolfs in Mayerling zur Stelle, kannte man seinen Namen sehr gut und die Presse und Kunstkritiker schrieben später einfach Auchenthaler, wenn sie den Künstler Auchentaller meinten und nicht den bekannten Arzt. Letztlich hatte es der Vater von Maria aufgegeben, die Medien der damaligen Zeit andauernd zu korrigieren. Nur Maria kränkte sich: Nicht einmal ihr Name stellte also ein Zuhause dar.

*

Graz und Bistritz, 1914

Es begann mit dem wunderschönen Sommer von 1914. Der Juni brachte neue Besucherrekorde in Grado, das Fortino war überbelegt. Wiederum war sogar das Atelier ihres Vaters vermietet worden.

In Graz litt Maria unter der großen Hitze, die sich in der Stadt ausbreitete. Ihr Zimmer in der Pension Plentl lag auf der Sonnenseite. Wegen der vielen Insekten blieben die Fenster in der Nacht geschlossen, das machte das Schlafzimmer nicht kühler, sondern nur schwüler. Es erzeugte »dicke Luft«, wie ihre Vermieterin immer spöttisch sagte. Ihr Bett war hart, ihre Decke mit Daunen gefüllt und viel zu heiß, sie bedeckte sich mit dem Leintuch vom Bett ihres Bruders, der nicht da war. Ihre Sparsamkeit rächte sich an allen Ecken und Enden: Ihre vielen Bücher und Manuskripte waren auf dem Boden gestapelt und blockierten den Durchgang, sie hatte keinen Tisch zum Arbeiten, keine Küche, um sich zu verköstigen. Es gab nicht viel Platz für anderes, nur für Maria selbst, und daher kreiste ihre Welt immer um »Maria«. Das Neue war des Alten Feind – das Alte blieb unerlöst. Maria versteckte sich hinter ihren Versen, ihre Gedichte waren ein Schutzschild gegen die, als böse empfundene, Außenwelt.

Die wenigen Kleider, die sie besaß, lagen auf dem Bett ihres Bruders, etwas zerknittert, aber geordnet, die Schuhe standen darunter. Sie passte auf ihre Schuhe auf, sie hielten bei ihr lange durch. Nur ihr rotes Kleid hing an einem Kleiderhaken an der Türe. Sie liebte die Farbe Rot, sie entsprach ihrem Wesen. Maria war nicht das unscheinbare, scheue, zurückgezogene Mädchen. Wenn es darauf ankam, dann wollte sie im Mittelpunkt stehen, deshalb schrieb sie Essays und veröffentlichte Gedichte. Tief in ihrem Innersten wusste sie: Da war noch etwas ganz anderes, etwas, von dem sie jetzt noch nichts ahnte, es musste nur noch erweckt werden.

Mitte Juni 1914 packte sie wieder die Koffer, um nach Bistritz zu fahren. Wie immer waren viele interessante Menschen im Hause Thonet versammelt. Mit den meisten der Gäste konnte sich Maria sehr gut unterhalten. Dann kam das für ihre Lesung ausgewählte Wochenende im Juni. Sie tat das gerne, weil sie ihre Gedichte für gelungen hielt. Eine solche Präsentation vor Publikum verschaffte ihr Anerkennung, die sie sonst nicht so leicht bekam.

Am 28. Juni 1914 wird der österreichische Thronfolger Franz Ferdinand in Sarajevo ermordet, die Nachricht verbreitet sich rasch, auch in Bistritz weiß man bald Bescheid. Ein Gefühl der Hilflosigkeit und Verzweiflung überfällt Maria, ihre Lesung wird aufgrund der angespannten Situation verschoben, man will die Beerdigung des Thronfolgers und seiner Frau abwarten. Am 4. Juli werden Franz Ferdinand, Herzog von Hohenberg, und seine Frau Sophie, auf Schloss Artstetten beigesetzt.

Erst danach wird ein neuer Termin für die Lesung bestimmt, es sollte Freitag der 10. Juli 1914 werden. Sie trug ihr geliebtes rotes Kleid, die langen Haare waren zu einem breiten Kranz aufgesteckt, sie wirkte elegant, man bezeichnete sie gerne als Schönheit. Bereits als Kind war sie durch ihr langes Haar und ihren grazilen Körperbau aufgefallen; geschmeidig konnte sie sich bewegen, wie eine Tänzerin. Zeitweise wirkte sie wie eine antike Statue, besonders wenn sie intensiv zuhörte. Ihre Gesichtszüge erstarrten unter der hohen Konzentration. Sie konnte jedes Wort behalten, erinnerte sich an alles und konnte, wenn erforderlich, das meiste nach langer Zeit wortgetreu wiedergeben.

Maria Josefa war eine Schriftstellerin im Werden: Gedichte, Essays, Feuilletons, auch Kurzgeschichten waren entstanden: Die Welt – ihre Welt – beschrieb sie mit den Worten der Poesie.

Mit den Jahren war sie allerdings auch zu einer rastlosen jungen Frau geworden, auf der Suche nach einer Stätte der Ruhe, wo sie ihr inneres Gleichgewicht wiederfinden könnte, wo sie sich verstanden fühlte. Ihr Zuhause war noch immer Grado und die Pension Fortino ihrer Eltern.

In Graz war sie im Internat gewesen, in Berlin hatte sie kurz studiert, aber diesen Ort hier, östlich von Olmütz, liebte sie. Mit 15 Jahren war sie zum ersten Mal hierher gekommen, ins Haus ihrer Tante. Sofort fühlte sie sich wohl, hier, in Bistritz. Sie fühlte sich so wohl, dass sie oft länger auf Besuch blieb, als in ihrem Elternhaus in Grado.

Bei ihren Lesungen saß sie immer auf einem der berühmten thonet'schen »Vierzehner« (Stuhl). Mit ihrem roten Kleid, das sie so liebte, wirkte sie wie ein frühreifes Kind, obwohl sie bereits 22 Jahre alt war. Ihre Liebesgedichte waren im Gegensatz dazu berührend, verzweifelt und tief zugleich. In ihrem Klang reichten sie an die Poesie eines Rainer Maria Rilke heran, ihre Worte wirkten wie die Musik einer Komposition in Moll.

Maria hatte eine große Zukunft vor sich. Wenn sie über die »Liebsten der Geliebten« dichtete, dann stellte sie ein traumgewebtes Kleid in den Mittelpunkt, das vor den Liebsten nicht entschwinden sollte, obwohl sie, Maria, das Licht der Wirklichkeit meiden würde, denn sie rechnete mit der Enttäuschung und dem Jammer, der den Glanz dieser Wirklichkeit verwehen könnte. Sie rezitierte mit voller Stimme:

»Die Liebsten der Geliebten
werden uns nie zu eigen,
einsam lieben wir sie,
in scheuen, tiefem Schweigen.

Sehr einsam meiden wir
das Licht der Wirklichkeit.
Dass nicht von ihnen entschwinde
das traumgewob'ne Kleid.

Dass der Enttäuschung Jammer
nicht allen Glanz verwehe.
Und die eig'ne Seele
frierend in Nacktheit stehe.

Sehr einsam fliehen wir das Land
der Wirklichkeit,
und suchen fern in Träume verlor'ne Herrlichkeit.«

Der Applaus an diesem Abend war groß. Ihre poetischen Worte beeindruckten nicht nur deshalb, weil sie im Hause ihrer Tante vorlas und niemand sich eine Kritik erlauben würde, sondern ihre Worte drückten eine Liebe aus, die nicht von dieser Welt schien: jenseitig, unerfüllt, romantisch, tragisch, intensiv. Maria musste sich wohl in ihre eigene Zukunft verirrt haben, um solche tiefen Worte so gelassen zu Papier zu bringen. Wie ein feiner Duft durchzog ihre Schwermut die Verse. Von ihrer früheren Lebensfreude hatte sie sich selbst bereits ausgeschlossen.

*

Einen Tag später, am Morgen des 11. Juli 1914, stand Tante Martha bereits sehr früh in der Küche, ganz in der Nähe des Aufgangs zum ersten Stock und bereitete das Frühstück für die Gäste vor. Die Stiegen waren aus Holz, mit einem schönen Läufer belegt und knarrten fürchterlich. Gegen 9 Uhr hörte Martha ein solches Knarren und ging in den Vorraum, um nachzusehen. Da stand Maria, trug noch immer ihr rotes Kleid, hielt sich am Handlauf fest und kam etwas wackelig die Stiegen herunter.

Unten angekommen, wollte ihr Martha gerade unter die Arme greifen und sie fragen, ob es ihr gut gehe, da sackte sie plötzlich in sich zusammen, fiel zu Boden. Martha hörte gerade noch ein Gehauchtes: *»Das wollte ich jetzt nicht!«*

Überraschend und sehr eilig musste Victor an diesem Wochenende den Thonet-Betriebsarzt einbestellen, damit er in die Villa kam und den Tod von Maria bestätigte; er war gleichzeitig auch der Amtsarzt von Bistritz – sie hatte sich vergiftet. Wegen einer unerfüllten Liebe, so die Familienversion, zu einem Musiker in Graz ...

Später wurde der Leichnam ins protestantische Krematorium von Jena, 300 km weiter westlich von Bistritz, in Sachsen überstellt und feuerbestattet.[8]

Ein Jahr darauf wird Wolfgang Schneider, der Freund von Franz Mittler, *»endlich die Sachen von Maria (aus Graz, Anm.) nach Grado bringen«*, wie ihr Vater, Josef Maria Auchentaller, in einem Brief an die Schwiegereltern schreibt. Um welche Sachen es sich dabei handelte, bleibt unerwähnt.

Urne von Maria Auchentaller auf der Insel Morgo

Ölbild von ihrem Vater J.M. Auchentaller, um 1914.
Die Urne befand sich vor dem Wohnhaus Peterhof auf Morgo.

1 *»Vogerl«, ein Diminutiv von »Vogel«, wird in Österreich umgangssprachlich gerne verwendet.*

2 *Das »österreichische Küstenland« unterteilte sich in die: 1. Gefürstete Grafschaft Görz und Gradisca, 2. Markgrafschaft Istrien und 3. Reichsunmittelbare Stadt Triest.*

3 *Die Familie Moll unternahm 1899 eine Reise nach Venedig, ob es zu diesem Abstecher – vorher oder nachher – nach Grado gekommen ist, lässt sich heute nicht mehr nachvollziehen. Alma Schindler, spätere Alma Mahler und Stieftochter von Carl Moll, erwähnt in ihrem Tagebuch nichts über einen solchen Besuch.*

4 *Die Beethoven-Ausstellung in der Secession war bereits für den Herbst 1901 geplant gewesen, wurde aber zweimal verschoben und erst im April 1902 eröffnet.*

5 *Friedrich Schillers Gedicht »Ode an die Freude« war das Thema der beiden Wandfriese und darin wird die »Freude« als »schöner Götterfunken« bezeichnet.*

6 *Brief von Emma Auchentaller an die Eltern, 14. August 1901. Gustav Klimt musste seinen Entwurf natürlich nicht einreichen, deshalb wurde dieser auch nicht beurteilt.*

7 *Samurai »Yo Kasiwa Mura«, (Hagi, Präfektur Yamaguchi 1849 - Berlin1912) in der eingedeutschten Kurzform seines Namens, war Miltärgesandter an der japanischen Botschaft in Berlin, zuständig für Deutschland, Österreich und die Niederlande.*

8 *Die Feuerbestattung war im katholischen Österreich damals verboten, nur in einem protestantischen Teil Deutschlands gab es ein einziges Krematorium. Interessanterweise gab es mit dem Tempio Crematorio in Mailand bereits ab 1876 ein solches Krematorium im katholischen Italien.*

TEIL III

DIE FAMILIE VICTOR THONET

Kapitel IV

VICTOR

Das Thonet-Haus am Stephansplatz, um 1884

VICTOR

1871 kam er zur Welt, seine Heimat war die Villa neben der Möbelfabrik in Bistritz, Mähren, Teil der habsburgischen Länder der Böhmischen Krone. Seit 1862 wohnte ein Teil der Thonets in der kleinen Stadt am Fuße des Hostein mit seinen dichten Buchenwäldern. Das Zentrum der Thonet-Welt war allerdings die Hauptstadt des Kaiserreiches, Wien.

Die Adresse war immer der Stephansplatz[1], im Zentrum von Wien. Wer es genauer wissen wollte oder aus geschäftlichen Gründen wissen musste: Wien 1, Rotenturmstraße 1. Seit 1884 stand dort, schräg gegenüber der Stephanskirche, das sogenannte »Eiserne Haus«, in ganz Wien als »Thonet-Haus« bekannt. Das Zentrum der »Gebrüder Thonet«, einer Firma, die zur damaligen Zeit weltweit die erste Stellung bei der Produktion von Möbel aus »gebogenem Holz« innehatte. Der Gründer, Michael Thonet, war in den 40er-Jahren des 19. Jahrhunderts mit tatkräftiger Unterstützung seines Landsmannes Fürst Metternich[2] aus dem Rheinland (aus Boppard) nach Wien gezogen. Nach Überwindung vieler bürokratischer Hürden konnte er in Wien seine bahnbrechende Erfindung durchsetzen: Holzstäbe über Dampf zu biegen und zu leichten, funktionsfähigen Möbeln zusammenzusetzen, und dieses als Patent anmelden (damals »Privileg« genannt). Im Vergleich zu den üblichen Vollholzmöbeln der damaligen Zeit waren solche Thonet-Möbel preisgünstig und »massentauglich«. Daher hatte Thonet die ersten durchschlagenden Erfolge bei Theater- und Kaffeehausbestuhlungen.

Als Pionier mit den besten handwerklichen Kenntnissen und dem richtigen Gespür gelang es ihm, in den folgenden Jahren ein weltumspannendes Unternehmen aufzubauen. Diese Meisterleistung wäre ohne die Hilfe seiner fünf Söhne nicht möglich gewesen. Alle fünf arbeiteten zielstrebig und kreativ im Unternehmen mit. Sein jüngster Sohn Jakob war der Vater von Victor und leitete später die Geschicke der Weltfirma, erst als Mitgesellschafter von Bistritz und Wien und (ab 1920) als Seniorchef von Brünn aus.

Die Volksschule besuchte Victor in Bistritz, kam dann an das Gymnasium in Wien und wohnte als Schüler noch in der elterlichen Wohnung am Kolowrathring (ab 1928 umbenannt in »Schubertring«). Über seine Jugend wissen wir nur wenig. Victor war ein guter Schüler, technische Fächer begeisterten ihn, Mathematik und Chemie waren kein Problem. Hätte es damals bereits Computer gegeben, Victor würde sie sicherlich programmiert haben. Er bevorzugte immer einfache, allgemein verständliche Lösungen. Wenn er etwas berechnen konnte, war es in seiner Welt vorhanden. Nur seine Liebe zur Natur, zum Wald, zu Bäumen und zum Holz war von anderer Qualität. Der Erfolg der Thonet-Bugholzmöbel erschien ihm völlig verständlich. Sein Großvater, der Erfinder und Pionier dieser Technik, war für ihn ein Genie gewesen und hatte seine Möbel nach vielen Versuchen durch Wissen, Erfahrung, aber auch durch »Bauchgefühl« zum Erfolg gebracht. »Dieses Gespür muss man einfach haben«, dachte Victor, um nach so vielen Rückschlägen nicht zu verzweifeln, sondern weiterzuarbeiten und aus den vielen Möglichkeiten die richtigen auszuwählen, die später dann zum Erfolg führen. Trotz seiner Liebe zur Berechenbarkeit der Dinge war Victor überzeugt, dass es zwischen »Himmel und Erde« noch andere Dinge gab, die man nicht berechnen, sondern nur erfühlen konnte.

DIE WELTAUSSTELLUNG IN PARIS 1900

Paris, ab April 1900

»Was wir meinen, zu suchen, ist das neue Jahrhundert, das in goldenen Zahlen auf allen Giebeln der Paläste prangt. Das Neue, das nicht nur neu, sondern besser ist als das Alte, von dem wir uns Förderung versprechen für die Gegenwart und die Zukunft. Dass es in der Zeit, in der wir leben, enthalten ist mit tiefen wunderbaren Kräften, darüber lohnt [es sich] nicht [zu] streiten«, schreibt der bekannte deutsche Kulturhistoriker und Frankreich-Kenner Julius Meier-Graefe[3] in der Einleitung zu seinem umfangreichen Buch zur Weltausstellung in Paris. Was er gleich zu Beginn seiner Ausführungen anklingen ließ, war gleichzeitig das leitende Thema dieser als französische Triumph-Schau des Fortschritts geplanten Veranstaltung.

Die Pariser Weltausstellung 1900

Die Pariser Unternehmung war auf allen Ebenen gigantisch. In den Zeitungen von damals werden immer wieder Zeitgenossen zitiert, die sich bitter über die Millionen von Besuchern beschwerten, die sich täglich durch Paris bewegten. Ganze 50 Millionen werden es bis Ende November sein, als sich die Pforten dieser Jahrhundertschau wieder schlossen. Damals wurde alles überboten, was jemals irgendwo erfunden, erdacht oder gestaltet worden war. Diese Show war der Superlative gewidmet und sie traf damit ins Volle: Niemals würde dieses Spektakel übertroffen werden.

Das Motto der Weltausstellung, am Übergang von einem Jahrhundert ins nächste, lautete: »Bilanz eines Jahrhunderts«. Diese Bilanz fiel zugunsten von Fortschritt, also der modernen Technik und Wissenschaft, aus. Die erste Pariser Metro-Linie beginnt ihren Betrieb aufzunehmen, ein Riesenrad dreht sich (größer als das drei Jahre vorher in Wien gebaute Rad), fahrende Rolltreppen befördern Besucher in den ersten Stock des Eiffelturms (der bereits früher, zur Weltausstellung 1889, errichtet worden war).

Die neuesten Errungenschaften des ausklingenden 19. Jahrhunderts wurden hier zelebriert: Elektrizität und das Telefon galten als die wichtigsten Erfindungen und standen im Mittelpunkt. In der Nacht erstrahlte jedes Gebäude der Ausstellung in einem nie vorher da gewesenen Lichterglanz.

Am Ende des »Champ de Mars« (der Marswiese), gleich hinter dem Eiffelturm, ergossen sich mehrere unglaublich große, in vielen Farben beleuchtete Springbrunnen, und dahinter befand sich der Palast der Elektrizität – damit die Besucher verstanden, mit welchen Kräften sie es in Zukunft zu tun bekommen werden.

Dampfmaschinen enormer Größe bewegten und drehten sich, sägten, teilten oder hämmerten auf ebenso große Werkstoffe ein, allerdings ohne irgendeinen Output – nur zur Show. Dampfgetriebene Eisenbahnlokomotiven jeglicher Größe waren die ungekrönten Sensationen der Ausstellung: größer, weiter, schneller – hier wurden die bekannten Maxime der modernen Zeit zelebriert. Aus heutiger Sicht ist es erstaunlich, dass sich die gleichzeitig ausgestellten Automobile mit einer Nebenrolle begnügen mussten. Ganz Paris bewegte sich 1900 noch immer im Trab natürlicher Pferdestärken. Niemand glaubte an diese eigenartigen, stinkenden Fahrzeuge. Trotzdem erhielt der Deutsche Rudolf Diesel, dessen Motor in Paris damals die Weltpremiere erlebte, eine Goldmedaille – allerdings wurde sein Motor, auf Wunsch der Franzosen, mit pflanzlichem Öl angetrieben.

Das wahrscheinlich zukunftsweisende Automobil stellten sicherlich die Österreicher mit dem hybriden »Lohner-Porsche« aus. Angetrieben mit einem Elektro- (später auch) Benzinmotor und – man glaubt es kaum: mit Allradantrieb! Die Goldmedaille der Pariser Weltausstellung gewann allerdings ein dampfgetriebener französischer Wagen.

Von Beginn an war die Stimmung im Lager der Österreicher bereits gedrückt: Sie beschwerten sich, dass sie niemand wirklich wahrnahm, wenige Bestellungen kamen herein, nur ab und zu ein Lob. Hinter vorgehaltener Hand konnte man überall hören: *»Die Franzosen beherrschen alles, von jeder Ausstellungsfläche bekommen sie 50 Prozent zugeteilt. Die andere Hälfte musste sich der Rest der Welt untereinander aufteilen.«* Victor Thonet, als Mitarbeiter der ebenfalls ausstellenden österreichischen Weltfirma Gebrüder Thonet, verbrachte damals Monate in Paris.

Personen auf dem »Trottoir roulant« (links)

Als größte Sensation galt das »Trottoir roulant«, ein automatisiertes Förderband (eigentlich ein Fahrsteig) für Besucher, das sich in einem großen Kreis innerhalb der Ausstellung bewegte und jeden Tag gleichzeitig bis zu 16.000 Besucher auf einem gleitenden, aus Holzstegen bestehenden Laufband, durch die Ausstellung zog. Auf zwei in derselben Richtung, doch mit verschiedenen Geschwindigkeiten laufenden Bändern konnten Besucher befördert werden (zum Vergleich: Das schnellere Band lief langsamer als jedes heutige Fahrsteigband auf modernen Flughäfen). Die amerikanische Westinghouse Company erzeugte den Gleichstrom, damit die Bänder laufen konnten. Der ungleiche Kampf zwischen Thomas Edisons Gleichstrom und Nikola Teslas Wechselstrom (den wir heute überall verwenden) hatte bereits begonnen.

Es war das erste Mal, dass sich ein üblicherweise ruhender Boden für fast vier Kilometer in einem großen Kreis fortbewegen konnte. Die Besucher betraten, oder »hüpften«, mit unsicheren Bewegungen, auf das sich permanent in Bewegung befindliche – langsamere – Laufband. Sie konnten sich an den mitlaufenden Geländestäben festhalten, um dann mühelos auf das sich etwas schneller bewegende Band umzusteigen. Wer allerdings, ungeübt, vom schnelleren Band unbeholfen abstieg und auf unbewegten Boden trat, fiel schnell einmal um. Dutzende ziemlich »gemeine«, aber auch lustige Zeichnungen und Fotos eines solchen unbeholfenen »Umstiegs« sind als Karikatur oder als gestellte Fotos überliefert. In Wirklichkeit passierte wenig, wie Filme aus der damaligen Zeit zeigen.

*

Die Weltausstellung 1900 in Paris war jedenfalls ein einschneidender Moment im Leben von Victor, wie auch für die Weiterentwicklung der Firma Thonet. Ganz Paris, so wie er es wahrnahm, erstrahlte in einem neuen Stil, »Art Nouveau« genannt. Jede Metro-Station war in diesem Stil errichtet und viele neue Gebäude in der Stadt wie auch auf der Ausstellung folgten diesem Design: Florale Muster, Rundbögen, wenig gerade Linien, die Natur wurde zum Vorbild. Alle sprachen von Art Nouveau. In Wien kannte man nur den »Secessionsstil«, und in anderen Ländern hieß er »Liberty-Style«.

Der Thonet-Stand auf der Weltausstellung in Paris 1900

Die Firma Thonet stellte allerdings in Paris nichts aus, was diesem »Art Nouveau« entsprechen würde. Dem Motto der Ausstellung folgend, zeigten sie ihre erfolgreichen Möbelkonstrukte aus der Vergangenheit, während ihre kleineren Konkurrenten, wie die sehr rührigen Gebrüder Jacob & Josef Kohn oder die Möbelfirma Portois & Fix sowohl im österreichischen Pavillon an der Seine, wie auch neben den Thonets, auf dem österreichischen Stand im »Palace des Invalides« ihre modischen Art-Nouveau-Stücke ausstellten. Die Thonets konnten es sich noch leisten, ihr großer Vorteil lag in der Massenproduktion: Ihre Stühle verkauften sich weltweit tausendfach und waren für jedermann erschwinglich. Die neumodischen Möbel des Art Nouveau oder eben Secessionsstil waren reine Designerprodukte, von der Allgemeinheit entrückt und völlig unerschwinglich. Am Thonet-Stand auf der »Esplanade des Invalides« standen also in der Hauptsache die alten, seit 1860 erfolgreichen Möbel von Michael Thonet. Warum auch nicht, *»so konnte man doch die Erfolge des abgelaufenen Jahrhunderts zeigen«*, sagten die Thonet-Verantwortlichen.

Einer der Vorreiter der neuen Bewegung war ein in Paris lebender Deutscher: Siegfried (auch Salomon) Bing. Immer schon hatte der rührige Hamburger das richtige Gespür für Neues. 1880 reiste er nach Japan, errichtete ein Handelshaus in Yokohama und importierte fortan ostasiatische Kunst, in der Hauptsache Blockdrucke von japanischen Künstlern wie Hokusai.[4] Bing wird dadurch zum Begründer des »Japonismus« und stellt damit die Weichen für den tiefgreifenden Einfluss der japanischen Kunst auf die gesamte Kulturwelt der damaligen Zeit. Von seiner 1895 in Paris gegründeten Galerie aus (»Maison de l'Art Nouveau«) beeinflusst seine Japan-Interpretation die gesamte Entwicklung der Art-Nouveau-Bewegung, wie auch die Wiener Secessionskünstler Gustav Klimt und Josef Maria Auchentaller.

Auf der Weltausstellung 1900 errichtete Bing einen eigenen »Kunsttempel«. Sein mit sieben Ausstellungsräumen errichteter Pavillon »L'Art Nouveau–Maison Bing« wurde allerdings bloß zum Geheimtipp bei Insidern. Für die Allgemeinheit war Art Nouveau zu neu, zu ungewohnt und daher in der Öffentlichkeit noch nicht angekommen. Als modern und fortschrittlich galt damals nur, was mit Dampf, Elektrizität und Eisenbahn zu tun hatte. Art Nouveau fiel noch nicht darunter.

Als weitere Sensation galten die eigens für die Ausstellung am Ufer der Seine entlang errichteten Prunkpavillons der damals bedeutenden Staaten (wegen der Kurzlebigkeit hauptsächlich nur aus Karton und Mörtel errichtet). Zum Ärgernis vieler ausstellender Länder wurden diese unter Federführung von französischen Architekten geplant und nicht immer trafen diese die verschiedenen landestypischen Stile. Der österreichische Pavillon jedenfalls war gelungen, im typisch historistischen Stil gehalten.

Gerne spazierte Victor in das am gegenüberliegenden Ufer liegende Vergnügungsviertel, »Paris Village« genannt. Dort befand sich der eigens für die damals weltberühmte amerikanische Tänzerin Loïe Fuller errichtete Pavillon, in dem sie täglich auftrat. Ganz Paris umschwärmte die als »Lo« bekannte Künstlerin, die auf der Bühne einen eindrucksvollen Stil entwickelt hatte, indem sie leichte Stoffbahnen gleichzeitig durch die Luft wirbelte, die wie ihre Flügel wirkten. Sie konnte dem Publikum damit Bewegungen vortäuschen, die wie eine fliegende Schlange wirkten: Dadurch wurde sie zur Begründerin des Schlangentanzes. Was Victor damals noch nicht wissen konnte: J. M. Auchentaller wird die ausdrucksvollen Tänze von Fuller mit ihren in die Luft geschwungenen Tücher als Vorlage für sein Beethoven-Fries in der Secessions-Ausstellung im April 1902 verwenden (gleich gegenüber dem berühmten Klimt-Fries). Fuller war damals bereits erfolgreich in Wien aufgetreten und jeder kannte sie.

Um über das auf der Ausstellung Gesehene nachzudenken, benutzte Victor gerne das »Trottoir roulant« und fuhr gedankenversunken lange im Kreis. Was der Schriftsteller Ludwig Abels in der Fachpublikation »Das Interieur« über die österreichische Möbelindustrie auf der Weltausstellung in Paris schrieb, machte ihn betroffen: *»Zwar lassen die Gegenstände, welche die Firma Thonet vorführt, recht viel zu wünschen übrig; umso feiner und geschmackvoller ist das Speisezimmer, und besonders der Schlafraum der Firma J.&J. Kohn!«*

Jacob & Josef Kohn Werbung nach 1900

Ein vernichtendes Urteil über die Produkte seiner Familie, aber es stimmte leider, befand Victor und machte noch eine Runde auf den laufenden Böden. Verloren schaute er in den blauen Himmel über Paris, hielt sich an einer Halterung des Laufbandes fest: »Heute war ein schöner Tag, wenigstens Sommer in Paris«, dachte er. Sein späterer Rundgang durch den österreichischen Pavillon an der Seine wird dafür eine herbe Enttäuschung: »Völlig unscheinbar neben dem amerikanischen Protzpalast, der unseren Pavillon um ein Drittel überragte!« – das gab seiner Stimmung den Rest. Im Inneren waren überall, neben dem noch immer vorherrschenden Lieblingsstil des Thronfolgers Franz Ferdinand, nur Josef Hoffmann und sein begabter Tischler Wenzel Hollmann präsent. Weiters die überwältigenden Arbeiten der kleineren Wiener Tischlerei Portois & Fix. »Schrecklich!«, so empfand es der junge Victor, demütigend für die Weltfirma Thonet.

Nun ja: »kleinere Tischlerei«?, verglich er in Gedanken. Während Thonet um 1900 bereits 5.000 Arbeitskräfte in fünf Fabriken beschäftigte, hatten Portois & Fix gerade einmal 700 Beschäftigte in der Ungargasse in Wien. Aber ihr Stammsitz war vom Architekten Max Fabiani im neuen Stil, im »Secessionsstil«, errichtet. Victor wollte und musste das ändern. Paris 1900 wurde zu einem entscheidenden Erlebnis, die Firma Thonet musste sich modernisieren, neue Designer mussten gefunden werden, bei neuen Projekten sollte Thonet führend dabei sein, sonst hätte sein Großvater Michael die gebogenen Möbel umsonst entwickelt. Paris war erfüllt von modernem Design. Auch wenn die Österreicher hier keinen großen Erfolg landen konnten, weil andere Nationen beim neuen »Art-Nouveau-Stil« bessere Karten hatten, war noch nichts verloren.

Die Wiener Secession hatte doch einen einzigartigen Stil geprägt. Für die Firma Thonet wollte Victor dem neuen Stil folgen. »Es gibt genug begabte Köpfe in Wien«, dachte er, »die man in eine neue Produktionslinie einbinden könnte.«

Noch ahnte Victor nicht, dass sich eine solche Gelegenheit sehr bald ergeben würde: mit der Planung der Österreichischen Postsparkasse am Ring. Dabei würden Otto Wagner und Marcel Kammerer das erste Mal als Designer für Thonet-Möbel auftreten und Victor würde im Hintergrund die treibende Kraft sein.

Der österreichische Pavillon in Paris 1900

Am Thonet-Stand wurde eines Tages überraschend ein wichtiger Besuch angekündigt: Baron Raimund von Stillfried. Dem Pariser Thonet-Management war er unbekannt, aber »anscheinend wichtig«, dachten sie. Dafür kannte ihn Victor: Stillfried war der berühmte Japan-Experte, ein bekannter Fotograf und Weltreisender. Aus Interesse hatte Victor bereits in jungen Jahren seinen Vorträgen in Wien beigewohnt. Er stand zum Empfang bereit, als der knapp über sechzigjährige Künstler und Weltenbürger am Thonet-Stand eintraf.

Victor erkannte ihn sofort, sein Tegetthoff-Bart[5] ließ keinen Zweifel aufkommen. Stillfried war unkompliziert, wie die meisten weitgereisten Weltenbürger. Victor hatte keine Schwierigkeiten, sie passten wunderbar zusammen: da der alte und erfahrene Weltreisende – und daneben der wissbegierige junge Endzwanziger. Victor sprach ihn zuerst einmal auf Französisch an, das war eine seiner Gewohnheiten, um zu verbergen, dass er den Gast bereits erkannt hatte.

Stillfried dachte sich nichts dabei, antwortete höflich und bald unterhielten sich die beiden im österreichischen Zungenschlag. Er war ganz privat in Paris, erzählte er, eigentlich nur aus Neugier, wie sich diese Ausstellung entwickeln würde. Immerhin hatte er ja an zwei großen Weltausstellungen persönlich teilgenommen: 1873 in Wien und 1878 in Paris. Leider, so schilderte er Victor, stand sein Auftritt in seinem Heimatland Österreich 1873 bei der Weltausstellung auf dem Rotundengelände im Prater unter keinem guten Stern. Stillfried verlor damals nicht nur viel Geld, sondern auch viel Reputation. Sein auf eigene Kosten herangeschafftes japanisches Teehaus wurde für ein Bordell gehalten, sodass er es nicht innerhalb der Ausstellung aufstellen durfte, sondern nur im heute als »Wurstelprater« benannten Teil.

Erst in Paris 1878 gelang ihm mit seinem Yokohamer Fotostudio der Durchbruch. Im damaligen Paris wurde er als großer Star der Fotografie gehandelt und verkaufte seine Fotografien aus Japan (meist in Alben zusammengefasst) in großen Auflagen. Natürlich waren Stillfried alle japanischen Produkte bekannt, die damals den europäischen Markt erreichten, hauptsächlich Keramiken und die bereits sehr beliebten Drucke. Stillfried selbst verkaufte damals hauptsächlich aus dem Westen importierte Waren, auch Klaviere aus Österreich.

»Mein Gott, lieber Herr Thonet, da könnte ich Ihnen viele Geschichten erzählen, aber das ist schon so lange her. Wie ich sehe, sind Sie interessiert und hier in der Halle sind die Japaner sogar zufällig ihre direkten Nachbarn, nur da gibt es momentan nichts Interessantes. Begleiten Sie mich doch vielleicht zum Bing-Pavillon hinüber, da gibt es mehr zu sehen!«

Der großzügige Pavillon von Siegfried (Samuel) Bing, des weltberühmten Galeristen aus Paris, befand sich gleich gegenüber auf der »Esplanade des Invalides«, wo die Franzosen ausstellten. Hauptsächlich war dieser luxuriöse Pavillon mit seinen sieben Zimmern dem kommerziellen Erfolg Bings gewidmet, eben dem »Art Nouveau«. Mit seiner Galerie gleichen Namens war er zum Namensgeber einer ganzen Kunstform geworden. Die meisten Plakate für die Weltausstellung waren in diesem Stil gestaltet. Was oder wer »modern« sein wollte, verwendete solche Elemente in seinem Design. Sogar der Pariser Superstar des Art Nouveau, Alfons Mucha, kreierte als Tscheche und Bürger der Monarchie, einen solchen Beitrag für den Österreichischen Pavillon.

Bings Gespür für den Zeitgeist hatte sich überall durchgesetzt. In seinem Pavillon dominierten natürlich seine Künstler: René Lalique, ein von Bing geförderter Schmuckdesigner, wie auch die Möbelentwürfe des Wegbereiters der Moderne, des Belgiers Henry van de Velde. Daneben gab es im Bing-Pavillon bloß ein paar der bekannten Holzdrucke vom japanischen Künstler Hokusai, die Stillfried sehr gut aus seiner Zeit in Japan kannte. Alles präsentiert in der damals dichten Hängung, die man »St. Petersburger Hängung« nannte: alle Bilder, so viele wie möglich, gleichzeitig nebeneinander oder übereinander.

Als sie durch die Räume schritten, wurde Stillfried gesprächig: *»Wissen Sie, Herr Thonet, ich kam bereits sehr früh nach Japan, also Mitte der Sechzigerjahre (1865), da bekam man solche Drucke fast geschenkt und der berühmte Künstler Kunisada war gerade (Jänner 1865) verstorben. Der Bing und sein Bruder kamen erst viel später. Anfänglich waren die ja hauptsächlich an Keramik interessiert, das war das ursprüngliche Geschäft der Bing-Familie in Paris. Ich erinnere mich noch sehr gut, dass die Bings immer im deutschen Konsulat eingeladen waren und mit den Diplomaten dort engen Kontakt hielten. Damals waren die Franzosen in Yokohama und Japan noch nicht so wichtig.«*

»Aber, verehrter Baron Stillfried, Sie sind doch ein weltbekannter Fotograf der ersten Stunde, sowohl hier bei uns wie auch in Japan. Sie kannten damals alles. Sie hätten doch auch den Handel mit diesen japanischen Holzdrucken beginnen können, so wie es Siegfried Bing später machte.«

»Ach ja, das sagt sich heute so leicht.«, entgegnete Stillfried, *»vor fast 40 Jahren waren wir alle ›Globetrotter‹, so nannte man damals so Leute wie mich. Es gab so viel Interessantes zu entdecken, da dachte man anfänglich doch nicht sofort an kommerzielle Möglichkeiten. Damals war ich genau in Ihrem Alter und als Pioniere stürmten wir einfach vorwärts. Schnell entdeckte ich die Fotografie, die für mich faszinierender war als der Handel mit alten japanischen Drucken. Niemals vorher hatte man die japanische Realität so klar und eindeutig einfangen und abbilden können. Erst später entwickelte sich die Fotografie zu einem großen Geschäft. Ja, insgesamt habe ich viel Glück gehabt. Aber heute, im Sommer 1900, bin ich als Künstler hier, als Maler, ich fotografiere kaum oder nur mehr für meine Aquarelle. Lassen Sie uns jetzt noch zum japanischen Pavillon hinübergehen, der soll sehr gut ausgestattet sein.«*

Gestellte Aufnahme vom »Rollenden Band« in Paris

Der japanische Pavillon

Der japanische Pavillon, eigentlich eine Pagode, stand auf der rechten Seite des »Palais du Trocadéro« in einem kleinen Wäldchen, gleich neben den Pavillons von Indien und Ceylon. Dieses zarte Holzhaus war von einem Gegenspieler Bings errichtet worden. Hier regierte ein ganz anderer Geist, und zwar ein rein japanischer: Hayashi Tadamasa, ebenfalls Kunsthändler, trug seit mehr als 20 Jahren ebenfalls erfolgreich zum Erfolg des »Japonismus« bei.

Hier in der stimmungsvollen, einstöckigen Pagode hatte es Tadamasa darauf angelegt, einen tiefen Einblick in die japanische Welt zu ermöglichen. *»Sehen Sie, verehrter Herr Thonet, da sind ein paar sehr gute ›Shunshos‹ (Katsukawa Shunsho)*[6] *an der Wand.«* Augenblicklich blieben beide stehen und traten vor die Farbholzschnitte des berühmten japanischen Meisters. Shunsho war noch ganz in der frühen Tradition eingebettet und zeichnete mit großem Vergnügen schöne Frauen, meistens bekannte Schauspielerinnen des damaligen japanischen Kabuki-Theaters, oder Sumo-Ringer in ihren ausdrucksstarken Bewegungen und immer wieder auch die üblichen Szenen des täglichen Lebens aus Edo (heute Tokio).

Sie blieben noch lange vor den verschiedenen Drucken der kaiserlichen Sammlung stehen und Stillfried gab immer wieder sehr ausführliche Kommentare ab, die seinem jahrzehntelangen Aufenthalt in Japan geschuldet waren. Kein Wunder, dass Victor dadurch angeregt wurde, eine eigene Sammlung dieser wunderbaren Zeichnungen aufzubauen. In den verbleibenden Monaten in Paris investierte Victor das von ihm hier verdiente Geld in die ersten Erwerbungen von Kunisadas, Shunshos und anderen japanischen Größen des Japonismus.

Nach ein paar Stunden musste Baron Stillfried weiter eilen. Die beiden von Japan Begeisterten trennten sich im Pavillon und trafen sich nie mehr wieder. Für Victor allerdings waren die Würfel gefallen: Seine Sammlung von japanischen Zeichnungen und Drucken ist bis heute in der »Victor & Martha Thonet Sammlung« erhalten. Einige Jahre später wird er seine Sammlung sogar noch mit Ankäufen in St. Petersburg erweitern.

Farbholzschnitt von Utagawa Kunisada I (1786-1865)

Sammlung Victor Thonet
24,4 x 37,5 cm

DER CAMERA-CLUB UND DIE FOTOGRAFIE

Wien, ab 1901

Philipp Wilhelm von Schoeller, ein Bankier und Unternehmer, war ein strenger Junggeselle, zum Spaßen war er nicht auf der Welt. Als erfolgreicher Geschäftsmann saß er in vielen Verwaltungsräten. Gemeinsam mit den Brüdern Rothschild war er Mitglied des Nordbahn-Aufsichtsrates, des profitabelsten Unternehmens des Rothschild-Imperiums. Die Österreich-Ungarischen Banken hatte er bereits in den 1880er Jahren reformiert, um 1900 war er zum lebenslangen Mitglied des Reichsrates gewählt worden. Neben all diesen prominenten und einflussreichen Aufgaben verfolgte er seit Langem seine große Liebe: die Fotografie. Bei allen wichtigen Klubs in Wien war er Mitglied und oft in leitender Funktion tätig: im »Camera-Club« und in der »Photographischen Gesellschaft«. Er reiste mit seiner Fotoausrüstung in den Süden bis nach Nordafrika und brachte immer aufsehenerregende Fotos mit, die er in Abendveranstaltungen in Wien präsentierte.

1901 feierte die »Photographische Gesellschaft« ein Jubiläum, und Philipp Schoeller wollte seine Fotos von der Pariser Weltausstellung 1900 dort präsentieren. Allerdings gab es gleich zu Beginn 1901 eine bessere Gelegenheit, die er gerne annahm: Der Camera-Club hatte das Palais Eschenbach (seit 1870 bis heute Sitz des NÖ-Gewerbevereins) für zwei Skioptikon-Vorträge[7] gebucht.

Als Victor davon erfuhr, reservierte er sofort Sitzplätze – das wollte er auf keinen Fall versäumen. Er selbst hatte Schoeller in Paris mehrmals getroffen und wusste auch um die großen Schwierigkeiten, auf der Ausstellung ungehindert fotografieren zu können. Schoeller war einer der bekanntesten Amateur-Fotografen von Wien, die man damals schlicht und einfach als »Dilettanten« bezeichnete, also wirkliche »Liebhaber«. Noch wurde der Begriff nicht so absolut abwertend verwendet wie heute. Mit von der Wiener großbürgerlichen »Dilettanten-Gruppe« waren die Brüder Alfons und Nathaniel Rothschild, die damals zu den reichsten Europäern gehörten. So weit konnten es damals nur Amateure bringen: Sie fotografierten alle aus Vergnügen und nicht als Beruf, eher als Berufung! So auch Victor.

Bei allen damals an diesen neuen Techniken Interessierten, ob jung oder alt, wohlhabend oder aus kleinen Verhältnissen, war eines gleich: Sie hatten einen klaren Verstand und standen mit beiden Beinen auf dem Boden der Realität, konnten daher mit Zahlen, Fakten, Daten und Listen sehr gut umgehen. Ähnlich den computeraffinen Menschen von heute, zählte diese Gruppe zu den modernsten Zeitgenossen.

*

Villa Scheid, um 1900

Die Begeisterung für diese neue Technik brachte auch die Familie Scheid immer wieder zusammen. Ernst Scheid, der jüngere Bruder von Martha, kam gerade von einer seiner Ruderpartien mit dem Normannen-Ruderklub an der Donau zurück. Eigentlich, so wusste er sehr genau, war ihm das strengstens verboten. Er litt an Epilepsie. Die konnte jederzeit über ihn herfallen und ihn beim Rudern auf der Donau in eine lebensgefährliche Situation bringen, was kurze Zeit später in diesem Jahr auch passierte.

Abgesehen von dieser Einschränkung konnte Ernst überall punkten, er war einfach ein Multitalent und bei allen (besonders bei der Weiblichkeit) beliebt. Es gab fast nichts, was ihn nicht interessierte. Eine große Liebe hatte er aber doch: das Skioptikon, dieses technische Wunder, das kleine Fotos wunderbar an jeder Wand großflächig projizieren konnte. Ernst, der noch in der Villa Scheid im Cottage wohnte, hatte zusammen mit seinem Schwager Georg Roth ein solches Gerät erworben. Mit großem Elan und Begeisterung zeigten die beiden immer wieder erfolgreiche eigene Shows im Familienkreis.

Die Bewohner der Scheid-Villa waren allerdings inzwischen ziemlich wenige geworden. In dem prächtigen Haus lebten neben ihm und den Eltern nur seine Schwester, die geschiedene Martha und – falls er wieder einmal in Wien war – der jüngste Bruder Ludwig. Für größere Präsentationen mussten immer viel Verwandtschaft und Freunde eingeladen werden und die kamen damals nicht so gerne ins Cottage am Rande der Stadt. Trotzdem ließ es sich ein anderer Schwager, der vielbeschäftigte Architekt Josef Hackhofer, nicht nehmen und war oft mit dabei.

Die Scheids experimentierten mit dem Skioptikon,

Villa Scheid, um 1900

Die jüngeren Scheids bildeten eine eingeschworene Gruppe von Anhängern der Fotografie. Sie gingen zu allen Veranstaltungen des Camera-Clubs in der Stadt und nahmen meistens Martha mit, damit die unter der Scheidung Leidende wieder »unter Leute« kam.

So gelangte sie im Jänner 1901 gemeinsam mit ihrem Schwager Josef Hackhofer ins Palais Eschenbach in der Wiener Innenstadt, zu der Skioptikon-Vorführung von Philipp von Schoeller. Josef Hackhofer hatte wegen seiner vielen beruflichen Verpflichtungen im Jahr davor nicht nach Paris fahren können und war daher an der Vorführung interessiert.

Diese erste Präsentation über die Weltausstellung war völlig ausgebucht. Hackhofer hatte noch ganz gute Sitzplätze ergattern können, allerdings weiter hinten im Saal. Von dort sah man zwar die großflächigen Projektionsbilder in einer wunderbaren Panoramaansicht, allerdings waren die Projektoren noch nicht so lichtstark – die Bilder wirkten aus dieser Distanz etwas schwach und kontrastarm. Trotzdem – für alle im Saal war es einfach umwerfend und eindrucksvoll.

Foto-Jahrbuch für Mitglieder, 1907
Privatbesitz Victor Thonet

Die Fotos erzählten von einer elektrifizierten Welt, die in Wien so noch nicht angebrochen war und die manchmal unglaublich, oft erstaunlich, aber in ihrer Gesamtheit schlicht beeindruckend wirkte.

In der Kaiserstadt war er noch nicht so präsent wie in Paris: der »Fortschrittsglaube«. Überall sprach man über »ihn«, ohne ihn direkt zu erwähnen, manchmal verachtend, meistens aber hoffnungsvoll und eben »gläubig«. Elektrizität, Telefon und ein paar Automobile gab es zwar auch in Wien, aber nicht in dieser Intensität, nicht in dieser Vielzahl und einfach auch nicht so allgegenwärtig. Paris machte da schon einen großen Schritt vorwärts.

Die Vergangenheit galt damals nicht als »besser«. Im Gegenteil, die Vergangenheit war dunkel und schmutzig gewesen, jetzt aber ging die Menschheit einer lichtdurchfluteten, ja goldenen Zukunft entgegen. Paris zeigte den Weg, Amerika wird ihn ermöglichen und England auf der ganzen Welt verbreiten. Doch welchen Einfluss diese neuen Erfindungen auf das tägliche Leben der Menschen in Zukunft haben würden, war niemandem wirklich bewusst – wie auch denn?

Josef Hackhofer und Victor Thonet begegneten einander in der Pause, sie kannten sich von früheren Gelegenheiten, schnell standen sie alle an der Bar zusammen und tranken ein Glas Schlumberger

Das Tisch-Skioptikon von Victor Thonet
Fa.Reichert, Wien, Nr. 6067, Typ: Pro D, V110

Champagner[8]. Die beiden »Kenner der Materie«, Josef und Victor, schwärmten von den ungeahnten Möglichkeiten der neuen Techniken. Martha hörte den beiden zu. Victor, der erfahrene Fotograf, bemerkte erstaunt, dass er sich der Anziehungskraft von Martha nicht entziehen konnte: »Sie versteht überhaupt nichts von Fotografie« – dachte er – »aber was soll's!« Ihr Schwager Josef Hackhofer bemerkte davon gar nichts und beide, Victor und er, diskutierten endlos über die gezeigten Fotos. Martha aber wunderte sich nur, warum dieser doch eigentlich attraktive Victor nicht endlich von seiner fotografischen Passion losließ und sich ihr zu wandte – auch Martha fühlte sich zu Victor hingezogen.

Dann begann der zweite Teil von Philipp von Schoellers Präsentation. Victor hatte einen der besten Plätze ganz vorne, wo die großen Panoramafotos wirklich gut wirkten. Zufällig waren in der Pause zwei Sitzplätze vorne frei geworden, und schnell deutete er Josef Hackhofer und Martha, neben ihm Platz zu nehmen, was diese sofort taten.

In diesem zweiten Teil arbeitete Schoeller mit zwei nebeneinander aufgestellten Skioptikon-Geräten, um dadurch mit einigem Geschick sehr eindrucksvolle Überblendungen zu ermöglichen, was natürlich fantastisch wirkte.

Auch wenn Martha von der angewandten Technik nichts verstand, hinterließ die Präsentation bei ihr einen bleibenden Eindruck. Am Ende der Vorführung gab es tosenden Applaus. Der Abend war ein voller Erfolg für den Camera-Club – und auch für Victor und Martha, deren Verliebtheit und starke Zuneigung hier ihren Anfang nahmen.

*

Ab 1902 war Victor oft in Wien. Es gab bereits gute Zugverbindungen von Bistritz, seit mehr als 15 Jahren war die Thonet-Fabrik direkt an das k.k. Eisenbahnnetz angeschlossen. Das Pendeln zwischen seiner Heimat in Mähren und der Hauptstadt war ihm zur Gewohnheit geworden. Seit Paris verfolgte er insgeheim den Plan, die Produktion der Firma zu modernisieren. Die dominante Präsenz der viel kleineren Wiener Möbelfirma Jacob & Josef Kohn in Paris war ihm immer noch in unangenehmer Erinnerung. Und jetzt sah er plötzlich die Möglichkeit, seinen Plan umzusetzen.

Oft traf er sich mit dem fast gleichaltrigen Architekten Marcel Kammerer, der damals gerade von ausgedehnten Studienreisen zurückkam und bei Otto Wagner als Chefzeichner zu arbeiten begann. Die Freundschaft der beiden Männer war für die Entwicklung der Firma Thonet ein Glücksfall. Marcel Kammerer begann sehr früh, sich mit dem Postsparkassen-Projekt zu beschäftigen. Gleichzeitig arbeitete man am Depeschenbüro für »Die Zeit«. Den Wettbewerb um den Neubau der Postsparkasse wollte das Atelier Otto Wagner unbedingt gewinnen. Die meisten Möbel für das achtstöckige Jugendstilgebäude wird Kammerer später im Namen von Otto Wagner zeichnen. In etwas modifizierter Form werden solche Möbel auch unter seinem eigenen Namen vertrieben werden. Der später so berühmte Wagner-Hocker für das Postsparkassengebäude wurde zum Beispiel bereits Jahre vorher von Kammerer entworfen und von Thonet produziert. Zum Unterschied zu seinem eigenen Entwurf plante er für seinen Chef später einfach einen Tragegriff in der Mitte der Sitzfläche ein – und das war's dann auch schon.[9]

Was den Möbelbau betraf und das Biegen von Holz, das die Firma Thonet weltbekannt gemacht hatte, war Victor zum Fachmann geworden. Er kannte jede technische Raffinesse und verstand sich mit anderen Technikern, wie auch Architekten, sehr gut. Nur mit Otto Wagner war es ein bisschen schwieriger. Der war immerhin um 30 Jahre älter als Victor und schwebte in anderen Sphären. Wer kein Architekt war, existierte für ihn nicht. Der Kontakt zu Wagner ergab sich daher immer über Marcel Kammerer.

Mit Marcel war Victor schnell übereingekommen: Dieser wollte sich aus der Umklammerung seines berühmten Chefs befreien und seine eigenen Entwürfe in der Öffentlichkeit präsentieren. Die Zusammenarbeit mit der Firma Thonet gab ihm dazu die Möglichkeit, auch wenn Wagner viele seiner Zeichnungen für sich beanspruchte. Was Victor nicht verhindern konnte, war die gleichzeitige Mitarbeit der Firma Jacob & Josef Kohn an dem Postsparkassen-Auftrag, der an beide Firmen gleichzeitig vergeben wurde. Noch bis heute fällt es schwer, zwischen Postsparkassen-Möbeln von Kohn und Thonet zu unterscheiden, beide Firmen erzeugten idente Modelle. Dafür waren alle Möbel, die Otto Wagner zugeschrieben waren, in der Hauptsache von Marcel Kammerer gezeichnet. Die beiden hatten eine Vereinbarung getroffen: Was immer als Wagner ausgewiesen wurde, galt als »Otto Wagner-Entwurf«. Andere, von Kammerer etwas abgeänderte, aber ähnliche Möbel durften als seine eigenen Entwürfe durchgehen.

Victor hatte ganze Arbeit geleistet und Marcel Kammerer an die Firma Thonet gebunden, was in den folgenden Jahren zu einer sehr ergiebigen Zusammenarbeit führen wird. Kammerer lief damals zu seiner Hochform auf, neben der Postsparkasse arbeitete er später gleichzeitig an dem Großprojekt »Kirche am Steinhof«.

In diesen Jahren knapp nach der Jahrhundertwende verbrachte Victor also viel Zeit in Wien. Hier konnte er auch seiner Vorliebe, der Fotografie, am besten folgen. Außerdem hatte er bei der Präsentation im Camera-Club Martha kennengelernt, und die war ihm nicht aus dem Kopf und auch nicht aus dem Herzen gegangen. Auch Martha reagierte auf Victors Avancen sehr entgegenkommend, wusste aber, wie schwierig eine solche Verbindung werden konnte: Sie war eine geschiedene Frau, die keine Kinder bekommen konnte – wie sollte das funktionieren?

Jakob Thonet, der letzte der damals noch lebenden Söhne des Gründers Michael, war Victors Vater. Er und seine Frau Gabriele lebten in Wien und Bistritz, später in Mödling. Jakob war damals bereits Seniorchef des Weltunternehmens und daher eigentlich, mehr als

Jakob & Gabriele Thonet, 1919

Die Eltern von Victor

ihm angenehm war, in Wien beschäftigt. Vorher hatte er die Fabrik in Bistritz geleitet, jetzt wollte er diese Leitung an seinen Sohn Victor übergeben. Die Arbeit in der Zentrale des Thonet-Imperiums am Stephansplatz nahm ihn vollkommen in Beschlag. Je früher Victor eine leitende Funktion in Bistritz übernehmen würde, desto besser. Noch war Victor hauptsächlich in Wien tätig, wollte aber immer wieder schnell nach Mähren zurück. Was immer in der Hauptstadt besprochen oder ausgemacht wurde, die Umsetzung aller Pläne, die Konstruktion der neuen Entwürfe, musste erst einmal in Bistritz ausgearbeitet und danach produziert werden und ohne ihn, Victor, würde das nicht funktionieren. Und dann gab es noch Martha!

In den folgenden Jahren, bis Anfang 1903, hatte Victor immer wieder Martha getroffen und sie waren einander sehr nahe gekommen. Jetzt lag es bei der Familie Thonet, also bei Vater Jakob und seiner Frau Gabriele, dieser Verbindung ihres erstgeborenen Sohnes zuzustimmen. Anfänglich schwebte eine ziemliche Unsicherheit über den beiden. Victor war sich im Klaren, dass er seine Eltern von seiner Liebe zu einer geschiedenen und unfruchtbaren Frau überzeugen musste. Um 1900 kein einfaches Unterfangen. Erst danach konnte er bei ihrem Vater Georg Adam Scheid um die Hand von Martha anhalten.

---

1 *Das Thonet-Haus neben der Stephanskirche im Zentrum von Wien wurde in den letzten Tagen des II. Weltkrieges durch einen Brand völlig zerstört, der sich in der Nacht von der Kirche her ausbreitete.*

2 *Fürst Klemens Lothar von Metternich (1773-1859) war von 1821 bis zu seinem Sturz 1848 Staatskanzler und leitender Minister des Kaisertums Österreich. Da seine deutsche Residenz Johannisberg im Rheingau in der Nähe von Boppard lag, dem Heimatort von Michael Thonet, wurde er auf den damals verschuldeten Thonet aufmerksam und lud ihn zu sich ein.*

3 *»Die Weltausstellung in Paris«, Herausgegeben von Julius Meier-Graefe, Verlag von F. Krüger, Paris und Leipzig, 1900*

4 *Katsushika Hokusai (1760-1849), einer der bekanntesten japanischen Blockschnitzer. Seine »36 Ansichten des Berges Fuji« sind weltberühmt, darunter befindet sich sein bekanntestes Meisterwerk, »Die große Welle von Kanagawa«.*

5 *Wilhelm von Tegetthoff (1827-1871) war Kommandant der österreichisch-ungarischen Kriegsmarine. Die gewonnene Seeschlacht von Lissa (1866) über die Italiener machte ihn zum Helden. Er trug lebenslang einen für ihn typischen Backenbart.*

6 *Katsukawa Shunsho (1726-1793) ist heute einer der bekanntesten und beliebtesten Künstler des »Ukiyo-e« Druckstils Japans.*

7 *Damals die ersten technisch hochwertigen Diaprojektoren, vorher auch »Laterna Magica« genannt, heute auch als »Beamer« bekannt.*

8 *Erst ab 1936 gab es die Unterscheidung zwischen Champagner und Sekt.*

9 *Siehe: Jiří Uhlíř, »Semper Sursum, Vom Wiener Stuhl zum Architektenmöbel, Jacob&-Josef Kohn, Thonet und Bugholzmöbel vom Secessionismus bis zur Zwischenkriegs-moderne, S 106 ff., ERA Group 2005, Muzeum umění Olomouc und Böhlau Wien, 2009*

VON BEETHOVEN ZUM HEIRATSANTRAG

Martha und Victor,

Zeichnung aus dem Gästebuch

Wien, im April 1902

Gerade am Dienstag hatte er keine Zeit. Victor konnte nicht nach Wien kommen, erst eine Woche später. Das war schade, Martha kränkte sich ein wenig, denn am 15. April 1902 eröffnete die große Beethoven-Ausstellung in der Secession, und alle Scheids waren zur Eröffnung eingeladen. Es sollte ein rauschendes Fest werden, ein noch nie dagewesener Moment der Kunst in Wien. Klimt hatte etwas Besonderes im linken Seitensaal kreiert und Auchentaller im rechten Seitensaal. Die ganze Zeit schon war das ein großes Geheimnis gewesen, alle lachten bereits über die »Geheimniskrämer« aus der Secession.

Man erzählte sich, so hatte Martha gehört, die oberen Teile der Wände wären bemalt worden, daher waren sie seit einem halben Jahr immer mit Tüchern verhängt gewesen, aber Genaues wusste niemand oder durfte es nicht sagen. Schon allein deshalb wollte Martha mit dabei sein, immerhin: Ihr Schwager »Pepi« Auchentaller war einer der Künstler, der eine ganze Wand bemalt hatte. Sie erinnerte sich noch, wie ihre Schwester Emma furchtbar stöhnte und klagte, weil ihr »Pepi« nie nach Hause kam, sondern im vergangenen Herbst oft die ganze Nacht in der Secession verbrachte – und dann durfte er noch dazu nicht darüber sprechen.

Diese Ausstellung wollte sie nur mit »ihrem« Victor besuchen. Die beiden waren einander in der Zwischenzeit ziemlich nahe gekommen und Marthas Verliebtheit war zu einem Dauerzustand geworden. Victor versuchte, so oft wie möglich in Wien zu sein. Das klappte meistens auch sehr gut, weil damals seine Anwesenheit in Wien unbedingt notwendig war, um den Kontakt zu Künstlern und Architekten aufrecht zu halten. Auch wenn er noch nicht alles entscheiden konnte, so bemühte er sich besonders, durch persönliche Kontakte endlich neuen Wind in die Modellreihe der Thonet-Möbel zu bringen. Da erschien es ihm fast wie eine »göttliche Fügung«, auf Martha gestoßen zu sein, sie passte so wunderbar in seine Pläne. Ihre Familie war in den Kreisen, die ihn interessierten, bestens bekannt, besonders dieser »Pepi« Auchentaller hatte es ihm angetan. Alle liebten ihn, mit seinem Humor konnte er große Runden einen ganzen Abend unterhalten, und im Moment spielte er auch eine große Rolle in der Secessionsbewegung. Gerade hatte er die Stelle von Josef Maria Olbrich übernommen,[1] der nach Deutschland übersiedelt war. Auchentaller wird für ihn, so dachte Victor, sicherlich ein gutes Wort bei Otto Wagner einlegen können, der ihn immer ignorierte, was Victor ärgerte.

Die Eröffnung der Beethoven-Ausstellung war für die Secession ein voller Erfolg. Die gesamte Familie Scheid, mit Vater, Mutter, den Auchentallers, den Hoerdes, den Hackhofers, den Roths war da – nur Martha nicht, sie blieb zu Hause in der Villa und spielte Klavier – traurige Schubertlieder. Martha wartete auf Victor, nur mit ihm wollte sie in die Secession gehen.

Am nächsten Tag beim Frühstück in der Villa Scheid war nur die Mutter anwesend, der Vater musste bereits früh aus dem Haus. »*Also, Martha, da hast du nicht viel versäumt. Die Ausstellung ist interessant, aber wir haben kaum etwas gesehen, zu viele Leute, es war zu heiß und man wurde von einem Raum in den anderen geschoben, konnte nie stehenbleiben. Ich erinnere mich heute nur mehr an den sitzenden Beethoven von*

Max Klinger, der ist unglaublich beeindruckend, weil er so groß ist. Du musst direkt hinaufschauen, mindestens drei Meter ist das Ganze hoch und farblich schön abgestimmt. Dann, im folgenden Saal, ist die Malerei von Pepi, auch so herrlich farbenprächtig und geschwungen, eine schöne Einheit und läuft an der ganzen Wand entlang. Pepi war sehr stolz auf seine Arbeit, hat er doch Monate auf einem Gestell in vier Meter Höhe werken müssen – von den Kosten will ich da gar nicht reden. Ich verstehe jetzt Emma besser, die sich immer über zu wenig Geld beschwert hat. Die haben ja mit Gold und Silber gearbeitet – und was passiert damit, wenn alles vorbei ist? – Dann wird alles weggeworfen, so ist es jedenfalls von der Secession geplant.«

Martha hörte den Schilderungen ihrer Mutter nur oberflächlich zu. Sie wollte sich selbst ein Bild machen und nur in Begleitung ihres Victor durch die Ausstellung gehen, nichts anders interessierte sie.

Eine Woche später kam Victor, wie ausgemacht, nach Wien, und am späteren Nachmittag trafen sich die beiden am Eingang der Secession. Martha kam von der Gumpendorfer Straße 85, der Zentrale der Firma ihres Vaters, und Victor vom Stephansplatz, dem Sitz der Firma Thonet. Martha war etwas früher am Eingang und kaufte gleich zwei Eintrittskarten und einen Plan, das kostete knapp drei Kronen [2] – ein Betrag, der für den Gärtner ihres Vaters sein Tageslohn war – und das war eine sehr gute Bezahlung

Victor kannte inzwischen die eigensinnige Art seiner geliebten Martha: Wenn sie sich etwas in den Kopf setzte, musste sie es auch durchziehen. Martha hatte die Eintrittskarten bezahlt, für 1902 sehr unüblich, Victor liebte sie dafür. So etwas Unerwartetes gefiel ihm, ein Zeichen von starkem Willen. Selbstständige Menschen waren ihm wichtig. Daher verstand er sich auch mit all den jungen Künstlern in Wien, ein neuer Umgangston hatte sich vorsichtig eingeschlichen.

»Schau, Victor, jetzt müssen wir hier zuerst in den linken Seitensaal gehen, da ist der Klimt zu sehen.« Martha blickte auf den Plan zur Ausstellung. Im linken Seitensaal hatte Gustav Klimt seine Version von Beethovens Neunter Symphonie in Malerei umgesetzt. Als Martha und Victor eintreten wollten, mussten sie warten, so viele Besucher waren gerade in diesem Saal.

»Weißt, Martha, das erinnert mich an die ›Philosophie‹ vom Klimt, die ich bereits vor zwei Jahren bei der Pariser Weltausstellung gesehen habe.[3] *Da hat er bereits mit solchen figuralen Kompositionen experimentiert.«*

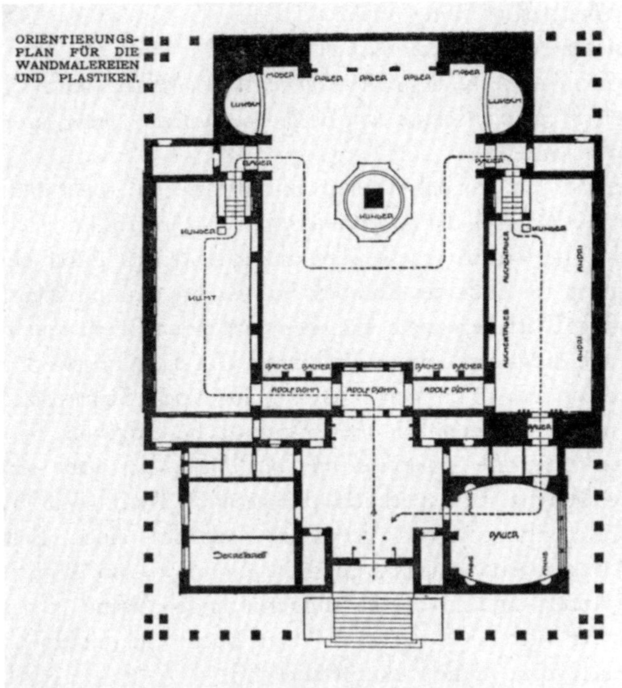

Plan der Beethoven-Ausstellung 1902

»Aber der Aff' da vorn, was hat der wohl mit deiner ›figuralen Komposition‹ zu tun, mein Lieber?«, spottete Martha, um Victor ein bisschen in seinem allwissenden Auftreten herauszufordern.

»Ach, den Aff', Martha, den ... den hatt' er halt in Schönbrunn gesehen.«

»Na geh, das glaub' ich dir aber jetzt nicht. Das ist doch der Typhoeus, der griechische Gigant, und daneben seine Töchter, die Gorgonen.«

»Mein Gott, Martha, du weißt auch immer alles. Aber sag' mir lieber, wer das sein soll?«, Victor zeigte auf den goldenen Ritter mit strengem Gesicht an der linken Langwand. *»Ist das jemand, den wir kennen sollten?«*

»Also, willst du mich jetzt prüfen? Ich habe gelesen, dass das der Gustav Mahler ist.«

»Und ich hab' gelesen, dass das der Wittgenstein sein soll, schaut ihm auch wirklich ähnlich!«

»Na geh, der Karl Wittgenstein?«

»Na sicher, der hat ja hier auch alles bezahlt!«

»Den kenn' ich nicht, weiß nicht, ob der ihm wirklich ähnlich schaut, der Mahler ergibt für die Neunte vom Beethoven sicherlich mehr Sinn! Kennst du den Wittgenstein?«

»Nicht sehr gut, wir haben bereits mit ihm zu tun gehabt und lieferten Möbel in sein Palais in der Argentinierstraße. Mehr weiß ich nicht.«

Martha und Victor verließen den linken Seitensaal durch einen kleinen Ausgang am Ende des Raumes. So gelangte man ins Zentrum der Ausstellung. Dort begegnete man dem sitzenden Beethoven von Max Klinger, allerdings erst einmal von hinten. Um das Kunstwerk in seiner Gänze bewundern zu können, musste man ein paar Schritte nach vorne machen und um die ziemlich breite Skulptur herumgehen.

»So farbenprächtig habe ich mir das hier aber nicht vorgestellt«, bemerkte Martha. Und wirklich, der gesamte Raum war fast gänzlich in Regenbogenfarben getaucht. Auf der einen Seite, hinter der Beethoven-Skulptur, ging die Sonne – im künstlerischen Sinne – unter[4] und an der gegenüberliegenden Wand ging sie auf[5] – und in der Mitte saß der nachdenkliche Beethoven mit bloßem Oberkörper, nach vorne in die Zukunft blickend.

»Victor«, begann Martha, so ganz die praktisch denkende Frau, *»wie haben sie diese riesige Figur nur in den Saal hier herein bekommen?«*

»An der Rückseite der Secession gibt es ein großes Eingangstor, da haben sie die tonnenschwere Figur hereingerollt. Das hat mir der Pepi Auchentaller verraten, der war nämlich aus Neugier dabei. Wegen dem Klinger hat sich ja die gesamte Ausstellung um mehr als ein halbes Jahr verzögert. Der ist nicht pünktlich fertig geworden und das war für die Secession ein großes Problem. Deswegen waren die Wände auch immer verhängt. Der Pepi musste immer vor jeder Ausstellung in die Secession kommen, um alles zu kontrollieren, damit sein Fries abgedeckt war und die Stoffbahnen auch halten würden.«

»Und dann war er bei dem berühmten Foto,[6] wo alle drauf sind, nicht dabei?«

»Ja, du kennst ihn doch, so was kümmert ihn nicht, dabei wäre es für ihn wichtig gewesen, mit allen Kollegen auf dem Foto zu sein.«

Martha und Victor standen ziemlich lange vor dem Beethoven, eine ziemlich beeindruckende Skulptur.[7] So groß und so vielfältig, in verschiedenfarbigen Steinen gefertigt: ein wirkliches Gesamtkunstwerk, ganz im Sinne der Secessionsbewegung. Der farbige Raum umschloss den Musikgiganten und verstärkte seine Wirkung so, als würden sofort sphärische Klänge irgendwo im Raum erklingen. Um weiterzugehen, im Sinne des Ausstellungsplans, gab es wieder im hinteren Teil einen kleinen Durchgang in den rechten Seitensaal.

Man betrat diesen Teil der Ausstellung mit dem Blick nach vorne auf farbige Gestaltungen von Friedrich König. An der rechten Seite, an der Langwand, befand sich Josef Maria Auchentaller mit seinem Fries »Freude schöner Götterfunken«, und das reichte vom Götterfunken bis zum »Elysium«.

»Schau, Martha, da oben ist der Fries vom Pepi!«

Eine Gruppe tanzender Männer und Frauen mit fliegenden Stoffbahnen und Gold- und Silbereinschlüssen, bewegen sich auf das ganz rechts angedeutete Elysium hin.

»Ja, aber ich hab' gehört, dass er nicht zufrieden ist. Obwohl sein Entwurf sehr gut bei den Organisatoren angekommen war,[9] *haben ihn die Kritiker bei der Eröffnung verrissen oder einfach nicht darüber geschrieben. Pepi ist*

Fries[8] von J.M. Auchentaller 1902

mit nachempfundener Kolorierung von Manfred Markowski

nach der Eröffnung deprimiert weggegangen. Emma will jetzt einiges verändern, die Arbeit hat ihn so viel Zeit, Energie und Geld gekostet – das stand nicht dafür«.

An der linken Langwand, gegenüber von Auchentallers Fries, hatte sich Ferdinand Andri mit seinem Pferdezyklus verewigt.

»Scheußlich! Diese nackten Männer auf den Pferden. Was hat der nur mit den Pferden die ganze Zeit?«

»Aber Victor, das ist seine Vorliebe. Außerdem soll das die Manneskraft versinnbildlichen. Der Andri malte doch schon immer Pferde. Was ich aber wirklich nicht verstehe, ist dieses heroische, ja fast rohe Bild mit dieser Horde von Männern, die da auf die Gestalten am Ende losstürmt. Das passt doch gar nicht zu dem so zarten Wandbild von Pepi gegenüber.«

»Martha, da hat der Pepi doch von einem alten Streit über diesen Raum hier erzählt. So ein bisschen hinter vorgehaltener Hand schilderte er einmal, dass ihm eigentlich beide Seiten zugesprochen waren. Der Roller, der Alfred, hatte es ihm zugesichert. Das war dann bei den anderen gar nicht gut angekommen. Ernst Stöhr hat im Hintergrund immer böse Briefe geschrieben und auch der Andri hat sich furchtbar aufgeregt.«

»Nein, hab ich nie gehört.«

»Na ja, und dann haben sie noch die Seiten vertauscht. Schau doch die beiden Fresken an, die laufen in die verkehrte Richtung. Beide sind von vorn nach rückwärts ausgerichtet. Beim Klimt drüben stimmen dafür die Richtungen: Wenn man in den Saal eintritt, läuft das Fresko links vom Betrachter weg nach vorne auf die Stirnseite des Raumes zu und auf der anderen, der rechten Seite wieder zurück. Hier laufen beide in die gleiche Richtung, nämlich von vorn nach hinten, da stimmt doch was nicht!«

In diesem Moment betrat der Sekretär der Secession, Franz Hancke, den Raum und begrüßte Martha, die ihm als Schwägerin von Auchentaller bekannt war.

»Küss die Hand, Frau Scheid, fein, dass Sie doch noch gekommen sind, wir haben Sie bei der Eröffnung vermisst, Herr Auchentaller sagte mir, Sie seien unpässlich gewesen.«

Martha kam diese Begrüßung ziemlich ungelegen, sie wollte ja mit Victor zusammen sein und nicht Höflichkeiten mit dem Sekretär austauschen, obwohl sie wusste, wie wichtig er war. Immerhin wickelte er alle Verkäufe von Bildern in der Secession ab, also grüßte sie mit einem freundlichen Lächeln zurück. Der Zufall wollte es, dass jemand nach ihm rief und er sich kurzerhand verabschiedete, sodass sie und Victor in Ruhe langsam die Secession verlassen konnten.

Vor der Secession erstreckte sich der Naschmarkt, da war noch vor ein paar Jahren der Wienfluss gewesen, der jetzt unterirdisch floss. Deswegen musste die Secession auch von Holzpfählen (ähnlich wie in Venedig) abgestützt werden. Martha liebte Märkte, es war späterer Nachmittag, der Markt näherte sich seinem Ende und die Leute packten bereits hier und dort ihre Sachen zusammen. Martha und Victor gingen unbehindert an den verschiedenen Ständen vorbei, es waren kaum noch Kunden unterwegs. Sie wollten ja nichts einkaufen, sondern waren in kunstsinnige Gespräche vertieft.

»*Warum*«, begann Victor zu fragen, »*haben die Secessionisten eigentlich nie diesen Markt vor ihrer Türe gemalt – schon komisch. Als ich in Paris war, gab es so viele Bilder über die Märkte dort.*«

»*Oh ja, ich kenne eines vom Moll,*[10] *da ist die Karlskirche im Hintergrund drauf, das hab' ich vor einigen Jahren gesehen.*«

»*Du weißt auch immer alles.*« Victor drehte sich lachend Martha zu und umarmte sie. Beide brachen in schallendes Gelächter aus und gingen Arm in Arm weiter. Dann sprachen sie über ihre Verlobung und wie alles weitergehen sollte, ein genauer Plan wurde erstellt. Victor musste jetzt erst einmal alles mit seinen Eltern klären.

*

Wien, Anfang 1903

Das Wetter meinte es nicht sehr gut mit Victor. Erst regnete es noch, dann fing es an zu schneien, für die Jahreszeit im Februar nichts Außergewöhnliches, doch etwas umständlich oder einfach mühsam: Victor hatte im Thonet-Haus am Stephansplatz übernachtet, jetzt wollte er ins Cottage am Rand von Wien, zur Hochschule für Bodenkultur, in die gleichnamige Hochschulstraße. Die Straßen dort waren noch nicht gepflastert; wenn es zu regnen begann, wurden diese schnell zu schlammigen Wegen und die Pferdekutschen kamen nicht weiter oder blieben stecken. Für einen Heiratsantrag bei dem gestrengen Georg Adam Scheid in dessen Villa waren dies nicht gerade die besten Voraussetzungen.

Aber was soll's! Da musste Victor einfach durch und er gelangte ohne größere Schwierigkeiten bis zur Hochschule für Bodenkultur, die als viel besuchtes Ziel halbwegs gut erreichbar war. Dort stieg er aus und ging zu Fuß weiter: die Hochschulstraße zurück, bis er die Villa Scheid erreichte. Gar nicht so lange und auch nicht beschwerlich, nur etwas rutschig. Die Villa lag auf einem kleinen Hügel oberhalb der Straße, der erst kürzlich bepflanzt worden war. Victor öffnete das Gartentor, folgte dem Weg hinauf an die rechte Seite der Villa, wo sich der Haupteingang befand, und betätigte die Glocke. Sein Termin bei Georg Adam Scheid war am frühen Nachmittag angesetzt, und er war pünktlich. Leider stürmte und schneite es besonders intensiv, die Türe öffnete sich nur zögerlich und er wurde von einer ihm unbekannten Person gefragt, wer er wohl sei und was er wolle.

»Ich bin Herr Thonet. Bitte richten Sie dem Hausherren aus, dass ich wie ausgemacht, meine Aufwartung machen möchte.«

»Ah – bitte einen Moment, Herr Thonet!«

Darauf schloss sich die Türe wieder und Victor stand erneut im Schneegestöber. Es dauerte nicht lange, da öffnete sie sich nochmals und der freche, gerade einmal siebenjährige Scheid-Neffe, Louis Hoerde, lächelte verschmitzt Victor entgegen.

»Oh mein Gott, der Herr Bräutigam, wenn ich mich nicht täusche«, zischte der Schelm und lachte spitzbübisch.

»Louis, Lausbub! Was suchst du da? Hau ab in dein Zimmer und lerne gefälligst, was ich dir aufgetragen habe!« Die gestrenge Stimme gehörte Elsa Hackhofer, die jetzt dem durchfrorenen Victor zu Hilfe kam. *»So ein Frechdachs, der Louis, komm doch herein, Victor!«*

Victor stieg die paar Stufen hinauf und stand in der großzügigen Halle der Villa. Er und Elsa kannten sich natürlich schon seit einiger Zeit. Victor wusste natürlich, dass er hier in einem Hackhoferbau, also einem Bauwerk ihres Mannes, stand.[11] Von der Eingangshalle zog sich eine großzügige Treppe in den ersten Stock, das Geländer war mit »G.A.S.«, dem Monogramm von Georg Adam Scheid, verziert und oberhalb der Garderobe, wo Victor seine durchnässte Kleidung aufhängen konnte, waren die Puttibilder von Josef Maria Auchentaller angebracht, den hier alle nur »Pepi« nannten. Die beiden Supraporte hingen genau über den Eingängen zum Musikzimmer.

Für Victor war das nichts wirklich Neues, oft hatte er die Villa Scheid bereits besucht und hier sich mit Martha getroffen. Das Musikzimmer in der Villa Scheid[12] – und dort besonders das blaue Klavier

Villa Scheid im Cottage von Wien XIX, Hochschulstraße 9,
um 1900

– war ihnen zum Treffpunkt geworden: Martha spielte am Klavier und Victor hörte ihr zu.

Jetzt wurde Victor in den Salon geführt, ein langgestreckter Raum, an dessen einem Ende sich die Doppeltüren zum Auchentaller-Musikzimmer befanden, am anderen Ende ging es zum Speisezimmer. Auf beiden Seiten waren die Türen geschlossen. Für den Moment war Victor die einzige Person im Raum, ihm wurde eine Sitzgelegenheit gegenüber der Veranda angeboten, also mit dem Blick hinaus auf die Hochschulstraße (heute Gregor-Mendel-Straße). Durch das schlechte Wetter war es ziemlich dunkel im Raum. Dem Salon vorgelagert war eben diese Veranda oder Wintergarten, der in der kalten Jahreszeit nicht verwendet wurde und in dem Pflanzen überwinterten.

So gut es ging, hatte sich Victor auf dieses Zusammentreffen mit Georg Adam Scheid vorbereitet, versorgt mit vielen guten Tipps von Martha und ihren Geschwistern. Der alte Herr, so wussten alle, hielt sehr viel von Tradition, daher musste auch um Martha, die ja eigentlich geschieden war, angehalten werden. Victor störte das wenig. Mit seiner Mutter hatte er das heikle Thema oft besprochen. Solche Entscheidungen wurden in seiner Familie von ihr getroffen. Vater Jacob war sehr offen und geduldig und vertraute seiner Frau Gabriele vollkommen. Für die Mutter war nur ein einziger Umstand bedeutend: Sollte Victor, ihr Sohn, Martha wirklich so sehr lieben, dass er mit den bekannten Einschränkungen in Zukunft leben konnte – Martha war geschieden und konnte keine Kinder bekommen –, würde sie ihre Zustimmung geben.

Victor setzte sich hin und wartete. Die einbrechende Dunkelheit erhellte nicht gerade seine Stimmung, leicht war das Ganze nicht, dachte er. Plötzlich ging das elektrische Licht an, der Raum erstrahlte in seiner Schönheit und Marthas Vater trat ein. Victor sprang auf. Mit einer tiefen Verbeugung begrüßte er seinen zukünftigen Schwiegervater. Der nickte kurz und setzte sich gegenüber auf die dort stehende Sitzbank. Sein Rücken war der Veranda zugekehrt. Er konnte also nicht sehen, was sich dort ereignete.

Nach den üblichen Höflichkeiten verkürzte Georg Adam Scheid den Weg für weitere Kommunikation und forderte Victor auf, zu sagen, was er zu sagen hatte.

Victor zog alle vorbereiteten Register: Dass er seine Tochter Martha liebe, mit ihr sein restliches Leben verbringen wolle, für sie sorgen und sich um sie kümmern werde und dafür habe er auch die nötigen, standesgemäßen Mittel.

Geduldig hörte der alte Scheid den Ausführungen von Victor zu, dann unterbrach er ihn abermals und begann zu sprechen. Victor machte ein ernstes Gesicht und war höchst konzentriert. Da bemerkte er, wie plötzlich hinter dem ihm zugewandten Scheid, im nächsten Raum, auf der Veranda also, durch die großen Fenster bestens sichtbar, aber unhörbar, der freche Louis im Matrosenanzug mit einem dümmlich wirkenden Indianerschmuck auf dem Kopf herumstolzierte, zu Victor hereinschaute und Grimassen schnitt. Dabei fuchtelte er mit einem Kinderspeer in der Luft herum, als wäre er ein Indianer im Matrosenanzug auf Kriegspfad.[13]

Was sollte Victor nur machen? Es fiel ihm schwer, das Lachen zu unterdrücken. Weiterhin musste er sehr gefasst und ernst erscheinen, während ihm sein zukünftiger Schwiegervater den hohen Wert einer Ehe mit seiner Tochter vermittelte. Wie durch ein Wunder rief plötzlich eine Stimme nach Louis, der duckte sich schnell unterm Fenster weg und verschwand schnurstracks.

Zur Erlösung fing im angrenzenden Musikzimmer gleichzeitig jemand am Klavier zu spielen an. Gedämpft drang die Musik durch die geschlossenen Türen zu den beiden im Salon Sitzenden hindurch. Scheid schien sich davon etwas gestört zu fühlen.

»*Ach was soll's*«, sagte er zu Victor, der sich wieder gefasst hatte und mit ernster Miene zuhörte. »*Ich gebe euch meinen Segen! Willkommen, Victor, in unserer Familie!*«

In diesem Moment wurden die Flügeltüren in das Musikzimmer geöffnet und da saß Martha am blauen Klavier und spielte Schubertlieder.

*

Ansicht der Villa Scheid 1897

Entworfen von Architekt Josef Hackhofer

Budapest, Sommer 1903

Ruhig floss die Donau durch die Stadt. Im Morgengrauen erwachten gerade die Möwen am Ufer und umkreisten den Fluss auf der Suche nach Nahrung. Noch schliefen die meisten Bewohner an diesem 3. Juli 1903, einem Freitag. Die ersten Pferdefuhrwerke trabten über die Kettenbrücke, die Burg erstrahlte im neuen Licht der Sonne und Martha, die unruhig geschlafen hatte, blickte schlaftrunken aus dem Fenster ihres Zimmers. Das Haus ihres Vaters stand in Buda und sie schaute über die Donau, Richtung Pest.

Alle waren in die ungarische Hauptstadt gekommen, die Scheids wohnten hier im Privathaus ihres Vaters. Später fuhren sie alle in die Holó utca Nr. 6, im jüdischen Viertel, dem Hauptsitz der Scheid-Firma in Budapest,[14] um sich langsam vorzubereiten: Heute werden sich Martha und Victor das Jawort geben, und zwar nach dem alt-katholischen Ritus.[15] Lange hatten die beiden evangelischen Familien, Scheid und Thonet, nach einer gesichtswahrenden Lösung gesucht und dann brachte sie Pepi Auchentaller durch seine Bekanntschaft mit Otto Wagner auf die richtige Spur.

Wiederum war es Otto Wagner – gerade dieser »Liebling« von Victor –, diesmal in seiner Eigenschaft als Salonlöwe und Frauenfreund: Einige Jahre früher, 1884, heiratete der damals bereits von seiner ersten Frau geschiedene Architekt seine 18 Jahre jüngere Liebschaft Louise Stiffel in Budapest nach alt-katholischem Ritus. Als Katholik der Monarchie konnte sich Wagner damals, solange seine frühere Frau noch lebte, nicht wieder verehelichen, und so fuhren die beiden, wie viele heiratswillige Paare, nach Budapest, wo andere Ehegesetze galten. Bis zum Tod seiner ersten Frau 1889 lebte Wagner mit seiner Louise fortan in einer damals als »Siebenbürgische Ehe«[16] genannten Verbindung.

Ähnlich, aber nicht gleich lag der Fall bei Martha. Ihr erster, angetrauter Ehemann, Gustav Markl, war um 1900 wegen geistiger Umnachtung in Graz in eine Anstalt eingeliefert und für unzurechnungsfähig erklärt worden. Ob dadurch ihre erste Ehe gänzlich annulliert werden konnte, ist nicht mehr feststellbar. Jedenfalls versagte ihr das im österreichischen Teil der Habsburgermonarchie geltende strenge Eherecht auch bei gemischt konfessionellen Ehen die Scheidung, denn die evangelische Martha hatte in erster Ehe in die katholische

Markl-Familie eingeheiratet. Eine neuerliche Eheschließung blieb ihr also in Cisleithanien [17] versagt.

Das ungarische Eherecht, das in Transleithanien [18] galt, ließ hingegen trotz einer Scheidung eine Eheschließung nach alt-katholischem Ritus zu. So kamen Martha Scheid und ihr Victor Thonet nach Budapest, um zu heiraten.

Für alle Beteiligten war das eine besondere Herausforderung, und falls wir heute wirklich nachvollziehen wollen, was das damals bedeutete, müssen wir den Eltern von Victor wirklich alle Hochachtung dafür zukommen lassen, in der damaligen Zeit eine solche Verbindung möglich gemacht zu haben. Nicht nur, dass Martha ihnen keine Nachkommen gebären würde, sie reisten auch alle nach Budapest und feierten diese Liebesheirat. Im Nachhinein kann man sagen, dass alle Beteiligten richtig gehandelt haben: Die Ehe wurde ein voller Erfolg und Martha bald das »Liebkind« von Victors Eltern.

Über diese Hochzeit, wo genau sie stattfand und wie die Feierlichkeiten abliefen, gibt es keine Aufzeichnungen. In der »Neuen Freien Presse« in Wien erschien eine kleine Notiz über die Hochzeit:[19] *»Samstag hat in Budapest die Vermählung von Frau Martha Scheid mit Herrn Viktor Thonet stattgefunden«*. Die später versandte Hochzeitsanzeige hat alle Zeiten überlebt. Man kann davon ausgehen, dass bis zum Wochenende ausgiebig gefeiert und getanzt wurde. Dann waren Martha und Victor ein Paar, offiziell und auf Lebenszeit.

1 Josef Maria Olbrich (1867-1908) war Architekt und Mitglied der Wiener Secession. 1897 erbaute er das heutige Secessionsgebäude, 1899 wurde er vom Großherzog von Hessen nach Darmstadt verpflichtet, um dort eine führende Position in der Künstlerkolonie auf der Mathildenhöhe einzunehmen. Seine Position im Organisationskomitee der Wiener Secession übernahm in der Folge Josef Maria Auchentaller.

2 Heute (2022) rund Euro 15.-

3 Die »Philosophie« ist das erste der sogenannten »Fakultätsbilder«, die Klimt für die Wiener Universität schuf. Es erhielt bei der Pariser Weltausstellung 1900 eine Goldmedaille.

4 »Die sinkende Nacht«, Adolf Roller, Malerei mit Metallbelag und Perlmutterintarsien.

5 »Der werdende Tag«, Adolf Böhm, Vergoldung und Malerei.

6 Das heute sehr bekannte Foto entstand beim Aufbau der Beethoven-Ausstellung im März 1902. Auchentaller war zu diesem Zeitpunkt verhindert, wie auch viele andere, die an der Beethoven-Ausstellung mitarbeiteten. Irrtümlich wird die kleine Gruppe von abgebildetetn Künstlern für die gesamte »Klimt-Gruppe« der Secession gehalten.

7 Max Klinger (1857-1920) begann bereits 1886 an der Beethoven-Darstellung zu arbeiten. Später besorgte er sich farbigen Marmor aus Griechenland, aus den Pyrenäen und aus Laas in Südtirol und verzierte die großformatige Plastik mit Glas, Metall, Elfenbein und Edelsteineinlagen. Nach der Ausstellung wurde die Statue nach Düsseldorf transportiert. Erst später erwarb die Stadt Leipzig das Kunstwerk, wo es bis heute im »Museum der bildenden Künste« ausgestellt ist.

8 Der Auchentaller-Fries aus der Ausstellung 1902 wurde, wie auch viele andere wandfixierte Kunstwerke, abgeschlagen. Nur der Klimt-Fries nicht, er wurde von Carl Reininghaus, einem Kunstssammler, aufgekauft.

9 Brief von Emma Auchentaller an die Eltern von Grundlsee, 14. August 1901.

10 Der Naschmarkt in Wien«, Carl Moll (1861-1945), Öl auf Leinwand, 86 x 119, Österreichische Galerie, Belvedere.

11 Noch heute erhalten. Die Villa befindet sich momentan im Besitz der Republik Süd-Korea und wird als Botschaft genutzt.

12 Das »Beethoven-Musikzimmer« in der Villa Scheid wurde von Josef Maria Auchentaller als Gesamtkunstwerk 1899 konzipiert und bereits 1906 durch den Verkauf der Villa zerstört. Die fünf großen Gemälde der Pastorale, der VI. Symphonie Beethovens, überlebten in der »Victor & Martha Thonet Sammlung« und werden im Leopold Museum in Wien ausgestellt.

13 Elsa Hackhofer schreibt in ihren Erinnerungen an ihren Vater von solchen und ähnlichen Streichen im Scheid-Haus. Die zukünftigen Schwiegersöhne der Familie mussten sich oft solchen, meistens ziemlich überraschenden »Torturen«, unterziehen.

14 Georg Adam Scheid investierte früh (1891) in eine Filiale mitten im jüdischen Viertel von Budapest, in der Holó utca Nr. 6. Einige Jahre später erwarb er auch ein Wohnhaus für sich und seine Familie im grünen Buda-Stadtteil der Hauptstadt.

15 *Die »alt-katholische Kirche« wurde als »Utrechter Union der Alt-katholischen Kirchen« 1889 gegründet. Die Gemeinschaft wurde von der römisch-katholischen Kirche exkommuniziert, weil sie einige der Beschlüsse des Ersten Vatikanischen Konzils nicht annahm, sondern in Frage stellte, insbesondere das Dogma der »Unfehlbarkeit des Papstes«. In der Folge gründete sie eigenständige Gemeinden in vielen europäischen Ländern.*

16 *Die »Siebenbürgische Ehe« wurde oft von Personen gewählt, die im österreichischen Teil der Monarchie geheiratet hatten, aber sich später von ihrem Partner trennen wollten. Da eine Scheidung nach den strengen Ehegestzen in diesem Teil der Monarchie nicht möglich war, solange der angetraute Partner noch lebte, wurde der Weg über Ungarn gewählt, wo andere Ehegesetze galten.*

17 *»Land diesseits der Leitha«. Nach dem Ausgleich mit Ungarn 1867, die in der Verwaltung der Monarchie übliche Bezeichnung für den nördlichen und westlichen Teil Österreich-Ungarns.*

18 *»Land jenseits der Leitha«. Durch den Ausgleich mit Ungarn entstand 1867 die Doppelmonarchie, mit eigenständigen und gleichberechtigten Volksvertretungen: Cisleithanien für die meist deutschsprachigen Gebiete (inkl. Böhmen, Mähren und Galizien) und Transleithanien für die ungarische Reichshälfte.*

19 *Neue Freie Presse, 20. Juli 1903, Seite 6: »Der Statthalter von Böhmen, Graf Coudenhove, ist gestern hier angekommen – Samstag hat in Budapest die Vermählung von Frau Martha Scheid mit Herrn Viktor Thonet stattgefunden«.*

VICTOR UND MARTHA

Martha und Victor leben gemeinsam in Bistritz, Ausflug nach Barwinek, Amerika-Reise, Auchentaller porträtiert Martha im Garten der Villa. Der Krieg bricht aus, Martha gründet ein Hilfsspital. Am Ende des Krieges ist das Geschäftsmodell der Thonets überholt. Es folgen einschneidende Veränderungen, Victor und sein Vater leiten die neugegründete Aktiengesellschaft. Mit dem Verkauf seiner Anteile an Leopold Pilzer und die Mundus AG beginnt ein neues Leben.

Bistritz, ab Herbst 1903

Im Herbst, nach der Hochzeit, übersiedelte Martha mit Sack und Pack von Wien in das nordmährische Nest Bistritz. Die Villa Thonet stand gleich neben dem vierstöckigen Fabriksgebäude und ein immer rauchender Ziegelschlot ragte dazwischen in die Höhe. Der Park hinter der Villa war wunderbar und gepflegt. In einiger Entfernung befand sich der sogenannte »Sommerpavillon«, dahinter das Grundstück von Victors Bruder Richard. Neben der Villa, auf der Seite zur Fabrik, befand sich der Nutzgarten. Der zog sich entlang der Grundstücksgrenze hin, dort befanden sich die großen Glashäuser für Gemüse und verschiedene Obstsorten. Außerhalb des Ortes gab es eine große Landwirtschaft mit Kühen, Hühnern, Gänsen, Bienen und Tauben.

Martha brachte ihr Kochbuch nach Bistritz mit, die Küche war eine ihre Wirkungsstätten, eine andere das Musikzimmer in der Villa, mit dem Steinway-Klavier.

Victor hatte die Villa von seinem Vater übernommen und ließ seiner Frau völlig freie Hand. Wenn es hoch herging, dauerte sein Weg zum Arbeitsplatz gerade einmal fünf Minuten. Jeden Tag spazierte er hinüber in das vierstöckige Haus neben der Villa und kam erst mittags wieder zurück, manchmal brachte er unangekündigt Gäste mit. Kein Problem, Martha kannte das von zu Hause. Hätte man die Villa damals als Gaststätte oder Hotel bezeichnet (was viele Gäste auch taten), der Unterschied wäre niemandem aufgefallen. Anders als bei üblichen Gaststätten durchflutete allerdings nachmittags Marthas Klavierspiel die Räume, da waren aber Victors Gäste bereits wieder gegangen. Nur am Wochenende versammelten sich die anwesenden Besucher im Salon und hörten zu.

Richard Thonet[1], Victors jüngerer Bruder, ist der erste Gast der Frischvermählten. Am 8. September 1903 eröffnet er das neue Gästebuch, das für mehr als 45 Jahre Zeitzeuge ihres Lebens werden wird und für mich eine wahre Fundgrube der Familiengeschichte wurde:

»Und wie sie alle, die in fernen Zeiten
in diesem Buch mit Abschiedsschmerzen
werden schreiben, so dank doch heut´ ich Euch
voll Herzlichkeit, mögt ihr stets glücklich bleiben!«

Später im September folgen Victors Eltern, dann Ende September Marthas Eltern und dazwischen die immerwährenden Dauergäste aus der eigenen Familie: Schwester Ida und Schwager Alfred Hoerde:

»Zu unserer Erholung zogen wir fort,
und fanden in Bistritz den richtigen Ort,
Ein Gasthaus gibt's dort, sehr schön und fein,
der Wirt und die Wirtin laden einen ein,
und sind besorgt von früh bis spät,
auf dass es den Gästen wohl ergeht«.
Dann weiter unten:
»Für die Erquickung von Geist und Gemüt
ist die liebenswürdige Wirtin bemüht.
Man lebt dort wie im Traum,
die Zeit vergeht, man merkt es kaum.«

Ein Jahr darauf kamen weitere Gäste aus Wien: Peter Breithut und Architekt Josef Hackhofer mit Familie, später auch der Architekt Otto Prutscher. Peter Breithut war ein bekannter Bildhauer, Schöpfer eines Michael-Thonet-Reliefs, heute noch in der Fabrik von Koritschan in Tschechien ausgestellt, und einer Büste von der »Unbekannten aus der Seine« in Paris.[2] Eine legendäre Figur, welche vor vielen Künstlerateliers in Paris um 1900 aufgestellt war. Der zarte Mädchenkopf existiert bis heute in der »Victor & Martha Thonet Sammlung«.

Wieder einmal zu Gast, schreibt Architekt Josef Hackhofer knapp vor Weihnachten 1905 folgendes ins Gästebuch:

»Kenner ist er und Schätzer
der duftenden Henry Clay,
die er sorgsamerweise
nicht zu trocken verwahrt.«

Um gleich darauf zu vermelden:

»Manchmal nimmt er dich mit im
Gase entströmenden Wagen,
den er mit kräftiger Hand
sicher zu lenken versteht.«

Über das nächtliche Programm für die Gäste bemerkt er:

»Aber des Abends,
beim Licht der elektrisch strahlenden Birne,
führt er die selbst aufgenommenen
beweglichen Bilder vor.«

Ja, das tat Victor wirklich gerne: Bilder vorführen und die Gäste mit seinem Gräf & Stift Automobil auf den Hostein hinauffahren. Er liebte seinen Wagen. Selbst einen solchen Wagen zu steuern bedeutete damals extrem sportlich und technisch sehr erfahren zu sein; bald wird er auch an echten Rennen teilnehmen. Und sein besonders großes Skioptikon, der Bildbetrachter, das auf einem eigenen Tischgestell angebracht und nur im Stehen bedient werden konnte, war immer fixer Bestandteil eines ausgedehnten Abends in der Villa Thonet.

Da gab es noch mehr: Victor produzierte wundervolle dreidimensional wirkende Glasbilder, die man mit einem speziellen Bildbetrachter einzeln, wie durch einen Fernstecher, betrachten konnte. Eine Spezialität, die damals zur großen Kunst der Fotografie gezählt wurde.[3]

Waren besondere Connaisseurs anwesend, was am Lehenhof im Normalfall sehr oft der Fall war, wurden Havanna Zigarren geraucht – und Victors Vorliebe galt dabei keiner geringeren als der »Henry Clay«[4]. Durch die Renaissance des Zigarrenrauchens in unserer Zeit wurden diese teuren Produkte wiederentdeckt. Neben dem besonderen Aroma galt ihre ungewöhnliche, weil eckige Form (»box pressed«), als ihr Markenzeichen.

Die handschriftlichen Kochbücher (vier Bände), die Martha seit ihrer Mädchenzeit führte, waren ein lebendiges Beispiel für die Vielseitigkeit ihrer Haushaltsführung. Obwohl Angestellte einen Großteil der Arbeit erledigten, musste sie das Personal erst einmal anlernen und ausbilden – sie setzte den Standard. Die überall hochgelobten Speisen stellten in ihrer Vielfalt einen guten Querschnitt durch die österreichische Küche der Kaiserzeit dar, angereichert um Rezepte aus den besten Hotels aus Deutschland, Italien und der Schweiz, die sie mit Victor später noch besuchen wird.

Um sich allerdings ab und zu von diesen vielfältigen Aufgaben zu befreien, hielten sich beide, Martha wie Victor, an ein immer wiederkehrendes Ritual: Sie fuhren manchmal, ganz unangemeldet, zusammen weg! Das war dann keine Luxus- oder Geschäftsreise, sondern eine Art von Rückkehr zur Einfachheit. Ohne Gäste, ohne irgendwelche Bedienstete verbrachten sie meistens eine Woche oder sogar etwas länger an einem geheimen Ort: »Barwinek«.

Hugo Schmida, einer der leitenden Angestellten der Bistritzer Fabrik, verstand sich mit Victor besonders gut. Im Auftrag der Thonets hatte er vor vielen Jahren eine Fabrik im russischen Teil von Polen, in Radomsk [heute: Radomsko, damals »Kongresspolen« genannt (1831-1916)], erfolgreich aufgebaut. Schmida, in Böhmen aufgewachsen, bewährte sich besonders im Umgang mit den vielen verschiedenen Volksgruppen der Monarchie. Außerdem sprach er fließend Polnisch und Russisch und das war im Thonet-Werk sehr geschätzt. Seine Tochter, Susanne Schmida[5], wird später in Wien noch eine große Karriere machen.

Besonderen Verdienst für die Firma Thonet erwarb sich Hugo Schmida bereits viele Jahre früher mit der Planung und Errichtung eines großen Dampfsägewerks in einer der wohl abgelegensten Gegenden der Monarchie, im Grenzbereich zwischen Ungarn und Galizien. Dieses Sägewerk war als »Barwinek« bekannt und wurde besonders bedeutend, weil der Holzbedarf durch den internationalen Erfolg der Thonet-Möbel jährlich stark angestiegen war.

Was diesen Ort so bemerkenswert machte, war ein wunderbares kleines Sommerhaus auf dem Hügel oberhalb der Säge, weit genug

Aquarell des Sommerhauses in Barwinek

Offizielle Abbildung vom Dampfsägewerk Barwinek

Im Hintergrund (rechts oben) das Sommerhaus

entfernt, um nicht gestört zu werden, und nah genug, um jederzeit die Arbeiten kontrollieren zu können. Alfons Thonet, ein älterer Cousin, kam manchmal zum Jagen in den ausgedehnten Wäldern der Umgebung und nutzte das Haus als Jagdhaus. Für Martha und Victor, die nie auf die Jagd gingen, wurde dieses völlig abgelegene Haus ein Zufluchtsort, wenn sie alleine sein wollten.

Eine »Zugehfrau«[6] erledigte die wichtigsten Arbeiten und brachte die nötigsten Nahrungsmittel. Falls sie nicht ausgedehnte Wanderungen in der Gegend unternahmen und Pilze sammelten, widmete sich Martha ihrer geliebten Handarbeit und Victor schraubte an seinem Auto herum. Das war dort der einzige Luxus, den sie sich leisteten: Sie nahmen immer das Gräf & Stift Automobil, um hierher zu kommen, dadurch waren sie völlig unabhängig.

Eine Abbildung dieser Dampfsäge schien nicht in allen Thonet-Katalogen auf. Es existierten nur wenige offizielle Ansichten, wobei meistens im Vordergrund die Häuser der Säge zu sehen sind. Bei genauerem Hinsehen steht im Hintergrund ein kleines Haus auf einem Hügel. Im Nachlass von Martha und Victor fand sich ein schönes Aquarell, auf dem nur ein einziger Name vermerkt war, eben: »Barwinek«. Darauf war keine Dampfsäge abgebildet, sondern ein liebliches Sommerhaus auf einem Hügel, und zwar noch dazu von der rückwärtigen Seite gemalt, also nicht irgendwo zuzuordnen.

Erst Jahre später stieß ich zufällig in einem alten Thonet-Katalog auf eine offizielle Ansicht von Barwinek (ich hatte vorher von Barwinek noch nie gehört und von seiner Bedeutung überhaupt keine Ahnung) und erst langsam, nach langer Betrachtung entdeckte ich das Privathaus am Hügel im Hintergrund. Es handelte sich eindeutig um das Haus auf dem Aquarell. Warum bewahrten Victor und Martha dieses Bild ihr ganzes Leben auf und platzierten es auch immer in allen ihren Häusern an einer prominenten Stelle? Es müssen sich wohl viele schöne Erinnerungen mit diesem Ort verbunden haben. Leider fand ich keine weiteren Hinweise auf Barwinek im Nachlass, gehe aber davon aus, dass es für beide ein Ort der großen Liebe gewesen sein muss.

Barwinek liegt unmittelbar vor dem Dukla-Pass, der im November 1944 zum Zentrum einer der größten Panzerschlachten des II. Weltkrieges wurde. In der Folge wurde der Ort dem Erdboden gleichgemacht. Das Thonet-Haus existiert heute nicht mehr.

Mit dem Beginn von 1910 veränderte sich wenig, nur wurde alles schneller. Der Welterfolg der Firma Thonet steuerte dem Höhepunkt entgegen. Zu dieser Zeit wird das noch immer als »Gebrüder Thonet« firmierende Familienunternehmen laut Aufzeichnungen von Victor 6.797 Mitarbeiter haben[7] und weltweit exportieren.

Der amerikanische Markt war immer wichtiger geworden. Im Frühling beschlossen Jakob Thonet, sein Sohn Victor und Martha, nach New York zu reisen. Aus den Aufzeichnungen der Einreisebehörde von Ellis Island in New York geht hervor, dass sie am 20. April 1910 in New York angekommen sind. Sie wohnten im noblen und besten Hotel der Stadt: im Waldorf-Astoria Grand Hotel an der Fifth Avenue, genau dort, wo heute das »Empire State Building« steht (erst 1931 fertiggestellt). Die Thonets stiegen gerne dort ab, weil die Geschichte des Hauses Astor – auf eine gewisse romantische Weise – eine entfernte Ähnlichkeit mit ihrer eigenen hatte. Jakob Astor, der Begründer der amerikanischen Astor-Dynastie, stammte aus dem deutschen Städtchen Waldorf und war ebenfalls in einem anderen Land erfolgreich geworden – wie auch Firmengründer Michael Thonet, der von Boppard am Rhein wegzog, um in Wien mit seinen Bugholzmöbeln eine Weltfirma zu begründen.

Am Broadway in New York, Ecke 17th Street, stand ein großes siebenstöckiges Gebäude: das »Thonet Brothers Building«, die amerikanische Filiale der österreichischen Möbelfabrik. Die beiden Thonets hatten dort viel zu tun. Martha nützte die Zeit und verabredete sich mit Ludwig Arzner, einem ausgewanderten Scheid-Verwandten, der ein Jahr zuvor auf seiner Weltreise ihre Familie in Wien und Maria Enzersdorf besucht hatte.

*

Ludwig Arzner war etwas älter als Martha und 1881 mit fünfzehn Jahren nach Amerika ausgewandert, nachdem ihn Marthas Vater in Wien für kurze Zeit angestellt, aber nicht für gut genug befunden hatte. Jetzt nannte er sich »Louis«, war ziemlich erfolgreich geworden, von San Francisco nach Los Angeles umgezogen und besuchte gerade zufällig New York.

Martha wusste bereits einiges über diesen »Onkel Louis«. Im letzten Jahr war er mehr oder weniger überraschend in Wien aufgetaucht, um

Das »Thonet Brothers Building« am Broadway in New York

seine Wiener Verwandtschaft zu besuchen. Martha war in Bistritz, konnte ihn daher damals nicht treffen. Ihr Vater kümmerte sich um Louis wie um einen eigenen Sohn; er selbst hatte ja zwei seiner Söhne verloren. Aber dieser Louis war für ihn etwas ganz Besonderes, er stand seiner deutschen Familie aus Schönau, wo er aufgewachsen war, sehr nahe.

Der »Onkel aus Amerika«, wie man Louis scherzhaft nannte, wurde überall »herumgereicht«, verköstigt und untergebracht. In Maria Enzersdorf war sein Hauptquartier eingerichtet worden. Erst damals erfuhr die Familie von seiner Geschichte: Louis war ein Sohn von Vaters älterer Schwester Sophia, genannt »Lisette«, die einen Herrn

Arzner aus Karlsruhe (Stadt in Baden-Württemberg) heiratete. Diese Schwester war eine Art von Ersatzmutter für Georg Adam gewesen. Sie standen sich ein Leben lang sehr nahe.

Vater, so dachte Martha, die dem jetzt 44-jährigen Arzner gegenüber saß, hatte sich damals nicht getäuscht: Louis' Fähigkeiten waren nicht für Europa gemacht, der musste einfach nach Amerika gehen, um zur richtigen Zeit am richtigen Ort zu sein. Eigentlich, so schmunzelte Martha, war das doch genauso wie mit ihrem eigenen Vater, auch er ging mit 15 Jahren von zu Hause weg und kam 1858 zur richtigen Zeit nach Wien.

»I owe everthing to your dad – ah, sorry ich sollte Deutsch sprechen – well – ich verdanke alles deinem Vater«, begrüßte sie der immer gut gelaunte Louis, *»hätte er mich damals useful gefunden, wäre ich womöglich heute in eurer Firma tätig. Aber es kam anders. Hier in den Staaten ist es wunderbar, alles geht voran, du brauchst nur dein Netz auszuwerfen und schon hast du einen Fang gemacht. It's so easy, Martha, es ist ganz einfach!«*

»Aber in Wien erzählt man sich immer du hättest1906, bei dem schrecklichen Erdbeben in San Francisco, alles verloren?«

»Well, yes Martha, aber nicht den Glauben an dieses Land!« Louis Arzner rückte sich zurecht und beugte sich leicht vor, so wie man es macht, wenn man etwas Bedeutendes sagen will, und begann über die Flucht aus dem zerstörten San Francisco mit seiner Frau und den beiden Kindern, David und Dorothy, zu erzählen. Dass sie wohlbehalten in Los Angeles ankamen, dass er mit dem letzten Geld, was ihm verblieben war, eine Ölquelle kaufte, die er kurz darauf wieder mit hohem Gewinn weiterverkaufen konnte.

»War das dann der Beginn von deinem heutigen Café?«, fragte Martha.

»No, not at all, ganz und gar nicht, das kam erst später«. Zuerst einmal hatte er in San Francisco das »Ferry Café«, erzählte Arzner. Das befand sich ganz am Anfang der Market Street, im »Ferry Building«, sehr gut gelegen und gut besucht, ein voller Erfolg.

Nach dem Beben fing er in Los Angeles nochmals von vorne an, in Amerika durchaus üblich. Kurz darauf fand er in Downtown L.A. ein ziemlich bekanntes Restaurant, das »Levy's Café«. Mit dem Geld aus dem Verkauf der Ölquelle kaufte er sich in den Betrieb ein, später übernahm er den ganzen »Laden«, wie er sich ausdrückte. Daraus entstand dann das heutige »Hoffman Cafe.«

Postkarte des »Hoffman-Cafe and Grill« mit Thonet Stühlen,
um 1925

Das Hoffman Cafe liegt mitten in der Stadt und ist sehr vornehm, meistens von Filmschauspielern und reichen Bankiers aus Los Angeles und Hollywood besucht. Seit es Louis Arzner übernommen hatte und den Namen änderte, ging es steil bergauf. Deutschland und die nach Amerika ausgewanderten Deutschen hatten damals den besten Ruf in den Staaten und waren überall als hervorragende Arbeitskräfte beliebt. Der Name »Hoffman« klang Deutsch und bürgte für Qualität. Arzner wusste genau, wie man es macht. Auf zwei Stockwerken wurde beste europäische Küche serviert – und »natürlich auf Thonet Stühlen«, wie er schmunzelnd betonte. Louis Arzner wirkte auf Martha glücklich und zufrieden, ein Mensch, der den richtigen Platz in seinem Leben gefunden hatte, nie und nimmer hätte er nach Europa gepasst.

Was weder er noch Martha damals ahnen konnte war, dass Dorothy, Louis' Tochter, ab den Zwanzigerjahren eine steile Karriere in Hollywood machen würde. Sie wird die erste erfolgreiche und sehr bekannte weibliche Regisseurin in der Filmmetropole werden, mit der Tanzlehrerin von Charlie Chaplin in einer lesbischen Beziehung ihr Leben verbringen und später, lange nach dem Zweiten Weltkrieg, den jungen Francis Ford Coppola unterrichten. Dieser wird im März

2018 seiner Lehrerin zu Ehren im Komplex der Paramount Studios in Hollywood das neue »Dorothy Arzner Building« einweihen, die Festansprache halten[8] und auf seiner Farm in Kalifornien eine Whiskey-Sorte nach ihr benennen.

*

»Dorothy Arzner Whiskey«, Francis Ford Coppola,

Great Women Spirits Ltd, Sonoma County, California

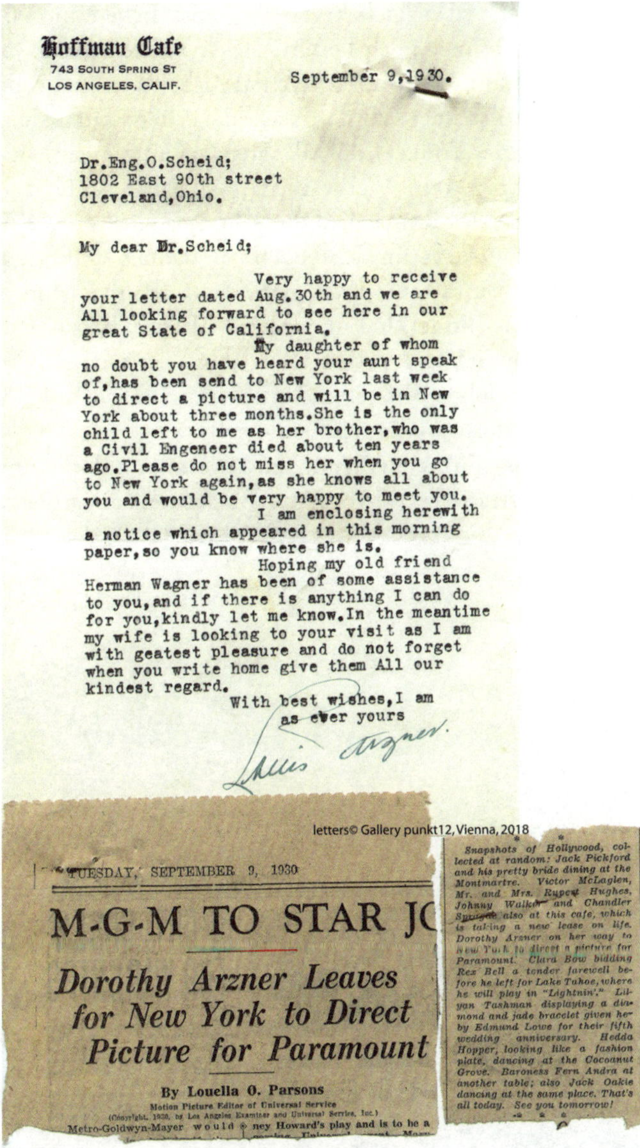

Hoffman Cafe
743 South Spring St
Los Angeles, Calif.

September 9, 1930.

Dr.Eng.O.Scheid;
1802 East 90th street
Cleveland,Ohio.

My dear Dr.Scheid;

Very happy to receive your letter dated Aug.30th and we are All looking forward to see here in our great State of California.

My daughter of whom no doubt you have heard your aunt speak of,has been send to New York last week to direct a picture and will be in New York about three months.She is the only child left to me as her brother,who was a Civil Engeneer died about ten years ago.Please do not miss her when you go to New York again,as she knows all about you and would be very happy to meet you.

I am enclosing herewith a notice which appeared in this morning paper,so you know where she is.

Hoping my old friend Herman Wagner has been of some assistance to you,and if there is anything I can do for you,kindly let me know.In the meantime my wife is looking to your visit as I am with geatest pleasure and do not forget when you write home give them All our kindest regard.

With best wishes,I am
as ever yours

Louis Arzner.

TUESDAY, SEPTEMBER 9, 1930

M-G-M TO STAR JC

Dorothy Arzner Leaves for New York to Direct Picture for Paramount

By Louella O. Parsons
Motion Picture Editor of Universal Service
(Copyright, 1930, by Los Angeles Examiner and Universal Service, Inc.)

Metro-Goldwyn-Mayer would ... ney Howard's play and is to be a ...

* *

Snapshots of Hollywood, collected at random: Jack Pickford and his pretty bride dining at the Montmartre. Victor McLaglen, Mr. and Mrs. Rupert Hughes, Johnny Walker and Chandler Sprague also at this cafe, which is taking a new lease on life. Dorothy Arzner on her way to New York to direct a picture for Paramount. Clara Bow bidding Rex Bell a tender farewell before he left for Lake Tahoe, where he will play in "Lightnin'." Lilyan Tashman displaying a diamond and jade bracelet given her by Edmund Lowe for their fifth wedding anniversary. Hedda Hopper, looking like a fashion plate, dancing at the Cocoanut Grove. Baroness Fern Andra at another table; also Jack Oakie dancing at the same place. That's all today. See you tomorrow!

* * *

Brief von Louis Arzner an Otto Scheid, 1930

Otto ist ein Enkel von Georg Adam Scheid und besuchte die Arzner Familie in Hollywood

Von der Reise zurückgekehrt, geht das Leben im üblichen Rhythmus weiter. Immer noch kommen viele Gäste, Victor verbringt fast den ganzen Tag in der Fabrik. Damals arbeiteten mehr als 2.000 Angestellte in der Bistritzer Fabrik. Es war die größte und bedeutendste Produktionsstätte der Thonets, überall sonst waren weniger Mitarbeiter angestellt. In Bistritz kam Victor nicht zur Ruhe, 1911 nahte das 50-jährige Jubiläum der Firmengründung und da rückten alle Thonets an, um ausgiebig zu feiern. Im Gästebuch von damals sind fast alle vermerkt: Vater Jakob und seine Frau Gabriele, Carl und Mini Thonet, Rosa und Theodor Thonet, Ida und Alfred Thonet, Ella Kreutzbruck (Schwester von Victor), Gretl Thonet, ein Louis Carlton und seine Frau aus Massachusetts, Julius Thonet und ein A. Kirchmayer aus Kairo.

Und dann kam Josef Maria Auchentaller!

Nicht um das Firmenjubiläum zu feiern, sondern um seine Schwägerin zu porträtieren. Victor hatte ihn gebeten, ein großes Porträt

Der Park mit dem Pavillon, Bistritz 1912

Foto von Victor Thonet

seiner Frau zu malen. Er suchte sich den Wonnemonat Mai aus, um nach Bistritz zu kommen. Auchentaller hatte absolute Kontrolle über die Gestaltung und durfte das gesamte Setting bis ins kleinste Detail bestimmen. Martha bestand auf ihrem weißen Lieblingskleid. Beim Schal gab es kurz einmal Verwirrung. Auchentaller wollte unbedingt den Schal malen, den Victor in Venedig für Martha gekauft hatte, einen der sehr begehrten Fortuny-Schals[9]. Dieser war leider irgendwie verschwunden. Martha brachte ersatzweise einen wunderschönen, blauen Jungendstilschal zur Sitzung im Garten mit und dabei blieb es dann auch.

Dann gab es noch einen Disput, wo Martha sitzen sollte. Sie wollte jedenfalls vor dem Pavillon im Garten auf einer Bank, ihrem Lieblingsplatz, porträtiert werden. Auchentaller dachte als Künstler naturgemäß anders. Vor dem Pavillon waren keine Bäume, sie würde also in der prallen Sonne sitzen, wegen der starken Schattenbildung ein sehr ungünstiger Platz für ein Porträt. Auch Victor unterstützte Auchentaller. Als Fotograf wusste er über die Notwendigkeit von diffusem Lichteinfall Bescheid, um ein Gesicht gleichmäßig auszuleuchten. Man einigte sich schließlich auf die sehr ausladende weiße Thonet-Sitzbank unter hohen Bäumen gleich im Garten neben der Villa. Hier fiel das Licht noch ausreichend von hinten durch die Äste und im Hintergrund sah man einen Teil der Nutzpflanzungen. Der Fabriksschlot, welcher dahinter stand, wurde ausgeblendet.

Es waren herrliche Tage im Mai, fast wolkenlos und ein großes Glück, dass die Sitzungen jeweils um die Mittagszeit unter den Bäumen stattfanden. Auchentaller benötigte eine ganze Woche, erst fertigte er mehrere Skizzen an, dann machte Victor einige Fotos. Martha saß, so gut sie konnte, regungslos auf der Sitzbank, anfänglich musste sie die Position noch manchmal ändern. Ruhig sitzen gehörte nicht unbedingt zu ihren Stärken. An ihrer linken Hand trug sie die wunderschönen Ringe, die sie von Victor bekommen hatte. Dafür gab es andauernd Probleme mit der rechten Hand: einmal zusammen mit der anderen Hand auf ihrem Schoß – das war Auchentaller zu langweilig, weil dann der Schal überhaupt nicht zur Geltung kam. Dann, endlich die finale Stellung: Die rechte Hand erfasste Teile des Efeus, der dort herunterhing – für Martha eine Tortur, da sie praktisch ihre rechte Hand, ohne sich wirklich an den Pflanzen anhalten zu können, freischwebend für längere Zeit in dieser Position halten musste. Das gelang ihr nicht zu lange, sie war eben eine unruhige, ungeduldige Person. Für ihren Schwager und das Porträt wollte sie aber alles tun, um es zu ermöglichen, daher hielt sie, so gut sie konnte, lange Zeit still.

Das Porträt von Martha im Garten der Villa Thonet in Bistritz wird zu einem der Hauptwerke des Künstlers und wird heute im Leopold Museum in Wien immer wieder ausgestellt.

J.M. Auchentaller, Martha Thonet, Bistritz 1912

Öl auf Leinwand

DIE ALPENFAHRTEN

Wien, um 1900

1897 war Victor Thonet 26 Jahre alt und in der österreichischen Monarchie waren gerade einmal 35 Automobile angemeldet, wobei es sich damals sicherlich nur um Prototypen und Eigenentwicklungen gehandelt haben wird. Der technisch sehr interessierte Victor hatte wie viele in seiner Generation die fortschreitende Entwicklung auf dem Automobilsektor genau beobachtet. Was moderne Fortbewegungsmittel betraf, ließ Victor nichts aus. Bereits mit 16 Jahren, im August 1887, nahm er erfolgreich am überhaupt »Ersten Bicycle-Rennen« (so bezeichnete man damals Fahrräder) in seinem Heimatort Bistritz in Mähren teil und gewann beim Hindernisrennen die goldene Medaille. Mit 29 Jahren (im August 1900) wurde er Mitglied des neu gegründeten »Österreichischen Automobil Clubs« in Wien. Erst sechs Jahre später wird in seiner Heimat Mähren der sehr noble und anspruchsvolle »Mährisch-Schlesische Automobil-Club« gegründet. Victor wird Ausschussmitglied, als Sportwart fungierte der damals noch nicht so bekannte Dr. Viktor Kaplan, später Erfinder der »Kaplan-Turbine«, die noch heute in der Elektrizitätserzeugung eingesetzt wird.

Langsam war die Entwicklung nicht, aber anfänglich unbemerkt und etwas holprig. Die damaligen Kaiser, der deutsche Wilhelm II. und der österreichische Franz Josef I. konnten den Kraftfahrzeugen nichts abgewinnen: Sie setzten auf Pferdestärken, allerdings auf lebendige! Dafür waren junge, technikbegeisterte und wohlhabende Zeitgenossen fasziniert: Das Automobil stand ab 1900 im Mittelpunkt einer kleinen Elite, in Österreich, in Europa – weltweit. Große Bedeutung hatte es aber noch keine.

Dafür erregten die Autofahrer mit ihren kutschenförmigen und später langgezogenen Wägen öffentliches Ärgernis. Überall lehnte die Bevölkerung jedenfalls diese neue Plage ab – und nicht nur diese: auch die neumodischen Radfahrer, beide störten den gewohnten Straßenverkehr. Wo Pferdekutschen, Tierherden, Wanderer, spielende Kinder oder Händler unterwegs waren, störten die neuen Fahrzeuge gewaltig. Junge Draufgänger drückten gerne aufs Gaspedal und staubten und

Landstraße bei Schloss Klaus in Oberösterreich, 1904

Aufnahme von Ludwig Scheid, während einer Radtour von Maria Enzersdorf über das Salzkammergut nach Triest.

stanken die Gegend für Minuten ein, dass niemand mehr wusste, wo oben oder unten war.

Ein Kräftemessen, das nur im Chaos enden konnte. Um 1900 gab es deswegen die eigenartigsten politischen Konfigurationen und Vorschriften. Von der Wiener Stadtverwaltung war Folgendes verfügt worden: Allen Haltern von pferdelosen, motorbetriebenen Fahrzeugen in der Wiener Innenstadt, also selbstfahrenden Automobilen, wird deren Benutzung in der Innenstadt verboten. Den Besitzern wurde vorgeschrieben, ihre Automobile nur mit vorgespannten Pferden zu bewegen. Ein damaliger »Motorist« musste also seinen Wagen mittels Pferdegespann über die Ringstraße hinaus ziehen lassen und durfte erst dort den Motor anwerfen.

Das war ein Zustand, der nicht lange anhalten konnte. Allerdings waren um 1900 im gesamten Gebiet der Österreichisch-Ungarischen Monarchie höchstens 50 Automobile angemeldet. Erst ab 1905 mussten alle Kraftfahrzeuge auch Nummerntafeln tragen und 1907 war die Zahl der in der österreichischen Monarchie angemeldeten Kraftfahrzeuge bereits auf unglaubliche (!) 1.458 Stück gestiegen.

Fürstliche Automobilisten, 1901
aus »Sport & Salon«

Diese Situation war für alle Betroffenen schlicht unbefriedigend und mit Notlösungen wollte man sich nicht weiter abgeben: Im Februar 1898 platzte Alexander Graf Pallavicini der Kragen, und der begeisterte Automobilist gründete den »ÖAC« – den »Österreichischen Automobil Club« in Wien (heute der ÖAMTC), hauptsächlich eine Lobbygesellschaft von Auto-Begeisterten, um der Bedeutung des Automobils mehr Beachtung zukommen zu lassen. Allerdings hatten die Automobilisten der damaligen Zeit schlechte Karten: Die Eisenbahngesellschaften, die übermächtigen Boten der Moderne, schauten abschätzend auf die lärmenden und stinkenden Fahrzeuge herab, die sich nur mit geringer Geschwindigkeit im Flachland fortbewegen konnten. Niemand nahm um 1900 die Autofraktion ernst. Nur die Tierschützer (!) standen auf der Seite der Kraftfahrzeuge und ihrer Halter: Diese würden das Leid der geschundenen Zugtiere endlich lindern, lautete ihre Schlussfolgerung.

Eine kleine Gruppe von hoch motivierten »Followers« verfolgte die Entwicklung auf dem neuen Automobilsektor ganz genau. Victor Thonet gehörte ebenfalls dazu und las mit großem Interesse alle Meldungen über die letzten Entwicklungen, Automarken und Rennen in den verschiedenen Fachpublikationen. Schließlich gab es in Mähren, seiner Heimat, bereits viele Automobilisten und die besten Voraussetzungen: In Böhmen und Mähren lag die Moderne in der Luft und wer sie einatmen konnte, war davon begeistert. Der Fortschritt war nicht mehr aufzuhalten, am Ende wird das Automobil gewinnen und zu einem Massenverkehrsmittel werden.

Zur selben Zeit entstand damals durch die Firma Austro-Daimler in Wiener Neustadt eine Art von lokalem »Silicon Valley« für den Motoren-, Maschinen-, Flugzeug- und Automobilbau. Ferdinand Porsche, der hochbegabte Konstrukteur, trat 1906 in die neugegründete Firma ein, genauso wie der automobilbegeisterte Heinrich Graf Schönfeldt. Zusammen mit Teileigentümer Eduard Fischer bildeten die drei: Porsche, Fischer und Schönfeldt das »Eiserne Team«. Von 1910 bis 1914 gewinnen sie alle (!) wichtigen Rennen.

Als Höhepunkt der internationalen motorsportlichen Entwicklung wurden ab 1910 in der k.u.k Monarchie die »Alpenfahrten« (Austrian Alpine Rallye) durchgeführt. Sie galten damals als die anspruchsvollsten und härtesten Rennen der Zeit. Viermal, bis zum Ausbruch des Weltkrieges 1914, fanden sie statt, und jedes Jahr wurde entweder die Länge der Strecke oder der Schwierigkeitsgrad gesteigert.

Ab der zweiten Alpenfahrt von 1911 waren bereits die meisten der damaligen Alpenpässe in die Route eingebunden. Gerade die Faszination, über so schwierige oder steile Passstraßen wie den Wurzen- oder Loiblpass zu fahren, zog viele der damaligen Herrenfahrer,[10] Werkteams und selbstfahrenden Konstrukteure, an. Die Alpenfahrten wurden dadurch die ersten international wirklich bedeutenden Autorallyes und trugen in der Folge nicht unwesentlich zum weltweiten Bekanntheitsgrad der österreichischen Automobilerzeugung bei. Die Dreier-Siege von Porsche, Fischer und Schönfeldt mit Austro-Daimler halfen der Wiener Neustädter Fabrik, eine große Anzahl an Fahrzeugen zu verkaufen, die unter dem klingenden Beinamen »Alpenwagen« angepriesen wurden. Eines dieser Fahrzeuge steht heute vollkommen restauriert im Porsche-Museum in Mattsee, 15 km nördlich von Salzburg.

Victor Thonet war 1911 ein typischer Herrenfahrer: Er chauffierte seinen Wagen selbst und gehörte keinem der »Teams« an. Mit seinem Gräf & Stift Wagen (Doppelphaeton 28/32 PS)[11] nahm er als Privatperson an dieser zweiten Alpenfahrt teil. Die meisten der anderen Teilnehmer gehörten zu Werkteams. Dabei steuerten die Konstrukteure solcher speziellen »Alpenwagen« meistens ihre Fahrzeuge selbst: Da war das Austo-Daimler-Team, die Laurin & Klement – später Skoda – Mannschaft und das von Konstrukteur August Horch geleitete »Audi Team«. Eine geballte Übermacht an technischem Know-how gegenüber den einfach nur begeisterten und wohlhabenden Herrenfahrern. Es sollte nicht mehr lange dauern, da werden ihr sportlicher Spirit und ihre amateurhafte Begeisterung als »Early-Adopters« verschwunden sein und nur noch kommerzielle Überlegungen dominieren.

Während dieser zweiten, erweiterten Alpenfahrt hatten die Wägen strenge Regeln zu befolgen, schließlich ging es nicht darum, wer der Schnellste war, sondern darum, wer den technisch besten und ausdauerndsten Wagen steuern konnte und ohne Strafpunkte über die Runden kam. Die Motorhauben waren versiegelt, damit niemand nachträglich Modifikationen vornehmen konnte; Stehenbleiben wurde

Karikatur von Victor als Rennfahrer aus dem Gästebuch

Gezeichnet von Peter Auchentaller

Victor Thonet am Steuer seines Gräf & Stift, Bistritz 1911

Alle Fahrzeuge waren damals immer rechtsgesteuert.

mit Strafpunkten geahndet. An den Übernachtungsplätzen waren die Fahrzeuge in kontrollierten Zonen im Freien abgestellt und mussten in der Früh innerhalb einer Minute mittels Kurbel starten. Treibstoff und Kühlwasser konnten die Beifahrer nur während der Fahrt von außen per Hand nachfüllen. Dafür mussten diese Helfer im Laufschritt neben den ebenfalls im Schritt fahrenden Fahrzeugen herlaufen. Wer auf den schwierigen Passstraßen hängen blieb, sich verschaltete oder halten musste, schied aus und kam für einen Sieg nicht mehr infrage.

Samstag 13. Mai 1911, starteten 51 zugelassene Fahrzeuge am Schubertring in Wien vor dem Automobil-Club-Gebäude (heute eine ÖAMTC Geschäftsstelle). Victor Thonet startete mit Nummer 3 in das Rennen. Auf dem ersten und zweiten Streckenabschnitt von Wien über das Salzkammergut nach Klagenfurt lief es besonders gut für ihn, bis Triest galt er als Favorit, ohne einen einzigen Strafpunkt lag er in Führung. Er könnte das Rennen gewinnen. Im dritten Abschnitt von Triest nach Graz musste der berüchtigte Loiblpass bezwungen werden. Die Bergstraßen der damaligen Zeit waren in keiner Weise für Autoverkehr ausgelegt, sondern maximal für Pferdekutschen, und das nur bei bestem Wetter. Die Automobilisten waren mit Steigungen bis 33 Prozent konfrontiert und das auch bei Regen oder Schneefall. Schließlich stammten die meisten Alpenübergänge noch aus der Römerzeit.

Am dritten Tag besserte sich das Wetter, und auf der Loiblhöhe war eine größere Anzahl von Zusehern zusammengekommen, da man von ganz oben einen wunderbaren Blick auf die darunter liegenden sechs Kilometer langen und engen Serpentinen der Passstraße hatte. Wegen des Sonnenscheins war die Stimmung oben auf der Höhe ausgezeichnet und alle konnten die Ankunft des ersten Fahrers und möglichen Champions und Gewinners der Alpenfahrt kaum erwarten.

Die »Wiener Zeitung«[12] berichtet:

»Als Erster kam Herr Victor Thonet mit seinem Gräf & Stift herauf – in der letzten Kurve wollte er schalten – zögerte zu lange und der Motor starb ab – Strafpunkte! Verschiedene Fahrer kamen in arge Nöte – die Beifahrer gossen unentwegt während der Fahrt Kühlwasser nach – andere resignierten und blieben am Straßenrand stehen.« Dieser Fehler kostete Victor den Sieg. Für seinen Halt bekam er 12 Strafpunkte, die einzigen seiner gesamten Fahrt. Das konkurrierende Austro-Daimler-Team erreichte das Ziel ohne einen einzigen Strafpunkt und siegte, obwohl Victor Thonet am Dienstag 16. Mai *»als erster Fahrer vor dem Klubheim des ÖAC auf dem Kärntner Ring (heute Schubertring) um 14 Uhr 10 eintraf. Er wurde von dem zahlreichen Publikum lebhaft akklamiert und vom Präsidium des Automobilklubs beglückwünscht«.*[13]

Wenn auch Wien das politische Zentrum der österreichischen Monarchie war, das wirtschaftliche Zentrum lag weiter nördlich: in Böhmen und Mähren. Gar nicht verwunderlich daher, dass es um 1910 im böhmischen Kronland gleich drei Automobil-Clubs gab: der nobelste von allen war der »Mährisch-Schlesische Automobil-Club«, dann der wesentlich kleinere »Nordböhmische« und der »Nordwestböhmische Automobil-Club«. Im Rest von Österreich firmierten damals nur noch der »Kärntner« wie »Oberösterreichische Automobil-Club«, weiters ein »Automobil-Club von Tirol und Vorarlberg«, wie auch der »Herzliche Automobil-Club« in der Teinfaltstraße im ersten Bezirk der Hauptstadt.

Im August 1913 berichtet die in Wien erscheinende »Neue Freie Presse«[14] in einem langen Artikel anfänglich über den »Grand Prix von Frankreich«, und dann sehr detailliert über eine »Konkurrenzfahrt«

des Mährisch-Schlesischen Automobil-Clubs, so, als wären die beiden Rennen gleichwertig.

Die mährische Wertungsfahrt ging später in die Automobilgeschichte ein, weil sie in der Hauptsache bei strömendem Regen stattfand. Da gab es kein Pardon: Alle zehn (!) Teilnehmer mussten tagelang durch Wolkenbrüche und überschwemmte Straßen fahren – in den offenen Wägen der damaligen Zeit – und sie durften nicht stehen bleiben. Trotzdem, oft blieb ein Fahrzeug mitten in einer überfluteten Straße hängen und musste dann umständlich herausgezogen werden. Einmal versank ein Teilnehmer mit allen vier (ziemlich großen Rädern) völlig im Wasser, schaffte es aber erstaunlicherweise aus eigener Kraft, den Fluss zu durchqueren.

Victor Thonet fuhr (in diesem Rennen) als Nummer 1 mit seinem altbewährten Gräf & Stift Wagen unbehelligt durch alle Fluten, weder rutschte er in einen Graben, noch ging ihm der Treibstoff aus. Das Nachfüllen bei leicht abwärts rollendem Fahrzeug war die entscheidende Kunst: »*Es wurden daher die Motoren während der Bergabfahrt abgestellt, und die Kunst des Fahrers bestand darin, dass er so langsam weiterfahre, dass das Benzineinfüllen im Gefälle vor sich gehe, ohne dass der Wagen zum Stillstand kam. Freilich musste man sich dabei tüchtig tummeln, denn das Entleeren einer 35 Liter Kanne dauert doch ziemlich lang, und man musste trachten, am Ende des Gefälles den Motor rechtzeitig wieder in Gang zu bringen.*«

Die Herrenfahrer der damaligen Zeit mussten also nicht nur ein hervorragendes technisches Wissen besitzen, die Möglichkeiten ihres Fahrzeugs bestens kennen, ihren Wagen sicher und unfallfrei durch den damaligen Überlandverkehr auf engen und schlechten Straßen lenken, sondern auch handwerklich geschickt und flott sein. Mit all diesen Qualitäten ausgestattet und auch mit Glück gelang es Victor Thonet, alle überfluteten Straßen zu durchfahren, vermurte Pässe zu überwinden und als Erster im Zielort Brünn anzukommen.

1914, mit Ausbruch des Ersten Weltkrieges, endeten alle Wettrennen. Damit war auch die Karriere des herrenfahrenden Victor Thonet vorbei. Als Erinnerung an diesen Lebensabschnitt hat sich bis heute eine hochwertige, silberne Schnapskaraffe mit folgender Aufschrift erhalten: »*Non-Stop Fahrt des Mährisch-Schlesischen Automobilclubs 1912, IV. Platz.*«

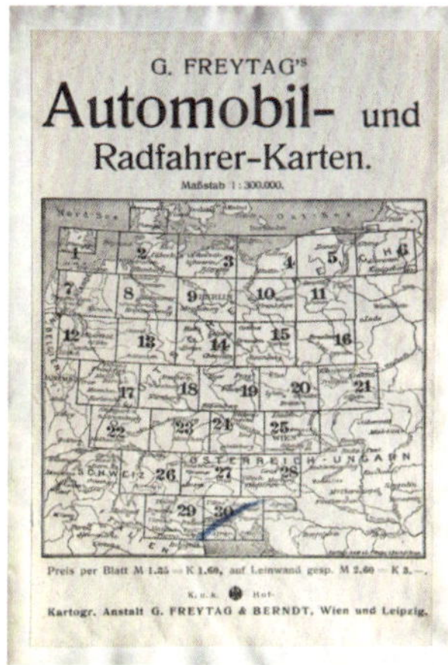

Straßenkarte für Automobilisten und Radfahrer, um 1910

Teilstück Nr. 30 ist das k.k Küstenland mit Grado und Triest

Fritz Hückel, ein schlesischer Motorpionier, mit Frau Olga

Am Steuer seiner Eigenkonstruktion, einem modifizierten Gräf&Stift.
Mitbegründer des Mährisch-Schlesischen Automobilclubs und
mit Victor Thonet gut befreundet, Foto Victor Thonet, 1912

DAS HILFSSPITAL IN BISTRITZ

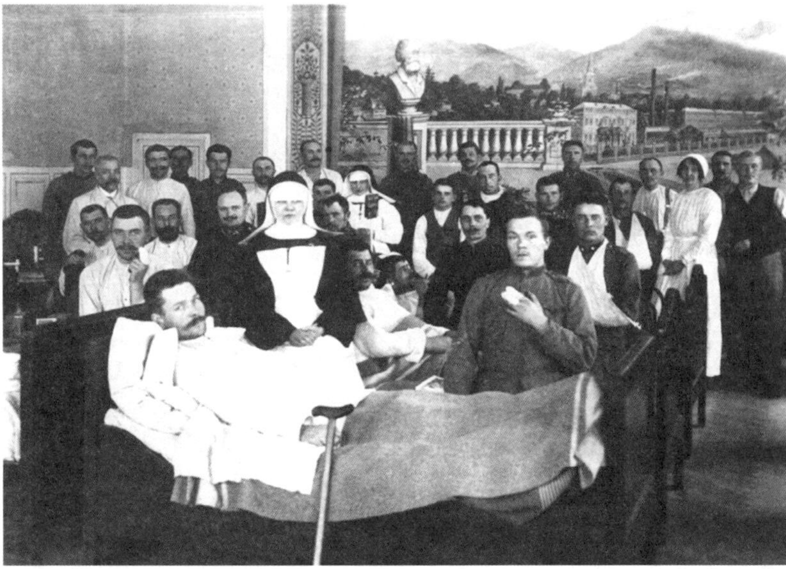

Originalfoto aus dem Hilfsspital in Bistritz, 1914
Im Hintergrund auf dem Sockel eine Büste von Michael Thonet und rechts im Hintergrund die Ansicht der Villa Thonet mit der Fabrik

Vor dem großen Krieg

Um 1910 versteuerte Jakob Thonet, Vater von Victor, rund 300.000 Kronen an Einkommen,[15] das wären heute (2023) etwa 1.852.000 Euro. Damit lag er im Ranking der damaligen Millionäre im Mittelfeld – von allen damals lebenden Thonets war er allerdings der wohlhabendste. Noch liefen die Exportgeschäfte hervorragend. Auch wenn die Thonets nicht zu den reichsten Bewohnern der Monarchie gehörten (das war nach den Rothschilds die Holz- und Kohlenhändlerfamilie Gutmann), lagen sie mit ihrem internationalen Geschäftsmodell auf der sicheren Seite – solange Friede in Europa herrschte.

Nichts deutete darauf hin, dass die Übernahme ihres größten Konkurrenten Jakob & Josef Kohn durch den sehr schlau agierenden

Geschäftsmann Leopold Pilzer aus Lemberg in Galizien den Beginn einer völligen Umwandlung der europäischen Möbelerzeugung innerhalb von nur zehn Jahren bedeuten würde. Seine Firma »Mundus« schluckte langsam alle kleinen und größeren Möbelproduzenten der Monarchie, bis auf die »Gebrüder Thonet«, die waren ihm noch eine Nummer zu groß. Das änderte sich mit dem Kriegsausbruch dann ziemlich rasch.

Als die Schüsse von Gavrilo Princip auf den Thronfolger Franz Ferdinand und seine Frau Ende Juni 1914 den Ersten Weltkrieg auslösten, konnte noch niemand den schrecklichen Ausgang erahnen. Waren sie wirklich alle »Schlafwandler«[16] gewesen, wie ein erfolgreiches Buch gleichen Namens eines australischen Historikers um 2013 behauptet? Die Diplomaten, verantwortlichen Politiker und gekrönten Häupter vielleicht, der Rest der Bewohner Europas konnte sich dem Zeitgeist meist nur unterordnen und das Beste aus der Situation machen. Trotzdem verfielen viele damals in Euphorie und zogen für eines ihrer Vaterländer in den Krieg. Nur eine Minderheit bezweifelte

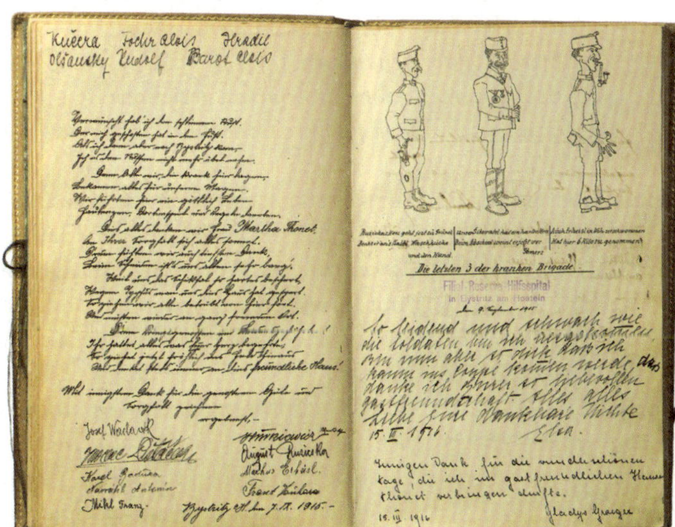

Gästebuch der Thonets mit Zeichnung und Unterschriften
1915

die Sinnhaftigkeit des Säbelrasselns, die meisten mussten sich mit den Gegebenheiten abfinden.

So auch Martha Thonet in Bistritz. Im November 1914 errichtete sie daher auf den privaten Thonet-Gründen in Bistritz ein »Filial-Reserve-Hilfsspital«, welches sich sofort mit Verletzten und Hilfebedürftigen von der russischen Front füllte. Dr. Franz Roth, ein Neffe von Martha, wird als leitender Arzt für das Hilfsspital verpflichtet. Bis 1915 werden hier mehr als 400 Personen versorgt, die meisten trugen sich in das private Thonet-Gästebuch ein.

Im November 1915 gibt es die letzten Eintragungen ins Gästebuch. Ein Patient mit künstlerischen Begabungen zeichnet drei seiner Kollegen in Uniform und dichtet darunter:

> *»Rusickas Herz geht jetzt zu Grund,*
> *denkt er jetzt ans Kalbl, Waschküche*
> *und den Hund.«*
> *»Unser Sivohatel hat ein hartes Herz,*
> *beim Abschied weint er jetzt vor Schmerz.«*
> *»Auch Erheisl in Weh verschwommen,*
> *hat hier 6 Kilo zugenommen.«*
> All drei unterschreiben an Martha gerichtet:
> *»Mit innigstem Dank für Ihre Güte und Sorgfalt.«*

Im Jahr darauf tritt Martha mit weiteren karitativen Unternehmungen in Wien an die Öffentlichkeit. Im Halbstock des Thonet-Hauses am Stephansplatz organisiert sie zweimal, im April und im Dezember 1916, jeweils eine Ausstellung mit ihren Handarbeiten zu Gunsten der »Tagesheimstätten für Kriegswaisen und Kinder«. Fast alle Zeitungen drucken die Einladung ab und geben Details bekannt. Zum Verkauf kommen: »*Sofapölster im Kreuzstich, moderne Buntstickereien, Filetarbeiten, feine Perlstickereien in Silber montiert als Tassen und Konfektschalen, ferner Perlbeutel gehäkelt und gestickt, gestickte Tülldecken für Tische aus verschiedenen Techniken, zusammengesetzte Spitzentischdecken, feine Weißstickereidecken in allen Größen und Techniken, Krägen in Weißstickerei, Näh- und Toilettenpölster in Kreuzstich, Körbchen mit gestickten Böden und kleine Bilder in Perlen und Seide.*«[17]

Mehr konnte eine einzelne Person nicht produzieren. Am Ende beider Ausstellungen wird ein Gewinn zwischen 3000 und 5000 Kronen (rund 15.000 bis 25.000 Euro) überwiesen werden.

*

Nach diesem erfolgreichen Wien-Auftritt zogen sich die beiden Thonets völlig nach Bistritz zurück, empfingen aber bis zum Ende des Krieges weiterhin viele Gäste, die sich gerne verwöhnen ließen, da es im böhmischen Teil der Monarchie auch nach dem Zusammenbruch noch genug zu essen und trinken gab. Hier herrschte relativer Wohlstand: Im böhmischen Kronland befanden sich viele der wichtigsten Industriebetriebe und Kohlengruben. Allerdings war nach dem Zusammenbruch nicht einmal das Reisen zwischen den ehemaligen Kronländern möglich: Die Eisenbahnen fuhren nicht und wenn, dann nur bis kurz vor die schnell entstandenen Grenzen. Von da an mussten die Passagiere zu Fuß über die Grenze gehen und alle Kontrollen und bürokratischen Hürden über sich ergehen lassen. Dann weiter bis zum nächsten Bahnhof, wo vielleicht – oder vielleicht auch nicht – ein Zug für die Weiterfahrt wartete.

Im neu entstandenen Österreich war es damals üblich, oft tagelang auf einen Zug zu warten, weil es einfach keine Kohlen gab, da diese gar nicht oder nur zögerlich (aus der neu gegründeten Tschechoslowakei) geliefert wurden.

Mit den Jahren nach 1918 wurde es immer schlimmer. Die Gleiskörper gehörten den jeweiligen neu entstandenen Staaten und die Zuggarnituren waren einfach dort stehengeblieben, wo sie sich am Ende des Krieges gerade befanden. Jetzt musste diese wertvolle Infrastruktur von Soldaten bewacht werden, da alles, was nicht niet- und nagelfest war, sofort gestohlen wurde.

In einigen Teilen der ehemaligen Monarchie wurden nicht nur die Schienen über Nacht abmontiert, sondern gleich die gesamten Zugeinheiten zerlegt. Außerdem, und zu allem Übel für eine baldige Entspannung der Situation, lagerten die Ersatzteile für alle Lokomotiven, Waggons und Gleise in Wien, in der früheren Zentrale. Als Folge standen viele Zuggarnituren in Kürze bewegungslos irgendwo in der

IKEA Werbung (um 2000) mit der Kopie eines Thonet 14er-Stuhls.

Selbst die Transportverpackung entspricht der Thonet-Methode vor mehr als 100 Jahren (zerlegt in wenige Einzelteile zum einfachen Zusammenbau).

Landschaft herum, weil ihnen die nötigen Ersatzteile fehlten – was wiederum Diebstahl und Plünderungen förderte. Eine unhaltbare Situation!

Der Weltkonzern Thonet galt als sehr fortschrittlich organisiert. Möbelstücke wurden zum Export in Einzelteile zerlegt und platzsparend in angepasste Kisten verpackt. Auf eine gewisse Weise wurde hier bereits das spätere »System IKEA« entwickelt, nur der Zusammenbau erfolgte von Thonet selbst in einer Thonet-Niederlassung irgendwo auf der Welt. Auch die heutige »Just-in-time«-Produktionsmethode hatten die Thonets bereits perfektioniert. In Bistritz wurden die Lehnen gewisser Sessel gebogen und vorbereitet, wobei die Sitzflächen und Beine von einer anderen Thonet-Fabrik kamen – und zwar nach Möglichkeit eben »gerade zur rechten Zeit«. Dieses bestens eingestellte Uhrwerk lief perfekt bis zum Ende der Monarchie. Der Zusammenbruch bedeutete den Stillstand der Lieferkette. Nichts ging mehr, die weltweiten Märkte lagen weit entfernt und die verschiedenen

Thonet-Produktionsstätten plötzlich in einander feindlich gesinnten Ländern.

In Bistritz lief das Leben mit wenigen Einschränkungen weiter. Die 1918 neu gegründete Tschechoslowakei war gut aufgestellt. In weiser Voraussicht hatten die Thonets die zentrale Firmenverwaltung bereits ins Thonet-Haus nach Brünn verlegt. Die Verbindung zu der früheren Zentrale in Wien war gestört. Ein Weitermachen wie vor dem Krieg kam nicht infrage, das Geschäftsmodell musste verändert werden. Ab 1920 wurde dem Seniorchef Jakob Thonet klar, dass man den Familienbetrieb in eine moderne Aktiengesellschaft umwandeln müsste, um sich die nötigen Geldmittel am Markt zu besorgen. Auf den Aktien, die in der Folge ausgegeben wurden, unterzeichnen Jakob Thonet als Aufsichtsratsvorsitzender und Victor Thonet als Vorstand (CEO). Drei Jahre später entsteht durch den Zusammenschluss von Leopold Pilzers Firmenimperium »Mundus-Kohn« mit der »Gebrüder Thonet AG« die »Thonet-Mundus, Vereinigte Tschechoslowakische Bugholzmöbelfabriken AG« und Victor Thonet muss seine Heimat aufgeben.

Bis 1925 kann Victor weiterhin in seinem Elternhaus in der Bistritzer Villa wohnen. Laura und Leopold Pilzer, die neuen Besitzer, schreiben sich ein Jahr vorher, noch als »Besucher«, ins Gästebuch:

»Unvergesslich schön und angenehm
waren die Tage hier, wünschen alles Schöne
und Gute für das zukünftige Heim.«

Kurz darauf kommt einer der letzten, aber wichtigsten Gäste nach Bistritz: der bekannte Maler Carl Theodor von Blaas. Er kam aber nicht, um zu malen oder der Kunst wegen, sondern um einen Pachtvertrag auszuhandeln, den Victor mit seiner Hilfe abschließen wird: Der neue Familiensitz der Thonets, das Gut Lehenhof bei Scheibbs in Niederösterreich, gehört der Familie seiner Frau, Baronin Leitenberger, und die war mehr als froh, den Lehenhof um gutes Geld an den bald heimatlosen Victor Thonet verpachten zu können.

Damit endete die Geschichte von Victor und Martha Thonet in Bistritz. Im Februar 1925 wird ihr gesamter Hausrat mit der Bahn über Wien nach Scheibbs befördert, eine der Kisten hat sich bis heute erhalten (siehe Poststempel auf Seite 199).

Gebrüder Thonet Akt. Ges., Frankenberg an der Eder

1000

No. 654

Gebrüder Thonet Akt. Ges.

Frankenberg a. d. Eder

AKTIE

über

Eintausend Mark

Der Inhaber dieser volleingezahlten Aktie ist für den Betrag von **Eintausend Mark** bei obengenannter Gesellschaft mit allen statutenmäßigen Rechten und Pflichten beteiligt.

Frankenberg a. d. Eder, den 20. August 1922.

Der Aufsichtsrat: Der Vorstand:

Thonet AG Aktie, 1922

Unterzeichnet von (links) Jakob Thonet und (rechts) von Victor Thonet

1 *Dr. Richard Thonet (1879-1951) war der jüngere Bruder von Victor und mit Friederike »Friedl« Schmitt aus Rehberg verheiratet.*

2 *Die »Unbekannte aus der Seine« war eine Kunstfigur im Paris um 1900. Es war unter den Künstlern damals Mode geworden, Masken eines wahrscheinlich in der Seine ertrunkenen Mädchens vor ihren Ateliers zu platzieren.*

3 *»Stereoskopie« war eine Methode, Fotos mit einem räumlichen Eindruck mittels zwei nebeneinanderliegender Bilder zu erzeugen.*

4 *»Henry Clay« sind teure Zigarren. Heute kostet eine Box (25 Stück) des »Pyramid« genannten Typus rund 150 Euro.*

5 *Direktor Hugo Schmida war Vater der österreichischen Tänzerin, Philosophin und Yogalehrerin Dr. Susanne Schmida. In ihrer Yogaschule in Wien arbeitete in den Fünfzigerjahren nach dem Zweiten Weltkrieg ein Yogalehrer namens Riha, der Yogalehrer meines Großvaters, Ludwig Scheid, wurde. Im Garten seiner Villa bei Gmunden (die er von Martha Thonet, seiner Schwester, geerbt hatte) fanden nach dem Krieg die ersten Yogakurse in Österreich statt.*

6 *Hauspersonal, das nicht im gemeinsamen Haushalt mit dem Arbeitgeber wohnte, also »zur Arbeit ging«.*

7 *Die Zahlen stammen aus einer im Nachlass von Victor Thonet gefundenen genauen Aufstellung.*

8 *Siehe: https://www.thefamilycoppola.com/en/adventure/greatwomenspirits/spirits/rye*

9 *Mariano Fortuny y Madrazo (1871-1949) war ein spanischer Modedesigner, der sich ab 1889 in Venedig niedergelassen hatte. Im heute nach ihm benannten Palazzo Fortuny am Campo San Benedetto begann er in Zusammenarbeit mit seiner französischen Frau Stoffe zu entwickeln.*

10 *Anfänglich wurden vor 1900 männliche Radfahrer als Herrenfahrer bezeichnet. Erst mit der größeren Verbreitung des Automobils wurden selbstfahrende Autobesitzer ebenfalls so genannt. Bei den damaligen Autorennen galt ein Herrenfahrer als Privatfahrer, der es sich leisten konnte teilzunehmen, im Unterschied zu den Werksfahrern. Ab der dritten Alpenfahrt gab es auch »Frauenfahrer«.*

11 *Ein als »Phaeton« bezeichnetes Fahrzeug war in einer Art »Zigarrenform« konstruiert. Es gab offene Drei– oder Sechssitzer Phaetons. »Phaeton« war also eine Karosseriebauform.*

12 *Wiener Zeitung vom 17. Mai 1911*

13 *Laibacher Zeitung Nr. 113, »Die österreichische Alpenfahrt«, 17. Mai 1911*

14 *Neue Freie Presse, 27. August 1913 und »Allgemeine Automobil Zeitung«, Nr. 35, August 1913, Seite 54 ff.*

15 *Roman Sandgruber: »Traumzeit für Millionäre«, styria premium 2013. S 452*

16 *Christopher Clark: »The Sleepwalkers: How Europe went to war in 1914«, 2012. Deutsche Übersetzung: »Die Schlafwandler, wie Europa in den Ersten Weltkrieg zog«, DVA, 2013*

17 *Neues Wiener Tagblatt, 15. Dezember 1916, S 1*

Kapitel V

DER LEHENHOF

Leporello-Buch, 7,5 x 7,5 cm,
mit Fotos von Victor Thonet und von ihm produziert.

MUSIK UND KUNST

In der Folge des Ersten Weltkrieges verkauften die Thonets ihre Firma, daher musste die Familie von Victor 1925 ihr Stammhaus in Bistritz verlassen. Sie pachten in der Folge den Lehenhof, einen schlossartigen Gutshof mit Landwirtschaft, Glashäusern und Stallungen, im Ortsteil Neustift von Scheibbs in Niederösterreich gelegen.

Ab 1925 in Neustift bei Scheibbs, Niederösterreich

Die ersten zwölf Jahre ihrer Ehe in der Villa in Bistritz waren für Martha eine gute Vorbereitung gewesen, denn was jetzt auf sie zukam, war von viel gewaltigerem Ausmaß, dafür voll von neuen Möglichkeiten und Herausforderungen: Dem Lehenhof war eine komplette Landwirtschaft angeschlossen. Das schlossartige Gebäude verfügte über viele Zimmer und Wirtschaftsräumlichkeiten, dafür erstreckte sich hinter dem Haus ein großer, den Berg hinauf ansteigender Park, der später in Wälder, Viehweiden und Almen überging, die es zu bewirtschaften galt. Hier war eine eigene, große und komplexe Landwirtschaft zu führen, mit Feldern, Vieh, Hühnerställen und allem, was dazugehört. In Bistritz hatte es zwar auch eine Landwirtschaft gegeben, Martha war damit aber nicht beschäftigt gewesen, es fiel nicht in ihren Aufgabenbereich, dort ging es hauptsächlich um die Fabrik, die Mitarbeiter und um Geschäftskontakte.

Der Lehenhof war nicht so leicht zu finden gewesen. Lange suchten die Thonets nach einer geeigneten Bleibe, immer gab es einen Haken: entweder ein großes Haus, aber kein verwertbarer Grund dazu. Dann wieder jede Menge von riesigen Wäldern mit Forst und Jagdhütten, verfallene Schlösser oder Gutshöfe im Nirgendwo, ungeeignet für die geselligen Thonets; bis eben dieses Prachtstück auftauchte. In Neustift, einem Vorort von Scheibbs in Niederösterreich gelegen, mit der Bahn erreichbar und nicht weit von der Hauptstadt Wien entfernt. Der einstige Gutshof, ein einstöckiger U-förmiger Block mit großer Sonnenterrasse zum Tal hin, wirkte wie eine moderne Burg. Die meisten Besucher sprachen von einem Schloss, wenn sie den Lehenhof betraten, in Wirklichkeit handelte es sich nur um ein sehr großes Wirt-

Das Musikzimmer im Lehenhof

Die verschiedenen Parkettböden sind links unten leicht erkennbar.
An der Wand die Auchentaller Beethoven-Bilder.
Foto von Victor Thonet, um 1930

schaftsgebäude mit angeschlossener Landwirtschaft, Gemüsegärten und Glashäusern.

Es war sicherlich ein Glücksfall für die Vermieterin, Baronin Leitenberger, als 1925 die Thonets den Lehenhof übernahmen. Damals gab es nicht sehr viele geeignete oder wohlbetuchte Pächter in Österreich, die eine so große Liegenschaft mit Landwirtschaft übernehmen würden. Im Gegenteil, es war eine sehr schwere Zeit für das kleine Land und die Erste Republik. Trotzdem wollten die Eigentümer diese Liegenschaft nicht verkaufen. Victor konnte sie also nur pachten.

Im Verkaufsvertrag 1923, die Firma Thonet betreffend, wurde für die Übersiedlung von Bistritz in Mähren nach Niederösterreich zwei Jahre vereinbart (also bis 1925). Seine alte Heimat und das Elternhaus neben der Thonet-Fabrik in Mähren zu verlassen, kostete Victor viel Überwindung. Tagelang war er damals nicht ansprechbar. Dann aber wurde alles eingepackt, beginnend mit den eingebauten Möbeln und

Vertäfelungen aus der Bistritzer Villa, die noch aus der Zeit seines Großvaters Michael stammten, bis hin zu den Sternparkett-Böden, und eben der gesamte Hausrat von mehr als 50 Jahren. Victors Vater Jakob, der ebenfalls fast sein ganzes Leben dort gewohnt hatte, war inzwischen bereits nach Mödling umgezogen und bewohnte eine stattliche Villa im Zentrum, heute das Gemeindeamt.

Viele Thonet-Handwerker mussten beim Ab- und Einbau der gesamten Einrichtung Hand anlegen, fuhren von Mähren nach Scheibbs, verlegten die Parkettböden in den neuen Räumlichkeiten, montierten die mitgebrachten thoneteigenen Türstöcke und Türen mit ihren geschwungenen Leisten. Eine einzigartige, vom Thonet-Designerchef Marcel Kammerer entworfene Bibliothek übersiedelte genauso wie das in Kirschholz gehaltene Speisezimmer mit dem vielen Scheid-Silber, das Martha in die Ehe mitgebracht hatte. Das neue Musikzimmer im Lehenhof wurde mit einem Steinway und einem Ehrbar-Klavier ausgestattet und an den Wänden wurden die Auchentaller-Bilder montiert. Das blaue Klavier verblieb hingegen in Maria Enzersdorf.

*

Scheibbs lag an der Westbahnstrecke, nicht weit von Wien entfernt, mit Umsteigemöglichkeit in Pöchlarn auf eine Lokalbahn, die vor dem Haus hielt, sodass mit vielen Besuchen zu rechnen war. Die treuesten Seelen aus dem Thonet-Haushalt in Mähren übersiedelten ebenfalls ins neue Heim; im Juli 1925 war alles vorbei – sogar die wertvollen Parkettböden aus Bistritz waren neu verlegt. Zu Victors Verzweiflung ging sich das mehrfarbige Thonet-Parkett im Musikzimmer leider nicht ganz aus, sodass das neue Bistritzer-Parkett nur bis zur ersten Hälfte des Raumes reichte, daran schloss sich das vorhandene, sehr einfache Sternparkett an. Um diesen ästhetischen Makel nicht allzu augenscheinlich zu machen, wurde die Trennlinie teilweise mit Teppichen belegt – trotzdem: Auf den alten Fotos vom Musikzimmer ist diese Trennung eindeutig zu erkennen.

Martha störte das nicht, für ihr Klavierspiel war es unbedeutend und bei Konzerten hörten die Besucher mehr auf die Musik, als auf den Boden zu schauen. Für sie war neben dem Musikzimmer nur die Küche wichtig. Die lag, wie bei solchen Häusern üblich, ebenerdig mit einem eigenen, separaten Eingang. Genau oberhalb der geräumigen Küche mit riesiger Speis (Vorratskammer) und eigenem Kühlkeller befand sich das herrschaftliche Speisezimmer. Ein Speiseaufzug in der Wand, mit Seilen von Hand zu bedienen, beförderte das fertige Essen in den ersten Stock. Ein unglaublicher Vorteil bei den vielen Gästen, die sich bei den Thonets immer einstellten. Martha hatte sich in den langen Jahren in Mähren eine einfache Art von Küchen-Tschechisch angeeignet, um sich mit ihrem Personal, das durchaus genügend Deutsch verstand, auch in dessen Muttersprache zu unterhalten. Meistens wurde also in der Küche und auch sonst mit den Angestellten Tschechisch gesprochen, immerhin war dies ja auch Victors Muttersprache.

Die Thonets waren polyglott: Victor besaß in seiner Bibliothek nicht nur tschechische Literatur, sondern auch viele Bücher in Französisch und Englisch, die meisten allerdings in Deutsch. Martha konnte gleichzeitig der Küche Anweisungen in Tschechisch geben, den Bürgermeister von Scheibbs in Deutsch begrüßen und einem französisch sprechenden Hausgast den Weg in den Wald erklären.

Mit der Übersiedlung im Juli 1925 wurde auch eine neue Seite im Gästebuch begonnen. Als erster Besucher im neuen Lehenhof verewigt sich wiederum Richard, der jüngere Bruder von Victor, mit seiner Frau und beiden Söhnen: *»Als erster Gast im neuen Heim ist inniger Dank mein kurzer Reim!«* Darauf folgt gleich Vater Jakob, der folgende Eintragung hinterließ:

»Alles war sehr schön geworden,
in dem Schloss am Erlauffluss.
Alles war wie auserlesen für ästhetischen Genuss.
Wir wiegen höher an Gewicht,
nur die Fische bissen nicht!«

Es wird nicht lange dauern, da stellte sich im Lehenhof das Überlebenselixier in dieser schweren Zeit ein: Musik, Malerei und interessante Gäste.

Aina Cederblom 1896-1986

die schwedische Abenteurerin

DIE SCHWEDISCHE ABENTEURERIN

November 1927

Diese Geschichte klingt unglaublich, ist aber wahr, weil von der Protagonistin selbst in mehreren Büchern so beschrieben. Mit den Jahreszahlen hielt sie es dabei nicht so genau, was wohl an ihrer Erinnerung gelegen sein muss, denn sie schrieb ihre Bücher erst viele Jahre später. In der mageren Literatur über sie werden diese Jahreszahlen dann einfach übernommen oder falsch wiedergegeben. Dafür konnte ich durch ihre Eintragungen im Gästebuch der Thonets so manches Datum korrigieren. Die erste Reise der schwedischen Abenteurerin beginnt demnach also kurz vor Weihnachten 1927.

Gemächlich tuckerte das Boot die Donau flussabwärts. Seit Passau lief der 6 PS Außenbord-Motor wieder ganz rund. Sie hatte ihn zerlegt, gereinigt, geölt und wieder zusammengebaut. Dabei war ihr kein Fehler unterlaufen: Aina war zwar naiv, unerfahren und hatte von Motoren keine Ahnung; dafür entschlossen, ausdauernd und handwerklich sehr geschickt. Sie bezeichnete sich als Designerin und wollte die Kunst des Webens in der Welt verbreiten – eine Idee, die sie ihr ganzes Leben erfolgreich begleiten wird – ein Motor war für sie nur Mittel zur Fortbewegung.

Warum sie ihre Karriere mit einer so ungewöhnlichen und sehr abenteuerlichen Fahrt in einem kleinen Holzboot von Stockholm nach Istanbul beginnen wollte, konnte sie selbst auch später, in einem Interview, nicht schlüssig erklären: »*Da ist keine Liebe zum Abenteuer dahinter, ich tue das nur, um zu unterrichten.*«

Sie war knapp 30 Jahre alt, als 1927 diese erste Reise begann: mit dabei zwei dünne Decken, ein Strohpolster, eine Art von Schlafsack, ein Regenmantel, ein Benzinkanister und zwei Ruder. Ihr schlankes Holzboot, »Rospiggen« genannt, hatte einen kleinen Motor, auf Kompass und Schiffskarten verzichtete sie – eine Straßenkarte genügte.

Der Winter nahte und es war bereits sehr kalt geworden, da näherte sich der kleine Hafen von Pöchlarn. Sie beschloss, an Land zu gehen, die Rospiggen aus dem Wasser zu nehmen und zu überwintern. Eine junge Frau alleine in einem so kleinen Boot hatte hier in Pöchlarn vorher noch niemand gesehen. Als Aina an Land ging, wurde sie sofort von einer großen Menschenmenge umrundet und ausgefragt. Da sie in der Schule in Schweden Deutsch gelernt hatte, konnte sie sich gut verständigen. Bald wusste der ganze Ort, wer da angekommen war, und ihre Erzählungen und Abenteuer machten schnell die Runde in der Umgebung. Sie mietete sich ein kleines Privatzimmer in der Nähe des Hafens, tagsüber arbeitete sie an ihrem Boot, um es winterfest zu machen, am Abend ruhte sie sich aus. Eine Einstellmöglichkeit im Hafen für ihr kleines Holzschiff war schnell gefunden.

Nicht lange nach ihrer Ankunft in Pöchlarn klopfte es eines Tages an ihrer Tür, und ihre Vermieterin meldete einen Besucher, der unten am Empfang wartete und sie gerne sprechen würde. Aina vermutete wieder die Polizei, da sie keinen Pass besaß, sondern nur einige schwedische Dokumente, die ihre Identität bestätigten. In Deutschland gab es damit keine Probleme, aber hier in Österreich wollte man einen Pass sehen, den sie aber nicht hatte. Da ihr der Glaube an das Gute im Menschen noch nicht abhandengekommen war, kümmerte sie sich auch weiterhin nicht um solche »banalen« Angelegenheiten und dachte, es würde sich schon von selbst erledigen.

Am Empfang wartete aber nicht die Polizei, sondern ein gut aussehender, eher kleinwüchsiger Mann, der sich als Victor Thonet vorstellte und sie zum Mittagessen am nächsten Tag einlud. Er würde sie mit dem Auto abholen, denn sein Haus lag im nächsten Ort und der war schon einige Kilometer weit weg. Sein Anliegen klang für sie fast unglaublich: Er hatte gehört, sie sei eigentlich eine ausgebildete Weberin und mehr als gewillt, diese Kunst den Menschen beizubringen. Nun, da seine Frau Martha schon seit ihrer Jugend kunsthandwerkliche Arbeiten ausführte und immer schon weben lernen wollte, würden er und seine Frau sie gerne kennenlernen.

Eine bessere Chance hätte es für Aina wohl nicht geben können. Aus dem kurzen Besuch am nächsten Tag im Lehenhof wurde eine sieben Jahre anhaltende Freundschaft zwischen den dreien, wobei Aina ab Januar 1928 gleich drei weitere Monate blieb. Bei den Passangelegenheiten konnte Victor mit seinen Beziehungen vor Ort wie mit guten Ratschlägen helfen. Er überzeugte Aina, die Sache ernst zu nehmen und kurz nach Wien zu fahren, um sich bei der schwedischen Botschaft einen gültigen Pass zu besorgen. Danach ging es auch um die Visa für alle weiteren Länder, die sie auf ihrer Reise nach Istanbul

Aus dem Gästebuch: Zwei Webstühle, Weihnachten 1927

Siehe rechts daneben: die Unterschrift von Aina

durchqueren würde; solche Notwendigkeiten hatte sie natürlich nicht bedacht und daher auch keine weiteren Gedanken darüber verloren. Weltpolitik war für sie immer nebensächlich gewesen. Sie wollte eigentlich nur für das Weben zuständig sein, das war auch schließlich der ganze Sinn ihrer Reise. Dieses Zusammentreffen zwischen Aina Cederblom und den beiden Thonets stellte sich als Glücksfall für alle Beteiligten heraus.

Schnell wurden zwei Webstühle angeschafft, einer für Aina, der andere für Martha (siehe Eintragung im Gästebuch oben). Noch heute ist der zweite bestens erhalten und trägt die Inschrift: Lehenhof 1928. Martha wurde eine gelehrige Schülerin und viele ihrer damals produzierten handgewebten Brokatstoffe sind als Möbelüberzüge erhalten, wenn auch bereits sehr abgenützt und ausgebleicht.

Ein weiterer Glücksfall stellte die Familie Rössler dar, Neffen und Nichten von Martha, die am Lehenhof die Landwirtschaft führten. Aina unterrichtete nicht nur Martha, sondern noch eine ganze Reihe weiterer Schüler, wobei eine davon Marthas Nichte Lisl[1] war, Tochter der Rösslers, die später ihr ganzes Leben der Weberei widmen wird.

In den sieben Jahre ihrer Freundschaft kam Aina vierzehnmal zu Besuch auf den Lehenhof und wohnte zwei Mal sogar ein halbes Jahr bei den Thonets. 1931 setzte sie ihre Reise mit der Rospiggen fort und erreichte im Frühsommer Istanbul. Da eine Weiterfahrt durch das Ägäische Meer wegen der Sommerwinde zu gefährlich war, wurde ihr Boot auf ein großes schwedisches Schiff verladen und bis nach Sizilien gebracht. Dort begann für sie der zweite Teil der Reise: Mit ihrem kleinen Holzboot erreichte sie Frankreich und von dort ging es zurück nach Stockholm.

Und dann auch gleich wieder zurück zu den Thonets in Scheibbs. Ihre Besuche sind eindeutig mit Datum und Unterschrift im Gästebuch der Thonets erhalten geblieben. Einmal durch eine kleine Zeichnung von zwei Webstühlen, mit Martha und einem Hund daneben; das nächste Mal wird der Lehenhof als Wolkenparadies dargestellt, wobei Aina mit einem Fahrrad auf einer langen Leiter, die in Indien endet, zur Erde herabsteigt – sie hatte ja noch so viel vor in ihrem Leben. Da diese Zeichnung bereits im April 1928 im Gästebuch dokumentiert ist, wird sie wohl viele ihrer zukünftigen Pläne mit den Thonets geteilt und besprochen haben.

In welcher Form und wie genau Victor Aina bei ihren zukünftigen Reisen beraten konnte, lässt sich heute nur vermuten. Jedenfalls ist es sehr wahrscheinlich, dass er, als welterfahrener Kaufmann und Juniorchef der Firma Thonet, die bereits ab Mitte des 19. Jahrhunderts Filialen in aller Welt eröffnet hatte, ihr viele gute Tipps geben konnte. Der Umfang lässt sich ungefähr erahnen, wenn man die Stellung der neuen Firma Thonet-Mundus AG (ab 1925) betrachtet, welche, wie keine andere Möbelfirma der damaligen Zeit, die besten Designer der deutschen Bauhaus-Bewegung für sich verpflichten konnte. Ab 1925 waren für einige Zeit Victor und sein Bruder Dr. Richard noch in beratender Funktion für Thonet-Mundus tätig. Die leichten und geschwungenen Thonet-Möbel aus Holz hatten die Welt erobert, wenn sie auch am Anfang der Dreißigerjahre von Stahlrohrmöbeln in ähnlicher Form ersetzt wurden (den sog. »Freischwingern«). Der vom Bauhaus beeinflusste deutsche Architekt Eckart Muthesius entwarf für den Maharadscha von Indore in Indien um 1930 dessen gesamten Palast und stattete ihn mit Art-Deco-Möbeln aus. Die meisten Entwürfe stammten von ihm und von Le Corbusier, der auch für Thonet arbeitete.

Ein ganz anders Beispiel für die globale Verbreitung von Thonet-Möbeln lieferte Franziska Donner, Tochter eines Inzersdorfer[2] Sodawasserfabrikanten. Sie heiratete 1933 in New York den späteren (ersten) Präsidenten der Republik Südkorea, Syngeman Rhee, und richtete den offiziellen Regierungssitz in Seoul mit Thonet Möbeln ein.

Mit seiner internationalen Erfahrung war Victor sicherlich eine wertvolle Hilfe für die weltreisende Schwedin. Während ihrer langen Aufenthalte am Lehenhof konnte Aina auch die gesamte Familie Scheid, die vielen Geschwister und deren Nachkommen kennenlernen und auch die beliebten Hauskonzerte am Lehenhof mit oft bekannten Musikern erleben, wobei Martha immer am Klavier mitspielte. Es muss schon ein außergewöhnlicher Kontrast für diese unerschrockene Abenteurerin gewesen sein: auf der einen Seite die langen Aufenthalte in der Atmosphäre des hoch kultivierten Lehenhofs und kurz darauf die völlig unberechenbaren Meeresüberquerungen mit lebensgefährlichen Situationen und herben Entbehrungen.

Weihnachten 1932/33 verbringt sie wieder am Lehenhof, um danach alleine mit einem neuen, verbesserten Boot, der Rospiggen II, von Norwegen über die Nordsee nach Grönland zu fahren. Dann kommt sie im Mai/Juni 1934 das letzte Mal zu den Thonets: *»Da ziehen die Jahre auch dahin, nur die Freundschaft bleibt und macht das Leben sinnvoll. Innigen Dank, Eure Aina«*, schreibt sie ins Gästebuch.

Danach bricht sie nach Asien auf: Bei Nobelpreisträger Rabindranath Tagore in Shantiniketan/Indien bringt sie den Frauen Weben bei und als verkleidete Nonne wandert sie zu Fuß nach Tibet, um nach Lhasa zu gelangen. Allerdings wird sie von den britischen Behörden entdeckt und zurück nach Indien eskortiert. Mit ihrem Boot erreicht sie noch Burma, Vietnam, Kambodscha und die Philippinen. In späteren Jahren lässt sie sich in Brasilien nieder und gründet weitere Webschulen. Aina Cederblom ist heute meistens vergessen, nur in Schweden und auf den Färöer Inseln, wo es ein Museum für sie und ihre Boote gibt, lebt ihr Spirit weiter – und natürlich im Gästebuch der Thonets.

*

Am 1. Oktober 1924 wurde die RAVAG gegründet, die Radio-Verkehrs-AG, der erste österreichische Rundfunk. Begonnen hatte alles mit Radio Wien, mit einer Sendestation im 4. Stock des ehemaligen Kriegsministeriums am Stubenring. Ein Jahr später, im Sommer 1925, wurde bereits das erste Mal »Don Giovanni« von den Salzburger Festspielen übertragen. Zu Weihnachten im selben Jahr war eine weitere Direktübertragung eines Konzertes geplant – von dem Lehenhof bei Scheibbs. Dies alles wurde durch die neue, starke Sendeanlage am Rosenhügel ermöglicht, die wegen ihre Höhe solche, für die damalige Übertragungstechnik völlig herausfordernde Programmgestaltung, Realität werden ließ.

Das Fitzner-Quartett (Ausschnitt),

auf einem Thonet-Stuhl.
Zeichnung: Alfred Gerstenbrand, 1925

Das sehr bekannte Fitzner-Quartett, gerade eben von einer ausgedehnten Konzerttour aus Ägypten und der Türkei zurückgekehrt, war am Lehenhof zu Gast und Rudolf Fitzner spielte auch immer wieder mit Martha am Klavier. »*Es war ein so herrliches Musizieren, vielen Dank!*«, schreibt er, obwohl aus der geplanten Radio-Übertragung dann nichts wurde, da die Technik versagte. Jedenfalls hing seit damals im Klavierzimmer im Thonet-Haus eine Zeichnung des österreichischen Malers Alfred Gerstenbrand mit einer Widmung von Rudolf Fitzner.

Das verhinderte Fitzner-Quartett-Konzert wurde dann im nächsten Jahr, am 6. März 1926, in einer speziellen Sendung von Radio Wien, wiederholt. Rudolf Fitzner blieb Martha Thonet für immer verbunden, obwohl er sein Quartett kurz nach dem Lehenhof-Auftritt und dem Radio-Wien-Konzert auflöste und wegen des frühen Todes seiner geliebten Frau in geistiger Umnachtung in die »Heil- und Pflegeanstalt Am Steinhof« in Wien eingeliefert wurde. Seine Schüler, unter anderem auch die Musikerin Christa Richter, veranstalteten später noch viele Benefizkonzerte, um ihren Maestro und Lehrer zu unterstützen. Rudolf Fitzner starb verarmt in Steinhof. Heute ist er völlig vergessen.

Christa Richter und ihre Freundin Grete Hinterhofer kannten einander vom Studium an der Musikhochschule in Wien und waren bestens befreundet. Christa spielte die Violine und Grete Klavier. Im Herbst 1926 findet sich die erste Eintragung von Christa Richter im Gästebuch, begleitet von einer Zeichnung musikalischer Noten, als »Allegro moderato« bezeichnet. Bei einem der folgenden Besuche, die sich noch viele Jahre wiederholen werden, schreibt ihre Kollegin Grete Hinterhofer ein seitenlanges Gedicht über ihren Aufenthalt, welches folgendermaßen beginnt:

»Erinnerung an Feste sucht
Man stets in einem Gästebuch –
Man sieht dann, wann die Verwandten
Und auch die Fremden ein Ziel fanden –
Wie lang sie blieben, woher sie kamen,
Die edlen Herren und schönen Damen.
Man sieht die Eifrigen und auch die Laxen
und an der Schrift die Kinder wachsen.
Wie interessant es gar gewesen,
Als hier drei Musikanten waren,
Die leider heute abgefahren.«

Es dauerte nicht einmal ein ganzes Jahr, da entstand rasch die Tradition der großen Hauskonzerte am Lehenhof. Wegen der angenehmen, ruhigen und umsorgenden Atmosphäre kamen die Musiker immer gerne als Gäste und alle zusammen gaben wundervolle Konzerte mit Martha am Klavier. Ein paar Jahre später kam auch Georg Steiner, ein damals bereits sehr bekannter Violinist, an den Lehenhof.

Da Martha keine Kinder bekommen konnte, liebte sie es, mit jungen Menschen zusammen zu sein. Immer wieder wollte sie auch Babys adoptieren, so weit kam es aber nie. Nur ein Terrier schaffte es dauerhaft in die engere Umgebung von Martha, egal wie alt oder wie oft die Hunde wechselten, sie hießen immer »Bendi« und waren allesamt immer Terrier.

Ganz ähnlich verhielt es sich auch mit Wolfgang Schneiderhan. Der als »Wunderkind« sehr bekannte Violinvirtuose stand bereits mit fünf Jahren auf der Bühne. 1915 in Wien geboren, studierte er mit sieben Jahren bei dem damals wahrscheinlich besten Geigenlehrer, Otakar Ševcík, in Pisek, Böhmen. Von dort ist der Weg nach Bistritz, wo die Thonets bis 1925 wohnten, nicht weit. Martha hatte Schneiderhan in verschiedenen Konzerten damals kennen und schätzen gelernt. Nachdem er seine Studien abgeschlossen hatte, kam er 1930 für fast einen ganzen Monat an den Lehenhof, um zusammen mit Martha zu musizieren. Schneiderhan war gerade einmal 15 Jahre und wurde Marthas Liebling. Sie verwöhnte ihn wie einen eigenen Sohn und er schrieb ins Gästebuch von *»den glücklichsten Tagen«*, an die er sich zeit seines Lebens erinnern werde.

Foto von Wolfgang Schneiderhan,
mit Widmung an Martha, 1930

Das war im August 1930, einen Teil dieser Zeit verbrachte auch das andere »Kind« von Martha am Lehenhof: Christa Richter. Sie war allerdings bereits viel älter als Schneiderhan, nämlich 31 Jahre alt, und wird kurz darauf ihre große Liebe, den Musiker Georg Steiner, heiraten. Sie hatten sich am Lehenhof kennengelernt. Zwischen 1926 und 1932 waren sie zu Dauergästen geworden. Fast zwanzigmal gab sie zusammen mit Georg Steiner und Martha Konzerte, oft blieb sie dabei gleich zwei Wochen und manchmal sogar einen Monat.

Ab Herbst 1932 hören ihre Eintragungen im Gästebuch völlig auf. Georg Steiner wurde ab 1933 Professor an der Wiener Musikakademie und gründete später gemeinsam mit seiner Frau ein Duo. Die Zeit für private Konzerte der beiden war vorbei.

Von einem weiteren, sehr berühmten Musiker der damaligen Zeit, dem Pianisten Wilhelm Backhaus, gibt es zwar keine Eintragung im Gästebuch, dafür ein Foto mit Widmung von 1932. Ob er jemals nach seiner Rückkehr aus den USA und seiner Einbürgerung in der Schweiz 1931 am Lehenhof ein Konzert gab, konnte ich nicht feststellen. Eine gewisse Verbindung muss es wohl gegeben haben, denn sonst würde sein Foto nicht immer so prominent auf allen Aufnahmen vom Musikzimmer des Lehenhofs zu sehen sein.

Privatkonzert am Lehenhof,
links Christa Richter, rechts Grete Hinterhofer, Martha am Klavier in der Mitte.

DIE REHBERG-VERWANDTSCHAFT

Rehberg ist eine kleine Ortschaft knapp nördlich von Krems an der Donau. Niemand würde vermuten, dass dieser Ort einen so bedeutenden Teil der Industrie-Geschichte Niederösterreichs schreiben wird, noch weniger, dass eine Familie aus Rehberg durch ihre Verbindung zu der Familie Thonet eine so große Rolle spielen wird. Alles begann mit den eingewanderten Deutschen Adolf und Franz Schmitt. Sie kauften das im südlichen Teil der Stadt, am Ufer der Krems gelegene Hammerwerk und wandelten es 1843 zu einer Lederfabrik um. Daraus entstand in den folgenden Jahrzehnten eine der führenden Ledererzeugungen und Veredelungen der Monarchie. An der Weltausstellung 1900 in Paris nahmen die Schmitts mit großem Erfolg teil.

Norbert Schmitt, einer der Söhne der Gründer und selbst in Rehberg geboren, heiratete 1883 mit 30 Jahren Clementine, eine der Töchter von August Thonet, zu dieser Zeit der bekannteste Sohn von Gründer Michael Thonet. Einen Bruder von Clementine, Hugo Thonet, verschlägt es bereits in jungen Jahren nach Rehberg, er ist an einer der Schmitt-Töchter interessiert, stirbt allerdings bereits mit 23 Jahren in Rehberg.

Damit wird die Beziehung zwischen den Familien in keiner Weise beendet, im Gegenteil, sie wird sogar noch intensiviert. Jahre später heiratet 1907 der jüngere Bruder von Victor Thonet, Dr. Richard Thonet, Friedl Schmitt, eine Nichte von Norbert Schmitt. Mit dem Zuzug von Martha und Victor Thonet an den Lehenhof unweit von Krems an der Donau wird auch eine physische Nähe zu der Verwandtschaft in Rehberg hergestellt und ab 1925 wird diese Achse aktiviert.

*

Katharina Wallner, genannt Katha, wurde 1891 im noblen Wiener Ersten Bezirk in eine große Wohnung am Franziskanerplatz 1 hineingeboren. Heute wie damals heißt dieses geschichtsträchtige Gebäude »Orellsches Haus«, im Besitz der bekannten Bierbrauerdynastie Mautner Markhof. Bis heute prägen berühmte Mieter oder Wohnungseigentümer das Flair dieser Adresse. Der Schriftsteller Egon Caesar

Conte Corti wohnte ab 1933 im Haus (in der Wohnung der Wallners), sowie heute die Operndiva Anna Netrebko im Dachgeschoß.

Wer zur Geburt von Katha 1891 sonst noch in diesem Haus wohnte, konnte ich nicht herausfinden. Jedenfalls gilt es als gesichert, dass der Vater von Katha, Dr. Carl Theodor Wallner, sich diesen Wohnsitz leisten konnte, da er einer der wichtigsten Generalsekretäre und auch Direktor der Ersten Österreichischen Sparkasse am Graben war. Der Graben, im Zentrum von Wien gelegen, eine der besten Adressen, war vom Franziskanerplatz wenige Gehminuten entfernt. Kathas Vater konnte also jeden Tag zu Fuß zur Arbeit am Graben gehen und für das Mittagessen wieder zu Hause sein, es sei denn, Sitzungen oder wichtige Termine hätten ihn daran gehindert. Katha lernte also ihren Vater schon in der frühen Jugend als bedeutenden Mann kennen, der nicht immer Zeit für sie hatte. Wenn er aber zu Hause war, kümmerte er sich liebevoll um seine Tochter, die beiden hatten eine innige Beziehung.

Von den vielen praktischen Dingen um sie herum – der großen Wohnung, der bevorzugten Lage in der Innenstadt oder den vielen Dienstboten – nahm Katha in ihrer Kindheit keine Notiz. Warum auch, für sie erschien es völlig normal, dass das Mittagessen immer ziemlich opulent ausfiel, wenn ihr Vater mit am Tisch saß – jeder bekam seine Lieblingsspeise. Eine angenehme Abwechslung zu dem sonst üblichen »Grenadiermarsch«,[3] dem Standardmenü zu vaterlosen Mittagszeiten. Erst viel später erfuhr sie, dass ihre Mutter dafür verantwortlich zeichnete. Der Hausköchin wurde es von ihr angeschafft – ihre Mutter hatte nämlich vom Kochen und einer Haushaltsführung wenig Ahnung und sparte oft am falschen Platz.

Wie viele der damaligen Zeitgenossen lebte ihr Vater in zwei Welten. Als führender Angestellter der Ersten Österreichischen Sparkasse verdiente er genug, um seiner Familie ein schönes Zuhause zu schaffen und darüber hinaus auch ein der Stellung entsprechendes gesellschaftliches Leben zu ermöglichen: Zur Sommerfrische fuhren die Wallners nicht nur nach Rehberg in Niederösterreich zur Verwandtschaft aufs Land (Kathas Mutter stammte aus der Rehberger Schmitt-Familie), sondern auch standesgemäß ins Salzkammergut, dort wo auch der Kaiser im Sommer seine Zeit verbrachte. Orte wie Gmunden, Bad Ischl, Bad Aussee oder der Grundlsee waren unglaublich populär und standen auf der Reiseroute der Wallners.

Der zweite Beruf, eigentlich die zweite Berufung ihres Vaters, heute würden wir es als »Hobby« bezeichnen, war seine Mitgliedschaft im »Aquarellisten-Club« des Wiener Künstlerhauses (ab 1884). Es war damals durchaus üblich und galt als sehr schick, Mitglied von künstlerischen Vereinen zu sein, egal ob jemand Mitglied des Wiener Künstlerhauses war oder des Wiener Musikvereins. Für Technikliebhaber und fortschrittliche Zeitgenossen gab es die ebenfalls sehr beliebten Fotovereine, wie den »Wiener Camera-Club« oder auch diverse noble Automobilklubs, die einen ähnlichen Stellenwert wie die Tennis- oder Golf-Klubs von heute hatten.

Eine Aufnahme in einen solchen erlauchten Zirkel war nicht einfach, da musste man schon persönlich etwas beitragen können, Prominenz oder Geld reichten in keiner Weise als Aufnahmekriterien, darauf wurde besonders Wert gelegt. Drei Mitglieder mussten ein mögliches neues Mitglied benennen und ihren Vorschlag begründen. Carl Wallner wurde durch Alexander Wielemans, Julius Berger und Josef Steinling vorgeschlagen[4] und bestätigt. Viele erfolgreiche Unternehmer der damaligen Zeit hatten solche »zweite Berufungen«: Beste Beispiele sind August und Jakob Thonet, denn beide komponierten und schrieben Musikstücke, die teilweise im Wiener Musikverein aufgeführt wurden. Andere Thonets gründeten und bezahlten gleich ein eigenes Theater, das Deutsche Volkstheater, heute das Volkstheater in Wien.

Diese andere Seite ihres Vaters, den Hobbymaler, liebte Katha besonders. Oft begleitete sie ihn zum gemeinsamen Treffen mit den anderen Mitgliedern des Clubs, wobei viele technische Details ausgetauscht wurden, von denen die junge Katha zu dieser Zeit noch nichts verstand – die sie aber mit großer Aufmerksamkeit verinnerlichte. Mit einer gewissen Ausdauer folgte sie den Spuren ihres Vaters, und dies erzeugte eine bleibende Wirkung. Bald wusste die junge Katha, dass sie Malerin werden wollte. Neben dem malenden Vater gab es viele weitere unterstützende Faktoren, die Katha nützte, um als Künstlerin reifen zu können.

Nicht unbedeutend für ihre weitere Entwicklung war der Umstand, dass die Wohnung am Franziskanerplatz in Wien mit erlesenem Mobiliar ausgestattet war, wie auch mit wertvollen Bildern von bekannten Künstlern der damaligen Zeit. Der kunstsinnige Geschmack des Vaters stand für beste Qualität: Unter anderem hingen da Bilder von Emil Jakob Schindler, Tina Blau, Olga Wiesinger-Florian und Marie Egner.

Schon sehr früh erkannte der Vater Kathas Begabung und unterstützte seine Tochter, wo er nur konnte. Allerdings: Frauen um die Jahrhundertwende 1900 durften in Wien noch nicht an der Akademie der bildenden Künste studieren.[5] Um im Leben als Malerin eine Chance zu haben, gab es nur die Möglichkeit, Privatunterricht von bekannten Künstlern zu erhalten.

Marie Egner gründete um 1900 eine eigene Malschule und beteiligte sich an verschiedenen frühen Frauen-Künstlergruppen: an »Acht Künstlerinnen«, wie ab 1910 an der »Vereinigung bildender Künstlerinnen Österreichs«. Auf Vermittlung ihres Vaters nahm Katha ab 1907 bei Marie Egner Malunterricht. Nach einem Jahr wechselte sie ins Privatatelier von Ferdinand Schmutzer und blieb bei diesem bekannten Lehrer bis 1911. Danach wurde sie noch von Nikolaus Schattenstein unterrichtet.

Was brachte Katha Wallner an den Lehenhof? Anfänglich jedenfalls ihre »Rehberg-Connection«. Als die Thonets im Herbst 1925 den Lehenhof bezogen und sich langsam in der neuen Umgebung einlebten, wurde die Rehberger-Verwandtschaft bedeutender, weil die Stadt Krems und der etwas nördlich davon gelegene Ortsteil Rehberg für Tagesausflüge mit dem Auto leicht erreichbar wurden. Die interessantesten Rehberger lebten aber nicht mehr dort, sondern kamen aus Wien angereist. Nicht ganz umsonst waren die ersten Gäste am Lehenhof Victors Bruder Richard mit seiner, aus der Schmitt-Familie stammenden Frau »Fritzl«.

Von Beginn an suchte Martha Musikerinnen für ihre geplanten Konzerte, so wurde Katha Wallner ab 1926 zum Stammgast am Lehenhof – zunächst nicht wegen ihrer Malerei, sondern wegen ihrer Stimme und ihrem botanischen Wissen. Genau diese Interessen kamen Martha Thonet entgegen. Martha dilettierte ein wenig, was Flora und Fauna betraf, dafür hatte sich Katha ein breites botanisches Wissen angeeignet. Die vielen Pflanzenaquarelle, Blumenmappen und sogar einige Ölbilder, die Katha im Lauf der Jahre für Martha anfertigte, sprechen eine starke künstlerische Sprache.

Eine gar nicht so unbedeutende Anzahl von Blumenbildern und Druckgrafiken hingen an den Wänden im Lehenhof, heute Bestandteil

Katha Wallner: »Der Lehenhof«, um 1930
Aquarell

der Victor & Martha Thonet Sammlung. Gar nicht verwunderlich, dass Katha gleich ein paar Monate nach dem Einzug der Thonets im Lehenhof ebendort als Gast erschien und sich im Februar 1926 das erste Mal mit einem Blumenaquarell im Gästebuch verewigte. Darunter schrieb sie:

»Hier hat die Zeit einen leichteren Schritt,
Sorge und Plage
kommen nicht mit.
Es wechseln die Tage,
leise und lind,
wie Träume sind.«

Katha Wallner wohnte zwar in Wien und in der Hinterbrühl, war aber über ihre Mutter direkt mit den Schmitts aus Rehberg verwandt. Eine ihrer Tanten aus Rehberg hatte den Kurarzt Dr. Heinrich Favarger aus Bad Aussee geheiratet. Mit dessen Tochter, Lily, verheiratete Rechinger, blieb sie ein Leben lang in engem Kontakt. Daher waren Richard und Victor Thonet ihre Cousins.

»Heute kam auch die Matthäus-Passion und wir wollten gleich versuchen, daraus zu musizieren und mit verteilten Rollen singen – das wird schön werden«, schreibt sie an Lily Rechinger in Wien. Katha verfügte über eine wunderbare Stimme, Martha war begeistert. Sie passte so wunderbar in die verschiedenen Künstlerkreise des Lehenhofs. Da waren die Musikerinnen Christl Steiner mit ihrem späteren Mann Georg Richter und Grete Hinterhofer, das Künstlerehepaar Eduard und Elisabeth Csank, dann Kathas Freundschaft mit der ebenfalls lange am Lehenhof wohnenden Aina Cederblom und schließlich Kathas eigene Verwandtschaft, die Rechingers: Karl senior, sein Sohn Karl Heinz und ihre geliebte Cousine Lily. Das waren ihre perfekten Partner für Bergwanderungen zu seltenen Pflanzen in der Umgebung des Lehenhofs, hauptsächlich im Ötscher-Gebiet.

Allerdings, die echte »Botanische-Invasion« stand noch bevor.

DIE RECHINGER-CONNECTION

Die Rechingers waren ebenfalls eine Rehberg-Verwandtschaft. Karl und Karl Heinz Rechinger galten als die Superstars der Botanik in Österreich. Karl senior prägte die Pflanzenforschung in der k.u.k. Monarchie bereits um die Jahrhundertwende mit Reisen bis in die Südsee. Karl Heinz, sein Sohn, erforschte in der Zwischenkriegszeit und hauptsächlich nach dem Krieg (ab 1950) die Flora und Fauna der zentralen Hochebenen Irans und Teile Afghanistans. Beide kamen oft an den Lehenhof, meistens in Begleitung von Katha Wallner, die ganz besonders ihrer Cousine Lily Rechinger, der Frau von Karl, zugetan war. Lilys Mutter, Bernhardine Favarger, war die Taufpatin von Katha.

Im Frühling 1926 beginnt die schleichende Invasion. Katha kommt mit dem gerade erst mal 20-jährigen Karl Heinz Rechinger und seiner Mutter Lily nach einer ausgedehnten Wanderung im Ötscher-Gebiet an den Lehenhof. *»Wollt's Gott, dass an aller Wanderschaft Ende doch so ein gesegnetes Wirtshaus stände«*, schreibt sie ins Gästebuch und zeichnet mit Bleistift ein Wanderbündel, mit Stock und verbeulten Wanderschuhen.

Dabei wird es nicht bleiben. Im August 1926 hinterlässt Katha ein wunderschönes quadratisches Aquarell im Gästebuch: der Gipfel des Ötschers, umhüllt von aufsteigenden Wolken, die wie ein Vulkanausbruch wirken, eindrucksvoll und überzeugend. Danach zeichnet wieder einmal Christa Richter ihr »Allegro Notenbild« ins Gästebuch und dankt.

Im November sind sie schon wieder da, Katha aquarelliert wieder quadratisch und Karl Heinz dankt für Pilze und Trank. Zu Weihnachten sind dann Marthas Familie, die Scheids, zu Gast und auch ein sechsjähriges Mädchen schreibt sich gar nicht so unbeholfen mit vollem Namen in das Gästebuch: Gerda Scheid, meine Mutter.

Ein Jahr später wird es für den jungen Karl Heinz ernster. Er beginnt an die Universität zu gehen, und als Sohn eines berühmten Botanikers, der gerade erst einmal das Schottengymnasium in Wien hinter sich gebracht hat, studiert er – wie könnte es anders sein – Botanik bei Richard Wettstein in Wien.

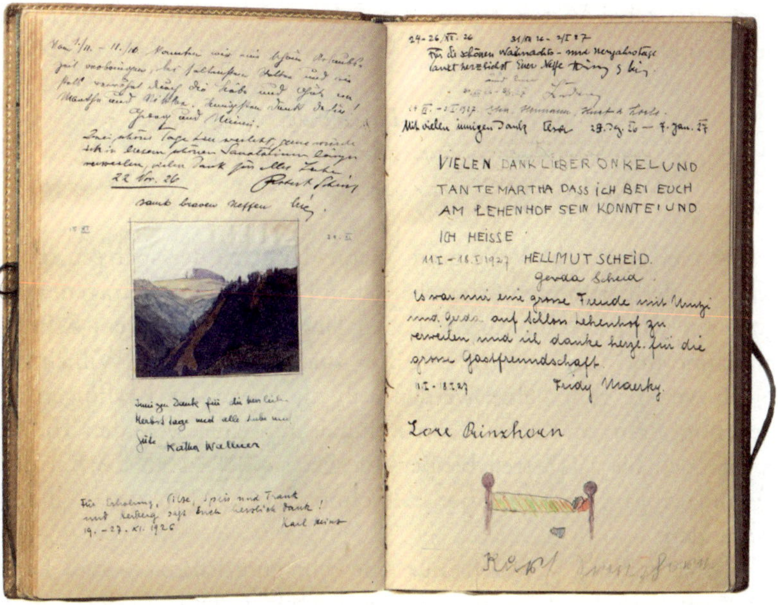

Gästebuch:

links Katha Wallner, rechts mittig »Gerda Scheid«, 1927

Victor Thonet, der welterfahrene und weitgereiste Hausherr des Lehenhofs, war seit seiner frühesten Jugend begeisterter Fotograf und aktives Mitglied des Wiener Camera-Clubs um 1900 gewesen. Victor entwickelte nicht nur seine Negative selber, sondern vergrößerte sie auch in Farbe, ein aufwendiges Verfahren zu dieser Zeit. Die Fähigkeit zu fotografieren und mit brauchbarem Fotomaterial publizieren zu können, musste jeder angehende Botaniker, damals wie heute, beherrschen. Karl Heinz Rechinger erhielt seine ersten Einführungen in die Fotografie durch Victor am Lehenhof. Und nicht nur das, mit Victor und seiner ausgesuchten Bibliothek, konnte man von den Schilderungen vieler Asien-Forscher zur Zeit des »Great Game«,[6] bis hin zu den Romanen des damals beliebten Jakob Wassermann, weite Gebiete des Geistes abstecken.

Karl Heinz Rechinger, der 1931 promovierte und bald darauf seine erste Iran-Reise unternehmen sollte, lernte also das fotografische Handwerk zuerst bei Victor Thonet am Lehenhof kennen. In Erinnerung und Dankbarkeit schreibt er:

> *»Für die Erholung 2. Teil und des*
> *photografischen Kurses dankt herzlichst,*
> *Karl Heinz. 25.III - 31.III.1927«.*

In einer gewissen Weise hatte Victor damit zu der späteren steilen Karriere des berühmten österreichischen Botanikers beigetragen. Fotografieren wird er sein ganzes Leben lang, nur Autofahren, Schreibmaschine und Computer überließ er später seiner Frau Wilhelmina. Noch weitere zehn Jahre werden sich die Wege der Rechingers am Lehenhof kreuzen. Katha Wallner, immer mit dabei, wird den Thonets sogar noch bis 1943 treu bleiben, da war sie bereits an den Grundlsee umgezogen, und die Thonets wohnten ab 1938 in einer Villa bei Gmunden.

Katha Wallner war nicht nur eine sehr gute Pflanzen- und Landschaftsmalerin, sondern auch eine hochgebildete Frau. Philosophische Gedanken und Auslegungen galten ihr mehr, als mit Menschen in Kontakt zu treten. Das galt besonders für männliche Geschöpfe um sie herum. Sie wird ein Leben lang ohne Partner auskommen. Glücklich fühlte sie sich meistens, wenn sie sich nicht um ihre schwächelnde Mutter kümmern musste. In einem Brief an Lily im August 1927 schreibt sie: *»Augenblicklich bin ich mutterlos & lebe ganz con amore, was bei mir natürlich con pittura heißt. Zwischendurch muss ich kochen und auch wenn ich Letzteres auf ein Minimum beschränkt habe, so bleibt es doch eine unangenehme Störung.«*

Über ihren künstlerischen Antrieb schreibt sie im selben Brief etwas später: *»Ich male, so viel ich kann. Das Entstehen der Bilder ist mir an und für sich nicht so wichtig. Das Malen ist mir wichtig! – Es ist meine Art zu denken, ich möchte fast sagen: meine Art zu leben!«* Katha machte es sich nicht einfach, sie las sehr viel und malte nur, was sie persönlich liebte. Doch ihr Leben verlangte von ihr auch Liebe zu anderen Menschen. Verzweifelt und ehrlich schreibt sie an ihre Cousine Lily: *»Liebe in irgendwelcher Form ist nichts, was gefordert werden kann, nichts, wozu man verpflichtet ist. Ich glaube, meine Rücksichtnahme erfülle ich – und mehr kann weder Karl (Mann von Lily, Anm.) noch sonst jemand von mir ver-*

langen. Mama braucht mich – über mein eigenes Interesse hinweg, braucht sie mich in blinder, eifersüchtiger Weise. Hätte ich mehr Selbstbewusstsein, so würde ich mir das Recht zusprechen, rücksichtslos zu sein. Früher habe ich mein Talent als Berechtigung gesehen, gegen sie zu kämpfen. Heute ist mir dieser Glaube abhandengekommen ... Ich glaube, kein Mensch hat das Recht, die Liebe eines anderen nur um der eigenen Bequemlichkeit, um des eigenen Vorteils, so schwer zu kränken, wie ich es tun müsste, um mich frei zu machen.«

Auch am Lehenhof laufen die Dinge mit ihrer Mutter nicht unbedingt rund: »*Mama hatte keine echte Ruhe und da Martha ein mords Gewurstl*[7] *mit Dienstleuten hatte, war es ganz gut, dass wir unsere Zelte abbrachen. Es waren aber wieder so schöne und geruhsame Tage, besonders bevor Mama auf der Bildfläche erschien. Es ist seltsam, dass sie immer, trotz des besten Willens, Unruhe mit sich bringt. Wir machten schöne Auto-Partien und besuchten auch die Ybbser Tanten. Leider kamen sich Mama und Martha nicht näher, was ich sehr gehofft hatte. Es war wohl auch die Zeit zu kurz und nicht dazu geeignet.«*

Zur selben Zeit waren auch wieder viele Konzerte angesagt und viele Musiker konzertierten mit Martha am Lehenhof. Auch Christa Richter war anwesend und Katha schreibt über sie: »*Von Christa Richter hatte ich wenig. Immerhin haben wir vor, uns in Wien anzurufen und uns dann gelegentlich auf einem Berg zu treffen.«*

Doch dazu wird es nicht kommen. Eher finden wir Katha Wallner in den Tiroler oder Kärntner Bergen – oft alleine – auf der Suche nach seltenen Pflanzen. Auf eine oder mehrere Männerfreundschaften gibt es keine Hinweise. Nur ein einziges Mal schreibt sie in einem Brief vom Lehenhof, tief versteckt in langen Beschreibungen ihres seelischen Zustandes, an ihre einzige Vertrauensperson, Cousine Lily:

»Du lebst in einer gelehrten Familie, auch Dein Vater war ein Mann der Wissenschaft. Das wissenschaftliche Denken liegt Dir wahrscheinlich nahe, während Dir das künstlerische fernliegt ... Bei mir ist es umgekehrt, wissenschaftliches Denken bewundere ich, doch ist es mir nicht gegeben. Meine Art zu denken ist das Malen, die Kunst überhaupt – nur auf diesem Weg, dem Weg der Anschauung und der Empfindung, komme ich weiter. Tastend und unklar, doch ab und zu finde ich etwas, das mich freut: Eine Erkenntnis künstlerischer Art. Doch ist es mir die größte Freude, wenn ich bei einem Mann der Wissenschaft Bestätigung finde ... Hier bin ich

im Begriff, einen Menschen zu fischen. Ich werde Dir das Resultat erzählen, wenn ich nach Wien komme. Jedenfalls eine ganz interessante Sache. Zum Malen komme ich gar nicht, da es immer schneit. Es ist aber schön, so wohlgeborgen in diesem schönen Haus zu sitzen, da es den ganzen Tag von Marthas Klavierspiel leise schwingt und singt – und noch nachts meint man die Melodien zu hören. Nur draußen ist das Land so winterlich still und allmählich versinkt die Landschaft im Schnee. Manchmal denke ich, hier möchte ich Wurzeln schlagen und so still wachsen, wie die großen Bäume, die auf das Haus herunter sehen. Aber ich glaube, ich könnte hier doch nicht heimisch werden, so gerne ich Martha habe, ist sie mir doch letztendlich immer wieder fremd und unverständlich.«

*

Die Zwischenkriegszeit findet kaum Widerhall in den oft sehr persönlichen Eintragungen im Gästebuch der Thonets. Immerhin durchlebt der neu entstandene, erst als Deutsch-Österreich bezeichnete und später, nach dem Saint-Germain Vertrag, nunmehr (wegen des Anschlussverbots) als »Republik Österreich« gegründete Staat eine schwierige und teilweise auch blutige Geschichte. Nicht, dass die Ereignisse der Zeit spurlos an den verschiedenen Besuchern wie auch ihren Gastgebern vorbeigegangen wären. Immerhin schreibt die Musikerin Christa Richter in einer Eintragung, dass sie nur nach Scheibbs kommen konnte, weil sie ihr Geld in den Socken versteckte. Aber im Großen und Ganzen gibt es nur zarte Hinweise auf eine »schwere Zeit«.

Erst in den Jahren nach 1925 ging es im kleinen Österreich wieder aufwärts, die Wirtschaft hatte sich erholt. Der Schilling wurde als neue Währung eingeführt, und Victor Thonet war als tschechischer Staatsbürger in der vorteilhaften Lage, einen Teil seines Vermögens in tschechischen Kronen zu halten, deren Wechselkurs zu der schwächelnden Währung Österreichs besonders günstig war. Kein Wunder also, dass die Besucher und Gäste des Lehenhofs ins Schwärmen verfielen, wenn es um so simple Dinge ging wie gute Unterbringung in warmen Zimmern und bestes Essen ohne Einschränkungen. Die Glashäuser des Lehenhofs waren sehr groß, Martha konnte Weintrauben, Tomaten, Salate und vielfältige Früchte auch im Winter ernten, das meiste

Gemüse wuchs das ganze Jahr über und die Eier kamen, abgezählt und mit Datum und Nummern versehen, aus der eigenen Hühnerzucht. Ein Luxus, von dem die meisten Besucher – oft aus der nahen Großstadt Wien – nur träumen konnten.

Für die damalige Zeit wunderbar, paradiesisch, eigentlich wie im Märchen. Katha Wallner beschreibt dieses Paradies am Lehenhof in einem Brief mit folgenden Worten, und sie hätte es besser nicht treffen können: »*Praktisch Tag und Nacht durchflutete Marthas Klavierspiel und Handwerkskunst das ganze Haus. Victor hingegen sorgte sich mit seinem umfassenden Wissen und seinen interessanten Büchern um das geistige Wohlergehen der Gäste und als Wald- und Baum-Mensch sorgte er für Nerven beruhigende Spaziergänge in den Wäldern um den Lehenhof, wobei er die meisten Wege und Pfade selbst angelegt hatte.*«

Victor war als technikbegeisterter Mensch bereits früh in seiner Jugend Auto gefahren. Am Lehenhof verblieb ein älterer Puch-Wagen, mit dem er gerne für seine Gäste Ausflüge in die nähere Umgebung organisierte. Solche Ausflüge wurden damals »Partien« genannt und waren sehr beliebt.

Victor Thonet mit seinem Steyr-Puch am Lehenhof.
Auf der Rückbank mit Hund Bendi: Martha Thonet

Unaufgeregt und ohne großartige Inszenierung lief hier ein stimmiges und harmonisches Programm ab. Doch ganz konnten sich die beiden Thonets und hier besonders Victor den politischen Entwicklungen der Zeit nicht entziehen. Die »Tausend-Mark-Sperre«[8] blieb nicht ohne Folgen und hinterließ einen tiefen Einschnitt im österreichischen Fremdenverkehr.

Die wichtigen Gäste aus Deutschland gingen damals um mehr als 80 Prozent zurück. Als Gegenmaßnahme für die zu erwartenden Ausfälle bei den Besuchern aus Deutschland entschied die österreichische Regierung, den Tourismus im eigenen Land anzukurbeln. Victor versuchte daher eine »Familienpension-Konzession«, damals auch »paying-guest«[9]-Konzession genannt, für den Lehenhof zu bekommen. Victor und Martha wollten auch aus sehr profanen, also pekuniären Gründen den Lehenhof in eine Art von »Wellness-Hotel« umwandeln, wie wir heute dazu sagen würden. Schließlich war das Anwesen nur gepachtet und die Zahlungen gingen auch bei den betuchten Thonets ins Geld.

Doch die Scheibbser Gemeinde zögerte anfänglich, nachdem fast alle Wirte und Gästehäuser der Gegend Einspruch erhoben hatten, weil sie eine neue Konkurrenz fürchteten. Nach einigem Hin und Her wurden die Einsprüche aber wieder verworfen, da auch die Gemeindeobersten verstanden, dass bei den Thonets Leute einkehren würden, die nur in die Gegend kamen, weil sie im Lehenhof untergebracht werden wollten und sonst nirgendwo. An den Standard einer Gastgeberin wie Martha würden die lokalen Herbergen nie heranreichen können. Der Lehenhof wurde also wirklich zu einer Art von Wellness-Hotel für entnervte Städter und kulturentwöhnte Zeitgenossen. Das war Marthas Anteil an der neuen Entwicklung. Victors Beitrag lag auf einem anderen Gebiet.

Im Gästebuch von damals wird Victor innerhalb des Familien- und Freundeskreises immer wieder liebevoll und spaßeshalber als »Hendl-Baron«[10] verspottet, was zu dieser Zeit sogar stimmte. Obwohl es am Lehenhof eine funktionierende und gut geführte Landwirtschaft gab, mit den bekannten Glashäusern, Kuhställen, Almen und im Sommer blühenden Wiesen, hatte sich fast unbemerkt noch dazu eine große Hühnerzucht entwickelt: Anfänglich eher ungewollt, aber biologisch erklärbar, die Hühner vermehrten sich, bis plötzlich eine stattliche

Anzahl von Legehennen vorhanden waren, die jeden Tag Eier lieferten, die sogar der gastfreundliche Lehenhof nicht verbrauchen konnte.

Süffisant schildert meine Großmutter Thea Scheid in ihrer Familienchronik die langsame Verwandlung Victors vom wohlhabenden Mieter einer teuren Suite im bekannten »Grand Hotel«[11] am Ring in Wien zu einem simplen Hotelgast in ebendiesem Hotel, der sich plötzlich nur ein Hinterzimmer mit Blick in den Hof leisten konnte (oder wollte). Sparsam wie er nun einmal war, so die Schilderung in der Familienchronik, fuhr Victor mit den Eierkartons (als »Eierlieferant« für das Grand Hotel) ab 1933 vom Lehenhof nur bis Hütteldorf, einem Vorort von Wien, da nur bis dorthin das billigere Eisenbahnticket galt. Dort stieg der Sparmeister mit seinen Helfern und seiner heiklen Ladung in die Stadtbahn um und fuhr bis zum Karlsplatz. Bis zum Grand Hotel war es dann nur mehr ein sehr kurzer Weg. Unstrittig ist jedenfalls, dass Victor Thonet, der Möbelerzeuger, damals zum erfolgreichen Eierlieferanten des Grand Hotels in Wien wurde. Noch heute besitze ich einige der mit einfacher Schnur zusammengeschnürten Eierkartonpakete von damals. In einer staubigen Kiste haben sie 90 Jahre überlebt.

*

Victors Eierkartons für den Transport ins Grand Hotel
1933

Natürlich gab es auch im Paradies des Lehenhofs immer wieder Friktionen. Allerdings nicht zwischen den beiden Gastgebern, zumindest drangen keine an die Öffentlichkeit. Ohne viel zu reden verstanden sich Victor und Martha auf eine wunderbare Weise sehr gut. Ihre Beziehung beruhte auf Ergänzung: Was der eine nicht konnte, hatte der andere im Überfluss. Geduld zum Beispiel war nicht Marthas Stärke, dafür konnte Victor nichts aus der Ruhe bringen. Falls es wieder einmal Ärger mit den Angestellten gab, weil sie die von Martha angestrebte Perfektion nicht erfüllen konnten, genügte ein beruhigendes Wort von Victor, um beide Seiten zum Einlenken zu bewegen.

Auf der anderen Seite, wenn Martha wieder einmal durch ihr magisches Klavierspiel in die Tiefe der Emotionen ihrer Zuhörer vordringen konnte, begab sich der im höchsten Maße belesene Victor mit einem anderen Teil der Gäste in seine Bibliothek und wanderte mit seinen Zuhörern dann auf wenig begangenen geistigen Pfaden. In einer Zeit des erstarkenden Nationalismus bewegte sich Victor wie ein Reiseführer durch die verschiedensten Sprachen und Kulturen. Die Welt eines »Bildungsbürgers« ließ er meilenweit hinter sich, Victor verkörperte eher einen »Weltenbürger« im heutigen Sinn.

Dafür gab es auch für ihn seine »Aufreger«, die er nicht so leicht wegstecken konnte: Ziemlich ungehalten wurde er, wenn sich neugierige Besucher ungebeten in und auf sein Auto setzten, um Fotos – heute würden wir dazu Selfies sagen – zu schießen. Schließlich war sein »Steyr-Puch«[12] nur für fünf Personen zugelassen und ein Federnbruch (durch Überlastung) war auch am Lehenhof kein Gebrechen, welches leicht zu beheben war – von den Kosten ganz zu schweigen.

In diesen Jahren änderte sich die Geschichte Europas grundlegend: In Deutschland wurde Adolf Hitler 1933 Reichskanzler und in Österreich wurde 1934 der Bundeskanzler Engelbert Dollfuß von Nationalsozialisten ermordet. Das Ende der Ersten Republik nahm seinen Anfang. Natürlich wusste man auch am Lehenhof über den Gang der Geschichte sehr gut Bescheid. Allein, in solch tristen Zeiten galt im Thonet-Haus ein halbwegs kultiviertes Zusammenleben der Menschen wichtiger, als vieles andere. Sie hatten den Ersten Weltkrieg und den Zusammenbruch der Monarchie miterlebt. Wer das alles erfahren hatte, versuchte 1930 und danach mit einem sehr persönlichen und unaufgeregten Lebensstil das Beste daraus zu machen.

Auf den 200 Seiten des handschriftlich geführten Gästebuchs von 1903 bis 1946 gibt es keine Hinweise auf politische Entwicklungen, keine Meinungen zum damaligen Zeitgeist. Eine Mitzi Kramer schreibt im August 1934 (einen Monat nach dem Dollfuß-Mord) folgendes Gedicht über Martha ins Gästebuch:

»Immer ist sie hilfsbereit,
und für alles hat sie Zeit.
Willst Du Marthas Fleiß erfassen,
muss man Dich erst wandern lassen
durch die Flucht der vielen Zimmer.
Was gewebt, gestickt, war immer
nur aus Marthas Fleiß geboren.
Täuschen Augen, trügen Ohren?
Ist ein Mensch, der so viel schuf,
Hühnerzüchter von Beruf?
Spielt Beethoven er und Bach,
seinem hehren Vorbild nach?
Doch die schönste aller Gaben,
die Erwählte selten haben,
ist, dass trotzdem sie bescheiden.
Keine Leistung dünkt ihr viel,
weiter steckt sie ihr Ziel.«

Ganz anders der allgegenwärtige Stamm- und Dauergast am Lehenhof, Katha Wallner, wiederum in einem Brief an ihre Cousine Lily:

»Bezüglich Martha, ich finde in ihrer Schrift viele schlechte Eigenschaften, die ich auch wirklich bestätigt finde – wie reimst Du Dir das zusammen, dass ihr so viele Sympathien zufliegen? Und noch dazu zumeist von künstlerisch veranlagten Menschen. Während vorwiegend nüchterne und langweilige Menschen sie nicht mögen?«

Katha Wallner bemühte bei ihrer Beurteilung von Marthas Schrift das damals sehr bekannte grafologische Werk von Ludwig Klages.[13] Umgehend findet sie auch gleich eine entsprechende Antwort im Werk von Klages: »Ressentiment!«

Das scheint ihr nicht zu passen, doch sie hat genau gelesen und lenkt ein: *»Nach dem wenigen, was Klages sagt, hängt es eng mit ›Neid‹ zusam-*

men und ist eigentlich eine besondere Art des Neides. Nun liegt mir Neid gar nicht. Ich bin mir nicht bewusst, jemals jemanden richtig beneidet zu haben. Das Gefühl der Ohnmacht habe ich allerdings meiner Mutter gegenüber des öfteren empfunden ... .«

*

Der Lehenhof wurde immer wieder als Schloss bezeichnet, war aber nicht das einzige Gebäude dieser Art in der Gegend. Nur eine Flussbiegung der Erlauf weiter aufwärts, stand ein sehr ähnlicher Gebäudekomplex: das Schloss Ginselberg. Der Besitzer, Graf Heinrich Schönfeldt, war für Victor Thonet kein Unbekannter. Die beiden waren sich viele Jahre vorher bereits bei verschiedenen Autorennen begegnet.

Im Jahr 1934 brachten allerdings ganz andere Umstände die beiden früheren Kontrahenten auf das Gemeindeamt in Scheibbs. Beide hatten große Häuser und große Besitzungen, die es zu erhalten galt, und die Zeit nach 1933 machte das nicht einfach. Graf Schönfeldt hatte einen ganz klaren Vorteil: Er war Eigentümer seiner Ländereien, Victor Thonet nur Pächter von sehr ähnlichen Häusern und Grundstücken. Gleichzeitig suchten beide um eine Konzession für eine »Familienpension« an, um durch zahlende Gäste aus der Stadt die Unkosten zu minimieren. Graf Schönfeldt erhielt seine Konzession, für Victor wieherte dagegen der Amtsschimmel.

1934 schrieb Victor in seinem Antrag an die Gemeinde: »*In Folge der stetigen trostlosen Wirtschaftslage bin ich nicht mehr imstande, meinen bestehenden Personalstand aufrecht zu erhalten, wenn mir dies nicht durch zahlende Gäste ermöglicht wird. Aus diesem Grunde will ich bei der Bezirkshauptmannschaft um die Ausstellung einer Pensionskonzession ansuchen.*« Dieses Ansuchen wird erst einmal schnell genehmigt, im folgenden Jahr allerdings vom Gemeinderat (nach Intervention der örtlichen Gastronomie) abgelehnt. Daher bestand die »Pension Schloss Lehenhof« als konzessionierter Betrieb nicht ganz zwei Jahre. Ob und wie weit Victor und Martha diese Einschränkung missachteten und weiter »Paying Guests« im Lehenhof unterbrachten und verpflegten, geht aus keinen offiziellen Unterlagen hervor. Jedenfalls zahlen die Thonets vor ihrer Übersiedlung nach Gmunden die ausstehenden Fremdenzimmer-Abgaben für 791 Gäste aus den Jahren ab 1933.

Bereits sehr lange war der Name »Foto Orator« in der Westbahnstraße in Wien eine bekannte Adresse für alle Fotoenthusiasten. An der Ecke Westbahnstraße und Schottenfeldgasse hatte Franz Orator auf zwei Stockwerken ein regelrechtes Paradies für die neuesten Fotokameras, Filme, notwendige Chemie, Dunkelkammerausrüstung und Zubehör geschaffen. Natürlich war auch Victor Thonet bei Orator Kunde und bezog den gesamten Bedarf für seine Lehenhof-Dunkelkammer aus der Westbahnstraße. Daher erscheint es gar nicht verwunderlich, dass die Familie Orator [14], also Franz mit Frau Grete und Tochter Angela, im April 1935 ebenfalls paying-guests am Lehenhof wurden.

»Bei Regen bin ich eingezogen«,
schreibt Franz Orator ins Gästebuch,
»und trüb wars, als ich Abschied nahm.
Fünf Tage sind rasch verflogen,
mir ist, als ob ich gestern kam.
Dazwischen aber liegt genießen,
in edler Kunst und Natur.
Den Frühling sah ich sich erschließen,
mit Blümlein decken den Flur.
Wie gern würd ich noch länger weilen,
wo ich beglückt Genesung trank!
Ich sag mit diesen schlichten Zeilen,
dem edlen Hause herzlich Dank!«

Für eine längere Zeit konnten die Thonets also keine Fremdenpension betreiben. Dafür tickte die Uhr für den Abschied aus dem Lehenhof. Ab 1936 begannen sie, zusammen mit meinem Großvater Ludwig Scheid, eine neue Bleibe zu suchen, wobei anfänglich eine gemeinsame Investition in eine neue Liegenschaft geplant war.

Das Salzkammergut hatte auch zu dieser Zeit seine Anziehungskraft nicht verloren und es gibt ein wunderbares Foto eines gemeinsamen Ausflugs mit zwei Autos, aufgenommen zwischen Bad Ischl und Ebensee am Ufer der Traun. Das war noch bevor die Thonets die Villa bei Gmunden fanden. Vorher besuchten sie noch am Südufer des Traunsees den »Landsitz Roith«, ein langgestrecktes, schlossähnliches

Victor Thonet und Ludwig Scheid an der Traun vor Bad Ischl,
1936

Gebäude, auf halber Höhe über dem Ufer, mit beeindruckendem Ausblick auf den Traunsee. Ein Großteil der (damals noch) unverbauten Ufergründe gehörte ebenfalls dazu. Was heute viele Millionen Euro wert wäre, war 1936 von Gmunden aus nur mit Boot oder über einen Pferdeweg zu erreichen. Außerdem, so die familiäre Überlieferung, dachten die Thonets ganz anders: »Wer will schon am See wohnen, da, wo es feucht, nebelig und immer kalt ist?« Außerdem waren sie weder Segler, noch wurde gefischt oder gejagt.

Am Ende fiel 1937 die Wahl auf eine stattliche aber ziemlich herunter gekommene Villa, fünf Kilometer vom See entfernt, dafür an der Hauptstraße gelegen. Für die damalige Zeit galt ein Straßenanschluss und dadurch eine leichte Erreichbarkeit mit den verschiedensten Verkehrsmitteln wie Bus, Bahn, Rad, Auto, Pferdekutsche oder Ochsenkarren als preissteigernd und war für einen Verkauf der entscheidende Faktor.

Die Familie des Bierhändlers Melkus aus Dresden [15], der diese Villa im Ort Oberweis 1919 gekauft hatte, war durch die Weltwirtschaftskrise 1930/31 bankrott gegangen. In der Folge kam der Besitz ins Eigentum einer Bank. Anfang November 1937 kaufte der Gmundner Elektriker Göschl die Villa aus der Insolvenzmasse heraus, nur um sie eine Woche später an die Thonets weiter zu verkaufen. So kam also die spätere Villa meiner Mutter in den Besitz meines Großonkels und seiner Frau.

»Das Schicksal schwingt den Abschiedsbesen,
noch zögern wir ... ob rechts oder links ... .
Doch, dass es herrlich hier gewesen,
das wissen wir nun allerdings!«

Dr. Alexander Fürth schreibt im Sommer 1936, als einer der letzten Gäste des Lehenhofs, dieses Gedicht ins Gästebuch. Darauf folgen Monate der Vorbereitungen für die Übersiedlung, wobei die Dimensionen zwischen dem Anwesen in Scheibbs und der neuen, viel kleineren Villa bei Gmunden fast unüberbrückbar werden: Wohin nur mit all den vielen Sachen, Möbeln, Betten, Einbauten, Kunstgegenständen, Parkettböden ...? Beide, Victor und Martha, waren bereits mehr als sechzig Jahre alt und jetzt mussten sie noch einmal umziehen.

Es ist ihr letzter Umzug. Im Winter 1937 wird die neue Villa hergerichtet und mit einer damals modernen Dampfheizung versehen, im März 1938 beginnt die Übersiedlung. Es ist durchaus möglich, dass damals die Lastwägen mit dem Umzugsgut aus dem Lehenhof auf der Überlandstraße, die nach Linz und ins Salzkammergut führte, den einmarschierenden deutschen Truppen begegnet sind, die im März 1938 genau in der Gegenrichtung von Salzburg aus über Linz nach Wien vorstießen.

Jedenfalls bekamen die Thonets damals in Oberweis bei Gmunden ein neues Zuhause, das ihnen diesmal auch gehörte. Beide Thonets sterben acht Jahre später, im Herbst 1946, friedlich, drei Monate hintereinander.

Der Lehenhof hingegen wurde bereits im Mai 1939 an die Stadt Wien verkauft, noch in der Nazizeit entstand dort eine Kinderherberge. 1945 durch russische Besatzungstruppen ziemlich zerstört und nach dem Krieg wieder hergerichtet, befand sich der Lehenhof bis zum Herbst 2021 im Besitz der Stadt Wien. Danach wurde er an zwei private Investoren verkauft.

Schloss Ginselberg hat alle tristen Zeiten ebenfalls überlebt, gehört bis heute noch immer der Familie Schönfeldt und wurde 2010 zu einem Event-Schloss für Firmenfeiern und Hochzeiten umgebaut.

Der Ort Rehberg ist seit 1938 der Gemeinde Krems an der Donau zugeschlagen worden, an die ehemalige Lederfabrik erinnert nichts mehr.

Das »Blaue Klavier« war 1906 nach Maria Enzersdorf übersiedelt und hat den Krieg nicht überlebt.

Dafür bekam die Vergangenheit jetzt eine Geschichte ... .

Das Ehepaar Victor & Martha Thonet, Oberweis 1943

Rechts: Meine Tante Christl Scheid (verh. Lieben).

1 *Lisl Buxbaum (1925-2019), geborene Rössler, begründete eine eigene Weberei in Golling, südlich von Salzburg, die bis vor einigen Jahren von ihrer Tochter weiter betrieben wurde.*

2 *Inzersdorf ist heute ein Teil der Bundeshauptstadt Wien.*

3 *»Grenadiermarsch« ist eine Restlküche und stammt aus der österreichischen Armee der Kaiserzeit, wobei hauptsächlich Überreste von verschiedenen Nahrungsmitteln verkocht werden.*

4 *Alexander Wielemans von Monteforte (1843-1911), war ein bekannter österreichischer Architekt. Mit seinem Kollegen Theodor Reuter erbaute er unter anderem den Justizpalast in Wien und das Rathaus in Graz. Julius Victor Berger (1850-1902) war ein österreichischer Maler. Aufgrund seiner Begabung wurde er bereits mit 14 Jahren an der Akademie für bildende Künste in Wien aufgenommen. Josef Steinling (1846-1915) war ein österreichischer Historienmaler.*

5 *Hauptsächlich wegen des Aktzeichnens. Für Frauen galt es damals als unschicklich, nackte Männer oder Frauen zu betrachten und zu zeichnen.*

6 *Mit »Great Game« wird eine sehr lang andauernde Periode zwischen 1813 und 1907 bezeichnet, in der es um die Vorherrschaft zwischen Russland und England in Zentralasien und Indien ging.*

7 *Typisch österreichischer Ausdruck für: ein ziemliches Durcheinander.*

8 *Die »Tausend-Mark-Sperre« wurde am 29. Mai 1933 von Nazi-Deutschland eingeführt und betraf alle deutsche Staatsbürger, die nach oder auch nur durch Österreich reisen wollten. Der Betrag war vor dem Antritt einer Reise an den deutschen Staat zu bezahlen und die Gebühr wurde im Pass vermerkt. Der Wert von 1.000,- Reichsmark 1933 entspricht heute rund Euro 4.500,-.*

9 *Das »paying-guest System« (für private Zimmervermietung) kam damals, wie vieles Neue und Modische, aus England und bedeutete Unterbringung und Verpflegung in einem sehr privaten und persönlichen Rahmen. Das heutige Airbnb-System ist in seiner ursprünglichen Idee damit zu vergleichen.*

10 *»Hendl«, österreichischer Ausdruck für Huhn oder Hühnchen.*

11 *Das »Grand Hotel« gibt es heute noch an derselben Stelle am Kärntner Ring in Wien.*

12 *1934 fusionieren die »Austro-Daimler-Puchwerke AG« zur »Steyr-Daimler Puch AG«.*

13 *Ludwig Klages (1872-1956), bedeutender deutscher Literat, Philosoph und Begründer der wissenschaftlichen Grafologie. Er wurde zweimal für den Nobelpreis vorgeschlagen.*

14 *Das als »Foto Orator« bekannte Fachgeschäft lag – bestens platziert – gegenüber der 1888, von der »Photographischen Gesellschaft« gegründeten, als »Graphische Lehr- und Versuchsanstalt« bekannten Schule. Die »Graphische« befindet sich heute (erst seit 1967) im 14. Bezirk.*

15 *Ein Teil der Melkus-Familie, die in Dresden verblieb, gründete später eine eigene Automarke und konstruierte den einzigen Rennwagen in der DDR.*

PERSONENREGISTER

von oft im Text vorkommenden Personen.

FAMILIE THONET

und Umkreis

Michael Thonet

(1796 - 1871)

Erfinder der Bugholzmöbel

War ein aus Boppard, im Großherzogtum Baden gelegener Ort, nach Wien zugewanderter Tischlermeister und Erfinder des Biegens von massivem Holz über Dampf. Seine fünf Söhne werden die von ihm in Wien 1853 gegründete Firma »Gebrüder Thonet« zu einem Weltkonzern entwickeln.

Jakob & Gabriele Thonet (geb. Dieblich)

(1841 - 1929) und (1848 - 1928)

Seniorchef der Firma Thonet

Ab 1921 Aufsichtsratsvorsitzender der Thonet AG. Der jüngste der fünf Söhne von Gründer Michael Thonet. Jakob kümmerte sich hauptsächlich um die Finanzen der Firma. Er ist Vater von Victor Thonet, seinem erstgeborenen Sohn.

Victor Thonet

(1871 - 1946)

Möbelfabrikant, ab 1920 Juniorchef

Herrenrennfahrer, Fotograf, verheiratet mit Martha Scheid. Miteigentümer der Gebrüder Thonet wie auch der Thonet AG.

Martha Scheid, verh. Thonet

(1874 - 1946)

Pianistin, Tochter von Georg Adam und Hermine Scheid.

Gastgeberin und handwerklich hochbegabt, Ehefrau von Victor Thonet In erster Ehe mit Gustav Markl verheiratet und später geschieden. Spielte in ihrer Jugend auf dem »Blauen Klavier«.

Dr. Richard und Friederike »Fritzl« Thonet (geb. Schmitt)

(1879 - 1951) und (1885 - 1960)

Unternehmer, Mitgesellschafter der Fa. Thonet

War der jüngere Bruder von Victor und Mitgesellschafter und Geschäftspartner. Einer seiner Söhne, Georg, baut die deutsche Filiale in Frankenberg wieder auf, ein zweiter, Fritz Jakob, den in Österreich verbliebenen Teil der Firma Thonet. Seine Frau, Friederike »Fritzl«, war eine geborene Schmitt aus Rehberg und daher direkt mit den Familien Rechinger und Wallner (siehe dort) verwandt.

Otto Prutscher

(1880 - 1949)

Architekt

Er entwarf Möbel, Schmuck, Gläser, Textilien und arbeitete für Jakob & Josef Kohn wie für die Gebrüder Thonet. Seine Unterschrift findet sich auch im Gästebuch der Thonets von Bistritz.

Peter Breithut

(1869 - 1930)

Österreichischer Künstler, Bildhauer und Medailleur

War Mitglied des Hagenbundes (1920-1930). Als Bildhauer fertigte er verschiedene Statuen und Gedächtnismünzen für die Firma Thonet an. In der »Victor & Martha Thonet Sammlung« hat sich ein Mädchenkopf »Die Unbekannte von der Seine« erhalten. Er war mit der Malerin Eugenie Breithut-Munk verheiratet.

Leopold Pilzer

(1871 - 1959)

Großindustrieller

Der aus Lemberg (Galizien, heute Ukraine) stammende Unternehmer gründete 1907 die »Mundus AG« und vereint in ihr 16 kleinere Bugholzmöbelproduzenten der Monarchie. 1914 übernimmt er die Aktienmehrheit der bekannten Bugholzfirma Jacob & Josef Kohn. 1922 fusionierte er mit der »Thonet AG«.

Otto Wagner

(1841 - 1918)

Österreichischer Architekt, Baurat, Stadtplaner von Wien

Um die Jahrhundertwende 1900 ist er einer der bekanntesten Architekten Wiens. Mit Josef Maria Auchentaller verband ihn eine Freundschaft, oft kam er nach Grado, in die Pension Fortino der Auchentallers.

Marcel Kammerer

(1878 - 1959)

Österreichischer Architekt und Möbeldesigner für Thonet

Meisterschüler und Mitarbeiter von Otto Wagner, verantwortlich u.a. für das Projekt »Postsparkasse«. Ab 1902 Chefdesigner von Thonet. Teilweise werden seine Entwürfe als Einzelstücke für Ausstellungen exklusiv von der Firma Thonet erzeugt.

FAMILIE SCHEID
und Umkreis

Georg Adam Scheid

(1838 - 1921)

Schmuckfabrikant, mein Urgroßvater

Gründet viele Firmen im Edelmetallbereich und später auch die Metallwerke G.A. Scheid in Amstetten. Das Zentrum war die Gumpendorferstraße 85 in Wien, heute eine Filiale der Nachfolgefirma ÖGUSSA. Er ist Vater von Martha (verh. Thonet), Emma (verh. Auchentaller), Elsa (verh. Hackhofer), Ida (verh. Hoerde), Robert, Arthur, Ernst und von Ludwig (meinem Großvater).

Hermine Markowitsch, verh. Scheid

(1851 - 1915)

Ehefrau von Georg Adam Scheid

Wird als Seele der Familie beschrieben, heiratet mit 16 Jahren ihren Mann, Mutter von Martha, Emma, Elsa, Ida, Robert, Arthur, Ernst und Ludwig. Georg Adam und Hermine führen eine glückliche Ehe, im Hintergrund nimmt sie immer auf alle Entscheidungen Einfluss.

Robert Scheid

(1872 - 1956)

Fabrikbesitzer

Sohn von Georg Adam und Hermine Scheid, verheiratet mit Gabrielle Ler oy aus Paris. Er ist für Entwurf und Schmuckdesign bei Scheid verantwortlich und leitet später das Metallwerk G.A. Scheid in Amstetten, Vater von Otto Scheid.

Otto Scheid

(1901 - 1956)

Metallurge und Erfinder

Sohn von Robert und Gabrielle Scheid, Metallurge, schreibt 1930 faszinierende Briefe aus den USA, besucht die Arzners in Hollywood (siehe ebendort). Erfinder und Gründer der Dentalfirma »Dendia« in Wien.

Ludwig Scheid

(1886 - 1961)

Besitzer der Fa. Scheid bis 1961, mein Großvater

Letzter Hundertprozent-Eigentümer der Firma Scheid. Jüngster Sohn von Georg Adam Scheid, Vater meiner Mutter Gerda, daher mein Großvater. Leitete die Firma Scheid ab 1911 bis zu seinem Tod 1961.

Thea Ehmer, verh. Scheid

(1899 - 1981)

Zweite Ehefrau von Ludwig Scheid

War Doktor der Medizin in Graz. Verfasserin des Stammbaumes und einer Familienchronik der Scheids. Ihr Bruder war mit Peter Auchentaller eng befreundet, daher lernten sich mein Großvater und Thea in der Pension Fortino der Auchentallers in Grado kennen.

Ella Morgenroth, verh. Scheid

(1888 - 1926)

Konzertpianistin, meine Großmutter

Erste Frau von Ludwig Scheid, gleichzeitig ist sie seine Cousine zweiten Grades, Mutter von Gerda, also meine Großmutter. Sie war eine bekannte Klaviervirtuosin in Wien. Später geht sie nach London und Berlin, wo sie unterrichtet und einen neuen Karrierestart versucht. Mein Großvater besucht sie immer wieder in Berlin und hält die Beziehung aufrecht. Gegen den Willen der eigenen Familie heiraten die beiden. Durch die Einberufung meines Großvaters im Ersten Weltkrieg lebt sich das Ehepaar auseinander. Später schied Ella freiwillig aus dem Leben, was meiner Mutter einen lebenslangen Schmerz bereitete.

Gerda Scheid, verh. Maleta

(1921 - 2007)

Filialleiterin der Fa. Scheid in Linz, Tochter von Ludwig Scheid und meine Mutter.

Sie heiratete Dr. Alfred Maleta, meinen Vater, Vollblutpolitiker und späterer österreichischer Nationalratspräsident. In der Jugend Filialleiterin in Linz der Firma Scheid. Über ihre spätere Freundschaft mit dem Schriftsteller Thomas Bernhard schrieb sie zwei Bücher.

Arthur Scheid

(1870 - 1897)

Unternehmer in England, vorgesehener Erbe von G.A. Scheid

Ältester Sohn von Georg Adam Scheid, sollte die Firma Scheid übernehmen, stirbt mit 26 Jahren, wenige Monate nach seiner Hochzeit, an einer Lungenentzündung nach einem Wettrennen mit der Kutsche seines Vaters. Völlig überhitzt und entkräftet springt er in den kalten Swimmingpool in Maria Enzersdorf und stirbt kurz darauf.

Ida Scheid, verh. Hoerde

(1869 - 1952)

Tochter von Georg Adam und Hermine Scheid

Ältere Schwester von Martha. Ihr Mann, Robert Hoerde, erzeugt Maschinen für Getreidemühlen. Der Firmensitz ist in der Praterstraße in Wien, ein stattlicher Gebäudekomplex mit Wohnungen und Werkstätten. Nach dem Ersten Weltkrieg verliert die Firma viele Kunden. Im Zweiten Weltkrieg werden die meisten Gebäudeteile schwer beschädigt. Heute sind die ehemaligen Gebäudeteile in Eigentumswohnungen, Ateliers und Geschäftsräumlichkeiten umgewandelt worden. Die früheren Eigentümer haben nach dem Krieg das meiste verkauft.

Elsa Scheid, verh. Hackhofer

(1888 - 1969)

Ehefrau und schriftstellerisch hochbegabt

Tochter von Georg Adam und Hermine Scheid, Ehefrau von Architekt Josef Hackhofer. Sie entwickelt bereits in ihrer Jugend eine hohe Begabung für die Schriftstellerei, verfasst unzählige Familiendramen, die alle im Maria Enzersdorfer Landhaus aufgeführt werden. Sie hinterlässt eine ausführliche Familiengeschichte und Gradeser Liebesgedichte in der Wiener Nationalbibliothek.

Architekt Josef »Pepi« Hackhofer

(1863 - 1917)

Architekt in Wien, Ehemann von Elsa Scheid

Die Villa Scheid im Cottage wurde nach seinen Plänen gebaut. Bürogemeinschaft mit Architekt Friedrich Ohmann, zusammen errichten sie die Wienfluss-Verbauung und den Stadtpark in Wien. Hackhofer war Spezialist für Eisenkonstruktionen (Mitarbeit an Ohmanns Palmenhaus in Wien). Einige Brücken über den Wienfluss, wie auch die Brücke über den Tiefen Graben tragen seine Handschrift.

Sophia »Lisette« Scheid, verh. Arzner

(1831 - ?)

Verheiratet mit Moritz Arzner in Karlsruhe

Schwester und Ziehmutter von Georg Adam Scheid, Mutter von Ludwig »Louis« Arzner, mehr wissen wir leider nicht.

Ludwig »Louis« Arzner

(1866 - 1955)

Geschäftsmann in den USA, der reiche Onkel aus Amerika für die Scheids in Wien

Sohn von Sophia Lisette Scheid, verh. Arzner, wandert 1881, nach einer erfolglosen Anstellung bei G.A. Scheid in Wien, in die USA aus, betätigt sich erfolgreich im Gastgewerbe und eröffnet in San Francisco um die Jahrhundertwende 1900 das bekannte »Ferry Café« im Hafen der Stadt. Nach dem tragischen Erdbeben von 1906 flieht er mit seiner Familie nach Los Angeles und investiert mit viel Glück in eine Erdöl-Gesellschaft, damals ziemlich riskant. In L.A. angekommen, verwendete er sein Geld, um sich in das damals bekannte »Levy's Cafe« einzukaufen, daraus entwickelt er später, als Alleinbesitzer, das in Hollywood bekannte »Hoffmanns Cafe«. Die Familie Scheid nennt ihn deshalb scherzhaft den »reichen Onkel aus Amerika«. Er ist Vater der späteren Hollywood-Regisseurin Dorothy Arzner. Ein Leben lang wird er eine innige Beziehung zu seiner Tochter haben.

Dorothy Arzner

(1896 - 1971)

Regisseurin in Hollywood

Tochter von Louis Arzner, wird als erste Tonfilm-Regisseurin in Hollywood berühmt, dreht in den Dreißigerjahren viele bekannte Filme. 2018 benennt »*Paramount Pictures*« ein eigenes Building nach ihr, Francis Ford Coppola ist ihr berühmtester Schüler.

FAMILIE AUCHENTALLER
und Umkreis

Emma Scheid, verh. Auchentaller

(1868 - 1945)

Unternehmerin in Grado

Tochter von Georg Adam und Hermine Scheid, älteste Schwester von Martha. Frau von Josef Maria Auchentaller, Gründerin der Pension Fortino in Grado, Mutter von Maria Josefa und Peter.

Josef Maria »Pepi« Auchentaller

(1865 - 1949)

Jugendstilkünstler, Secessionist

Kollege von Gustav Klimt. Entwirft das Musikzimmer und plant das blaue Klavier in der Villa Scheid, wie auch die dazugehörigen fünf Bilder zu Beethovens Pastorale-Symphonie. Ehemann von Emma, Vater von Maria Josefa und Peter.

Maria Josefa Auchentaller

(1892 - 1914)

Tochter von Emma und Josef Maria

Hochbegabt, schreibt Gedichte, die später von Franz Mittler vertont werden. Begeht in sehr jungen Jahren Selbstmord.

Franz Mittler

(1893 - 1970)

Musiker

Lernt Maria Josefa Auchentaller in Graz kennen. Galt um die Jahrhundertwende in Wien als »Wunderkind«, komponierte und spielte bereits in jungen Jahren hervorragend Klavier. Später begleitete er Karl Kraus bei seinen Lesungen. 1926 vertonte er Gedichte von Maria Auchentaller. Musste 1938 Österreich verlassen und lebte in New York. Er war nicht nur Musiker, sondern publizierte nach dem Krieg erfolgreich ein Standardwerk über Schüttelreime (Brandstätter Verlag, Hrsg. Friedrich Torberg, Wien 1991).

DER LEHENHOF
und Umkreis

Aina Cederblom

(1896 - 1986)

Weltreisende und Weberin

War eine schwedische Textilfachfrau und Designerin, die ihre Webkunst den Frauen der Welt beibringen wollte. Mit 30 Jahren begann sie ihr abenteuerliches Leben mit einer Reise in einem kleinen Holzboot mit Motor, fuhr die Donau flussabwärts und strandete in Pöchlarn, wo sie kurz darauf im Lehenhof der Thonets ein Zuhause fand. Später setzte sie ihre Reisen fort, fuhr unerschrocken bis Istanbul, später bis Indien und wollte auch Tibet zu Fuß erreichen. Sie war die Handarbeitslehrerin von Martha Thonet.

Lisl Buxbaum

(1925-2019)

Handwebmeisterin

Lernte ihr Handwerk am Lehenhof von Aina Cederblom. Lisl war eine Nichte von Martha Thonet und leitete nach dem II. Weltkrieg in Golling, südlich von Salzburg, ihre eigene Teppichweberei. Sie hielt lebenslang Kontakt zu Aina, die sie immer wieder in Salzburg besuchte. Sie erbte einen der originalen Webstühle von Martha Thonet aus dem Lehenhof, der heute noch im Familienhaus in Golling steht und noch funktioniert.

Franziska Donner

(1900 - 1992)

Dolmetscherin

Wurde in eine Wiener Unternehmer-Familie hineingeboren. Ihr Vater erzeugte das damals sehr begehrte Sodawasser. Da sie sich für das Unternehmen nicht interessierte, ging sie als Dolmetscherin zum Völkerbund nach Genf. Dort traf sie ihren späteren Ehemann, den damals im Exil lebenden koreanischen Politiker Rhee-Syngman, den sie später in New York auch heiratete. 1948 wurde ihr Mann zum ersten Präsidenten der Republik Korea gewählt. Da sie um 1900 in Wien aufgewachsen war, kannte und liebte sie Thonet-Möbel.

Carl Theodor von Blaas

(1886 - 1960)

Maler

Kunstmaler, entstammt der zweiten Generation der Künstlerdynastie von Blaas, Sohn von Julius von Blaas und gleichzeitig auch sein Schüler. Porträtierte die Hocharistokratie, lebte mit seiner Frau Helene, ebenfalls Künstlerin, lange Zeit in Kitzbühel. Seiner Frau gehörte der Lehenhof.

Helene von Blaas, (geb. Baronin von Leitenberger)

(1886 - 1985)

Malerin

Heiratete 1920 den Maler Carl Theodor von Blaas, verpachtete 1925 den Lehenhof an Victor Thonet.

Rudolf Fitzner, das »Fitzner Quartett«

(1868 - 1934)

Musiker

Österreichischer Musiker, gründete 1894 das später sehr bekannte »Fitzner-Quartett«, das bis 1927 bestand. Das Quartett unternahm zahlreiche Auslandsreisen und zeichnete für musikalische Uraufführungen von Arnold Schönberg und anderen verantwortlich. Musizierte mit Martha Thonet am Lehenhof, die geplante Radioübertragung eines gemeinsamen Konzertes kam nicht zustande.

Christa Richter und Georg Steiner

(1899 - 1962) und (1892 - 1945)

Musikerehepaar

Sie war eine Violinistin und Konzertmeisterin, lebte mit ihrem Mann Georg Steiner, den sie bei den Thonets am Lehenhof kennenlernte, in Salzburg und unterrichtete am Mozarteum.

Grete Hinterhofer

(1899 - 1985)

Musikerin

War eine Pianistin, studierte an der Wiener Musikakademie Klavier, kam viel an den Lehenhof und musizierte gemeinsam mit Christa Richter und Martha Thonet.

Wolfgang Schneiderhan

(1915 - 2002)

Musiker

War einer der bedeutendsten Violinvirtuosen Österreichs. Gab bereits in der Jugend mit fünf Jahren als »Wunderkind« Konzerte. Kam 1930 für einen Monat an den Lehenhof und musizierte mit Martha Thonet.

Willhelm Backhaus

(1884 - 1969)

Pianist

Weltberühmter Pianist der damaligen Zeit. Ob er in direktem Kontakt mit Martha Thonet stand oder nur von Martha verehrt wurde, konnte nicht festgestellt werden. Jedenfalls gibt es eine Fotografie mit einer persönlichen Widmung an Martha.

Katharina »Katha« Wallner

(1891 - 1969)

Malerin

Tochter von Dr. Carl Wallner, Direktor der Ersten Österreichischen Sparkasse in Wien. Ihre Mutter Johanna war eine geborene Schmitt aus Rehberg und daher mit der Familie Thonet verwandt. Katha ist Stammgast bei Martha Thonet am Lehenhof.

Maria Egner

(1850 - 1940)

Österreichische Malerin

Unterrichtete Katha Wallner.

Eduard & Elisabeth »Elsa« Csank-Lesigang

(1874 - 1932) und (1876 - 1963)

Malerehepaar

Eduards Mutter kommt aus der Schmitt-Familie aus Rehberg. Er und seine Frau Elisabeth sind öfters Gäste bei den Thonets am Lehenhof. Er porträtiert Victor im Gästebuch.

Karl & Lily Rechinger

(1867 - 1952) und (1880 - 1973)

Botaniker-Ehepaar in Wien

Beide waren führende Wissenschaftler in der österreichisch-ungarischen Monarchie. Unternahmen 1905 gemeinsam eine ausgedehnte Forschungsreise in die Südsee. Verfasser vieler Fachpublikationen. Seine Schwiegermutter war eine geborene Schmitt aus Rehberg. Die beiden Rechingers sind oft Gäste am Lehenhof bei den Thonets.

Karl Heinz & Wilhelmina Rechinger

(1906 - 1998) und (1925 - 2019)

Botaniker-Ehepaar in Wien, Direktor des Naturhistorischen Museums in Wien (1963 - 1971).

Karl Heinz war Sohn von Karl und Lily Rechinger. Kam schon mit 20 Jahren an den Lehenhof, Victor erteilte ihm Fotografieunterricht. Später machte er Forschungsreisen in den Iran und Afghanistan. Seine Forschungen über die Pflanzen und Fauna des iranischen Hochlandes, wie auch des ähnlichen inneren Afghanistan, sind international einzigartige Projekte, die auch weltweit in Fachkreisen Anerkennung brachten. Karl Heinz durchquert mit seinem Land-Rover die schwierigsten und teilweise auch noch unerforschten Gebiete, dabei fährt auch seine eigene Familie mit: seine Tochter Lilly Rechinger schildert in ihren eigenen Aufzeichnungen diese doch eher abenteuerlichen Fahrten.

DIE ALPENFAHRTEN

Ferdinand Porsche

(1875 - 1951)

Konstrukteur

War ein österreichischer (tschechischer) Auto-Konstrukteur. Auf ihn gehen die epochalen Entwicklungen eines elektrischen Hybridfahrzeuges mit Allradantrieb für die Pariser Weltausstellung 1900 (der Lohner-Porsche) zurück, wie der spätere VW-Käfer und die nach ihm benannten Sportwagen.

Fritz Hückel

(1885 - 1973)

Rennfahrer, Autofabrikant, Hutfabrikant

Gründungsmitglied des »Mährisch-Schlesischen Automobil-Clubs« und daher Freund und Kollege von Victor Thonet. Fuhr ab 1906 mit Eigenkonstruktionen (»Hückel« und »Austro-Cyclecar«) bei Rennen mit.

Victor Kaplan

(1876 - 1934)

Ingenieur und Erfinder

Wurde als drittes Kind eines Eisenbahnbeamten geboren. Seine technische Begabung fiel sehr früh auf, er studierte später an der Technischen Hochschule in Wien. Drei Jahrzehnte verbrachte er in Brünn. Später erfand er die »Kaplan-Turbine« (Erzeugung von Elektrizität durch Wasserkraft). Er war leitendes Mitglied des »Mährisch-Schlesischen Automobil-Clubs« und mit Victor Thonet gut bekannt.

Heinrich Graf Schönfeldt

(1884 - 1863)

Rennfahrer und Automobilpionier

War der erfolgreichste Rennfahrer vor 1914. Aufgrund seiner außergewöhnlichen Leistungen wurde er Leiter des Automobilwesens unter Kaiser Karl. Zusammen mit Ferdinand Porsche und Eduard Fischer bildete er das »Eiserne Team« und gewann die wichtigsten Rennen der Zeit vor dem Ersten Weltkrieg. Bei der »Alpenfahrt 1911« war er Konkurrent von Victor Thonet.

KÜNSTLER

Siegfried (Salomon) Bing

(1838 - 1905)

Hamburger Kunsthändler, lebte und wirkte in Paris

Er gilt als wichtigster Begründer des »Japonismus«. Ab 1881 importierte er erfolgreich japanische Kunstgegenstände nach Paris. Ab 1895 stellte er in seiner Galerie »Maison de l` Art Nouveau« für die damalige Zeit neuartige Kunst aus, die wenige Jahre später als Jugendstil oder Secessionsstil erfolgreich wird.

Loïe (Marie Louise) Fuller

(1862 - 1928)

Amerikanische Tänzerin, Erfinderin des »Schlangentanzes«

Sie trat um die Jahrhundertwende oft in Europa auf. Die Pariser Weltausstellung 1900 errichtete eigens für ihre Tänze einen Pavillon.

Max Klinger

(1857 - 1920)

Künstler

Deutscher Bildhauer, verantwortlich für die wuchtige Beethoven-Skulptur, ausgestellt im Zentrum der eigens dafür organisierten »Beethoven-Ausstellung« 1902 in der Wiener Secession.

Franz Hancke

Mitarbeiter der Wiener Secession um 1900

Sekretär der Secession und deshalb auch verantwortlich für alle Verkäufe von Kunstwerken, deren finalen Verkaufspreis er immer beflissentlich in Listen eintrug.

Raimund Freiherr Stillfried von Rathenitz

(1839 - 1911)

Österreichischer Fotopionier in Japan, Maler, Offizier

Kam um 1865 nach Japan und fing zu fotografieren an. Seine Aufnahmen und Forschungen gelten heute als wichtige Dokumentationen des alten Japans.

BIBLIOGRAFIE

(Ausgewählte Werke, die zu einem tieferen Verständnis der hier beschriebenen Zeitabläufe führten).

A

Achleitner, Friedrich: »*Österreichische Architektur im 20. Jahrhundert*«, Band III/1, Residenz Verlag, Salzburg und Wien, 1990

Anderson, Harriet (Hrsg.): »*Rosa Mayreder, Tagebücher 1873-1937*«, 1. Auflage, Insel Verlag, Frankfurt a. M., 1988

Albertina Museum: »*Heinrich Kühn. Die vollkommene Fotografie*«, Ausstellungskatalog, Hatje Cantz Verlag, Ostfildern, 2010

Asenbaum, Paul (Hrsg.): »*Glanzstücke, Emilie Flöge und der Schmuck der Wiener Werkstätte*«, Katalog, Wien Museum, Arnoldsche Art Publishers, 2009

B

Beaumont, Antony et al: »*Alma Mahler-Werfel, Tagebuch Suiten 1898-1902*«, Fischer Taschenbuchverlag, Frankfurt a. M., 2002

BAWAG P.S.K. (Hrsg.): »*Otto Wagner. Die Österreichische Postsparkasse*«, BAWAG P.S.K., Wien, 2005

Beck, Josef: »*Die photographische Kunst und das Laternbild*«, Photographisches Zentralblatt, Wien, Jhrg. V, Heft 7, 1896

Beil, Ralf und Stephan Regina (Hrsg.): »*Joseph Maria Olbrich, Jugendstil und Secession*«, Ausstellungskatalog: Institut Mathildenhöhe, Darmstadt, Leopold Museum, Wien, 2010

Bierbaum, Otto Julius: »*Eine empfindsame Reise im Automobil von Berlin nach Sorrent und zurück an den Rhein. In Briefen an Freunde beschrieben*«, Julius Bard Verlag, Berlin, 1903

Binterová, Alena (Hrsg.): »*Fotoatelier Seidel, Ein enthülltes Geheimnis*«, Ceskokrumlovsky rozvojovy fond, spol. sr.o., 1. Ausgabe, Cesky Krumlov, 2012

Brandstätter, Christian (Hrsg.): »*Lothar Rübelt, Österreich zwischen den Kriegen, Zeitdokument eines Photopioniers der 20er und 30er Jahre*« 1. Auflage, Molden Edition, Wien-München-Zürich, 1979

Brandstätter, Christian: »*Wien 1900, Kunst und Kultur, Fokus der Europäischen Moderne*«, 2. Auflage, Deutscher Taschenbuch Verlag, München, 2011

Brunnbauer, Heidi: »*Im Cottage von Währing/Döbling. Interessante Häuser interessante Menschen*«, Bd.1, 4. Auflage, Edition Weinviertel, Gösing, 2009

Brunnthaler, Elfriede: »*Vom Eheschatten in der Kunst? Der Maler Eduard Csank und seine Frau Elisabeth in und auf dessen Spuren*«, Diss. phil. Wien 2004 und Praesens Verlag, Wien, 2005

C

Casapicola, Christine: »*Emma Auchentaller, Briefe aus Grado 1900-1912*«, Braitan Verlag, Cormons IT, 2017

Clark, Christopher: »*Die Schlafwandler, Wie Europa in den Ersten Weltkrieg zog*«, 9. Auflage, Deutsche Verlags Anstalt, München 2013

Corson, Bob: »*Fin de Siecle Plique-a-Jour and other Enamels on Sterling: A Collection*« (April 2022), *http://bobcorson.com/*

D

Das Interieur: »*Portois & Fix*«, Vol I, Seiten 155 ff, 1900

Decristoforo, Bernadette Mag.: »*Portois & Fix-Ein Wiener Ausstettungsunternehmen der Moderne*«, Diplomarbeit, Universität Wien, 2009

Diesel Eugen: »*Autoreise 1905*«, Verlag Philipp Reclam jun., Leipzig, Nachdruck 1941

E

Eder, Josef Maria Dr. (Hrsg).: »*Jahrbuch der Photographie und Reproduktionstechnik, 1900*«, 14. Jahrgang, Druck und Verlag Wilhelm Knapp, Halle a.S., 1900

Eisfeld, Jens: »*Die Scheinehe im 19. und 20. Jahrhundert*«, Mohr Siebeck Verlag, Tübingen, 2005

Erschen, Mario: »*Stillfried. Ein Name im Wetterleuchten der Geschichte*«, *Böhlau Verlag, Wien, 2014*

F

Faber, Monika (Ed.): »*Urban Panoramas, Photographs of the Imperial and Goverment Printing Establishment 1850-1860*«, Aus der fotografischen Sammlung der Albertina in Wien, Christian Brandstätter Verlag, 2005

Festi, Roberto: »*Josef Maria Auchentaller (1865-1949). Ein Künstler der Wiener Secession*«, 2. Auflage, Ausstellungskatalog Leopold Museum, esaExpo s.r.l., Civezzano, IT, 2008-2009

Festi, Roberto: »*Wiener Bijoux, Schmuck und Design, J.M. Auchentaller für Georg Adam Scheid*«, Ausstellungskatalog, Grado, 2015

Fiell, Charlotte & Peter: »*Charles Rennie Mackintosh, 1868–1928, Glasgow Style*«, Taschen Verlag, Köln, 2017

Figes, Orlando: »*Die Europäer. Drei kosmopolitische Leben und die Entstehung europäischer Kultur*«, 2. Auflage, Hanser Berlin, Carl Hanser Verlag, München, 2020

Francetti Palazzo: »*Fotografia del Giappone 1860-1910, Japanese Photography. The Masterpieces*«, Ausstellungskatalog, Venedig 2011

Freeston, Charles L.: »*Die Hochstrassen der Alpen, Ein Automobilführer von über einhundert Gebirgspässe*«, 2. Auflage, Richard Carl Schmidt Verlag, Berlin, 1911

Fremden-Blatt: »*Handarbeitsausstellung der Frau Martha Thonet*«, Sonntag, 17. Dezember 1916, Seite 17

Freytag & Berndt: »*Situationsplan über die Firma Gebr. Thonet in Bystritz a. H., Fabriks- und Nebengebäude inklusive anschließendem Grundbesitz*«, k.u.k. Hof Kartograph. Anstalt, Wien, 1911

Freytag & Berndt: »*Automobil- und Radfahrer Karten*«, Maßstab 1:300.000, Wien, um 1900

Friedländer. Otto: »*Letzter Glanz der Märchenstadt. Das war Wien um 1900*«, 1. Auflage, Gardena Verlag, Wien-München, 1969

G

Gartlan, Luke: »*A Career of Japan, Baron Raimund von Stillfried and Early Yokohama Photography*«, Photography in Asia, Volume I, Brill, Leiden-Boston, 2016

Geimer Peter: »*Die Farben der Vergangenheit, wie Geschichte zu Bildern wird*«, Verlag C.H.Beck OHG, München 2022

Gedeye, G.E.R.: »*Die Bastionen fielen. Wie der Faschismus Wien und Prag überrannte*«, Danubia Verlag, Wien (keine Jahresangabe)

GEO Epoche Panorama (Hrsg.): »*Deutschland um 1900, Historische Fotografien über das Leben im deutschen Kaiserreich*«, Gruner + Jahr, 2019

Gerstenbrand, Franz (Hrsg.): »*Alfred Gerstenbrand 1881-1977, Künstlerleben eines Jahrhunderts*«, 1. Auflage, Christian Brandstätter Verlag, Wien, 2009

Gerwarth Robert: »*Die Besiegten. Das blutige Erbe des Ersten Weltkriegs*«, 1. Auflage, Siedler Verlag, München, 2017

Glüber, Wolfgang: »*Jugendstilschmuck. Der Bestand im Hessischen Landesmuseum Darmstadt*«, 1. Auflage, Verlag Schnell & Steiner, Regensburg, 2011

Greiner, Mergret: »*Margaret Stonborough-Wittgenstein, Grand Dame der Wiener Moderne*«, Kremayr & Scheriau Verlag, Wien , 2018

H

Haas, Fritz Dr.: »*Scheid – ÖGUSSA. Der Lebensweg einer Firma von 1938 bis 1980 in Schlagworten und Zahlen*«, unveröffentlichtes Firmendokument, Wien, 1980

Hackhofer, Elsa: »*Unser Vater, Unsere Mutter, Wir Kinder*« (unveröffentlichtes Familiendokument), Wien, amp andreas maleta press&-publication, 2023

Han, Byung-Chul: »*Shanzhai, Dekonstruktion auf Chinesisch*«, Merve Verlag, Berlin, 2011

Hartmann, Anna: »*Erinnerungen einer alten Wienerin*«, Damit es nicht verloren geht, Bd. 41, Böhlau Verlag, Wien-Köln-Weimar, 1998

Heer, Friedrich: »*Der Kampf um die österreichische Identität*«, 3. Auflage, Böhlau Verlag, Wien-Köln-Weimar, 2001

Hevesi, Ludwig: »*Acht Jahre Secession. Kritik-Polemik-Chronik (März 1897-Juni 1905)*«, Reprint aus 1906, Ritter Verlag, Klagenfurt, 1984

Husslein-Arco, Agnes und Weidinger, Alfred: »*Gustav Klimt, Josef Hoffmann, Pioniere der Moderne*«, Ausstellungskatalog Belvedere, Prestel Verlag, München, 2011

Husslein-Arco, Agnes et al: »*Alfons Mucha*«, Ausstellungskatalog, Belevedere Wien, Hirmer Verlag, München, 2007

Husslein-Arco, Agnes und Weidinger, Alfred: »*Gustav Klimt und die Kunstschau 1908*«, Ausstellungskatalog, Belvedere Wien, Prestel Verlag, München, 2008

Husslein-Arco, Agnes: »*Gustav Klimt und die Künstler-Compagnie*«, Ausstellungskatalog, Belvedere Wien, Verlag publication PN1, Bibliothek der Provinz, Weitra, 2007

J
Judson, Pieter M.: »*The Habsburg Empire, A New History*«, 7. Auflage, Cambridge, Massachusetts, The Belknap Press of Harvard University Press, 2016
K
Kos, Wolfgang und Gleis, Ralph (Hrsg.): »*Experiment Metropole 1873: Wien und die Weltausstellung*«, *Ausstellungskatalog, Wien Museum, Czernin Verlag, Wien, 2014*
Klein-Primavesi, Claudia: »*Die Familie Primavesi und die Künstler Hanak, Hoffmann, Klimt. 100 Jahre Wiener Werkstätte*«, Eigenverlag, Wien, 2004
L
La Mure, Pierre: »*Moulin Rouge. Der Lebensroman des Malers Toulouse-Lautrec*«, 2. Edition, F.A. Herbig Verlagsbuchhandlung, München, 2003
Leopold Museum Privatstiftung (Hrsg.): »*Glanz einer Epoche, Jugendstilschmuck aus Europa*« Ausstellungskatalog, Wien, 2011
libertyellisfoundation.org: (2019) »*Einreisedokumente von Jakob, Victor und Martha Thonet 1910*«, offizielle Einreisedokumentation der USA, (2022)
Lukas A. (Hrsg.): »*ÖGUSSA Chronik, Geschichte der Firma Scheid von den Anfängen bis zur ÖGUSSA*«, Firmenpublikation, unveröffentlicht, Wien 1975
M
Mahler, Astrid: »*Liebhaberei der Millionäre, Der Wiener Camera-Club um 1900. Beiträge zur Geschichte der Fotografie in Österreich*«, Fotohofedition Verlag, 2019
Maleta, Andreas: »*Grado, Seebad und Curort nahe Triest, Stadtführer mit originalem Stadt-und Strandplan von 1925*« Nachdruck des Originals aus 1925, Galerie punkt12, Wien 2020
Maleta, Andreas (Hrsg.), Ilona Sarmany-Parsons : »*J.M. Auchentallers Beethoven-Musikzimmer, die Entstehung eines Wiener Gesamtkunstwerkes*«, 1. Auflage, Galerieausgabe, Galerie punkt12, Wien 2017
Maleta, Andreas: »*J.M. Auchentaller, Das Beethoven-Musikzimmer, Der Zauber des Musikzimmers*«, Broschüre Englisch/Deutsch, Galerie punkt12, Wien 2020

Maleta, Andreas: »*Josef Maria Auchentaller in der Viktor und Martha Thonet Sammlung*«, Beitrag, Ausstellungskatalog, Musei Provinciali di Gorizia (Raffaella Sgubin), Gorizia, 2008
Magris, Claudio: »*Die Welt, en gros und en detail*«, Deutscher Taschenbuch Verlag, München, 2004
Mahler-Werfel, Alma: »*Mein Leben*«, Fischer Bücherei, Frankfurt a. M., 1960
Marocco, Cesare at al: »*Grado, il Porto, der Hafen*«, senaus, Udine, 2005
Meier-Graefe, A.J. (Hrsg.): »*Die Weltausstellung in Paris 1900*«, F. Krüger Verlag, Paris und Leipzig, 1900
Metzger, Rainer und Brandstätter, Christian: »*Munich 1900, La Secession-Kadinsky et le Blaue Reiter*«, französische Ausgabe des gleichnamigen Buches aus dem Brandstätter Verlag, 2008, diese Ausgabe Editions Hazan, 2009
Museo Fortuny: »*Henriette Fortuny, Portrait of a Muse*«, Ausstellungskatalog, Venezia Palazzo Orfei, 2015

N

Natter, Tobias G.: »*Die Welt von Klimt, Schiele und Kokoschka, Sammler und Mäzene*«, DuMont Litertur und Kunst Verlag, Köln, 2003
Nedo, Michael (Hrsg.): *Ludwig Wittgenstein, Sein Leben in Bildern und Texten*«, 1. Auflage, Frankfurt a. M., Suhrkamp Verlag, 1983
Niel, Alfred: »*Die k.u.k. Riviera, Von Abbazia bis Grado*«, 1. Auflage, Graz-Wien-Köln, Verla Styria, 1981

O

Ottillinger, Eva B. (Hrsg.): »*Gebrüder Thonet, Möbel aus gebogenen Holz*«, Bd. 16, Eine Publikationsreihe der Museen der Mobiliendepots, Wien, Böhlau Verlag, 2003

P

Pendl, Erwin: »*Österreich auf der Weltausstellung Paris 1900*«, k.k. Österreich. General Commisseriat, Wien, 1900
Pfundner, Martin: »*100 Jahre Alpenfahrt*«, Jubiläumsausgabe, 2. erweiterte Auflage, Wien, Böhlau Verlag, 2010

R

Rechinger, Lily & Dr. Karl: »*Streifzüge in Deutsch-Neu-Guinea und auf den Salomons-Inseln*«, Berlin, Dietrich Reimer, 1908

Rechinger Lilian Dr.: *Private Briefe zwischen Lily Rechinger und Katha Wallner,* unveröffentlicht, Wien 2023

Renzi, Giovanni: *»Il mobile moderne, Gebrüder Thonet Vienna, Jacob & Josef Kohn«,* Milano, Silvana Editoriale, 2008

Rothpletz, August Prof.: *»Alpine Majestäten und ihr Gefolge. Die Gebirgswelt der Erde in Bildern«,* Erster Band, Vereinigte Kunstanstalten, München, 1901

S

Sandgruber, Roman: *»Rothschild, Glanz und Untergang des Wiener Welthauses«,* Molden Verlag, Verlagsgruppe Styria GmbH & Co.KG, Wien 2018

Sandgruber, Roman: *»Traumzeit für Millionäre, Die 929 reichsten Wienerinnen und Wiener im Jahr 1910«,* styria premium, Graz, 2013

Schaling, Eric: *»Georg Adam Scheid, a remarkable Viennese Silversmith 1838-1921«,* Eigenverlag, Holland 2018

Schaling, Eric: *»Georg Adam Scheid (1838-1921), a famous Viennese silversmith«,* Eigenverlag, Holland 2015

Scheid, Georg Adam: *»Die Edelmetall-Industrie auf der Weltausstellung 1893«,* Verlag der k.k. Central-Commission, Wien, Band I, 1894

Scheid, Otto: *»Amerika 1930, Briefe aus einer Neuen Welt«,* unveröffentlichte Briefsammlung, Privatbesitz, Galerie punkt12, Wien 2023

Scheid, Thea Dr., *»Familienchronik Scheid 1830-1980«,* handschriftlich verfasst, unveröffentlicht, Privatbesitz, Wien, 1980

Schögl, Michaela: *»Klimt, mit allen fünf Sinnen«,* styria premium Wien, Graz, Klagenfurt, 2012

Sekler, Eduard F.: *»Josef Hoffmann. Das architektonische Werk, Monographie und Werksverzeichnis«,* Residenz Verlag, Salzburg 1982

Sembach, Klaus-Jürgen: *»Jugendstil«,* Taschen Verlag, Köln, 2019

Shapira, Elena: *»Style and Seduction, Jewish Patrons, Architecture and Design in Fin de Siecle Vienna«,* Brandeis University Press, Waltham, MA

Simoníková, Jaromíra: *»The Furniture of Bystřice Pod Hostýnem«,* TON, s.p. Bystřice pod Hostýnem Bent Wood Furniture Factories, 1992

Sotriffer, Kristian: »*Die Blüte der Chrysantheme. Die Zacherl – Stationen einer anderen Wiener Bürgerfamilie*«, Böhlau Verlag, Wien-Köln-Weimar, 1996

Schulze Altcappenberg, Heinrich-Th. et al (Hrsg.): »*Karl Friedrich Schinkel, Geschichte und Poesie*«, Austellungsbuch, Kupferstichkabinett - Staatliche Museen zu Berlin und Kunsthalle der Hypo-Kulturstiftung, München, Hirmer Verlag, München, 2012

T

Thonet, August: »*Die Brautfahrt. Romantische Operette in vier Akten*«, Musik von August Thonet, Text von Hans Neu, Verlag von Jos. Eberle, 1898

Thonet, Gebrüder, Katalog 1904: »*Thonet Bentwood & Other Furniture*«, Nachdruck des Originalkataloges für den amerikanischen Markt, Dover Publications Inc., 1980

Thonet, Victor: »*Arbeiterstand 31. Dezember 1914*«, Originaldokument aus der Victor & Martha Thonet Sammlung, Galerie punkt12, Wien

U

Uhlíř, Jiří: »*Vom Wiener Stuhl zum Architektenmöbel, Jacob & Josef Kohn, Thonet und Mundus, Bugholzmöbel vom Secessionismus bis zur Zwischenkriegsmodene*«, Böhlau Verlag, Wien-Köln-Weimar, 2009

Uhlíř, Jiří: »*Semper Sursum, Jacob & Josef Kohn*«, 1. Auflage, Era, Brünn, 2005

Uhlíř, Jiří: »*Thonet, Porýní-Vídeň-Moravia*«, *Ausstellungskatalog, Muzeumumeni Olomouc, 2001*

V

Vegesack, Alexander von, Kries Mateo (Hrsg.): »*Rudolf Steiner – Die Alchemie des Alltags*«, Ausstellungskatalog, Vitra Design Museum, Weil am Rhein & MAK, Wien, 2011

Velde, Henry van de: »*Geschichte meines Lebens*«,*(2008), www.dbnl.org, (April 2022)*

Vegesack, Alexander von: »*Das Thonet Buch*«, Bangert Verlag, München, 1987

W

Wagner, Oskar A.: »*Geschichte der österreichischen Kraftfahrzeugkennzeichen*«, *email: kennzeichen@aon.at*

Walter, Marc & Arque Sabine: »*France 1900*« Köln, Taschen GmbH Verlag, 2019

Walter, Marc & Arque Sabine & Fanelli Giovanni: »*Italy around 1900*« Köln, Taschen GmbH Verlag, 2018

Waugh, Alexander: »*Das Haus Wittgenstein, Geschichte einer ungewöhnlichen Familie*«, 3. Auflage, Frankfurt a. M., Fischer Taschenbuch Verlag, 2010

Weissenbacher Gerhard: »*In Hietzing gebaut. Architektur und Geschichte eines Wiener Bezirkes*«, Bd. II, Holzhausen, Wien,1998

Wessling, Berndt W.: »*Alma, Gefährtin von Gustav Mahler, Oskar Kokoschka, Walter Gropius, Franz Werfel*«, 2. Auflage, List Taschenbücher, Ullstein Taschenbuchverlag, Econ Ullstein List Verlag, 2001

Wien Museum: »*Makart. Ein Künstler regiert die Stadt*«, Ausstellungskatalog, Prestl Verlag, München 2011

Wilson, Michael Dr.: (July 14, 2020) »*Talking History: The Paris World's Fair of 1900*«, University of Texas, Dallas, Allenlibrary.org, https://www.youtube.com/watch?v=GGG88DATnYY (March 2022)

Winder, Ludwig: »*Der Thronfolger, Ein Franz-Ferdinand-Roman*«, Originalausgabe, erschienen bei Humanitas Verlag, Zürich 1937, diese Ausgabe Wien, Paul Zsolnay Verlag, 2014

Wipplinger Hans-Peter (Hrsg.): »*Wien um 1900. Aufbruch in die Moderne*«, Katalog, Leopold Museum, 2019

worldfairs.info: »*Universal and Internatinal Exhibition of Paris 1900*« (March 2022), 2001-2022

Z

Zacherl, Johannes Evangelist: »*Zacherl 1857-1936*«, unveröffentlichte Briefsammlung, Wien

Zuckerkandl, Bertha: «*Österreich intim. Erinnerungen 1892-1942*«, Lizenzausgabe, Amalthea Verlag, Wien, 1981

Zweig, Stefan: »*Die Welt von Gestern, Erinnerungen eines Europäers*«, 5. Auflage, Fischer Taschenbuch, Frankfurt a. M., 2017

DANKSAGUNG

Um die Geschichte von drei so verzweigten Familien wie die der Familien Scheid, Thonet und Auchentaller zu recherchieren, benötigte ich Primärmaterial, da fast keine mündliche Überlieferung existierte.

Meiner Tante Christl Lieben bin ich zu besonderem Dank verpflichtet, da sie mir viele große Kartons von ihrem Dachboden uneingeschränkt zur Verfügung stellte, in denen sich alte Dokumente ihres Vaters Ludwig Scheid (meines Großvaters) und – völlig unerwartet – auch Dokumente meines Urgroßvaters Georg Adam Scheid befanden.

Weiters möchte ich Christl Skene und Sissy Stillfried aus meiner Verwandtschaft für ihr Interesse und ihrer rastlosen Suche nach Fotos und Schriftstücken danken. Besonders zu erwähnen ist hier auch die wunderbare und vollständige Briefsammlung von Dr. Otto Scheid, der 1930 die Vereinigten Staaten besuchte und durch seine ausführlichen Briefe die Nachforschungen nach der Familie Arzner und der Hollywood-Regisseurin Dorothy Arzner ermöglichte.

Auch Stefan Gürtler aus Nürnberg, der mit ähnlichem Interesse wie ich die Hinterlassenschaft seiner Familie Hackhofer aufarbeitete und mir mit guten Tipps und alten Fotos zur Seite stand. Durch den Besuch bei Erika Auchentaller in ihrem Sporthotel in Südtirol konnte ich mein Wissen um das bei ihr noch vorhandene Werk dieses zu seiner Zeit recht bekannten Jugendstilmalers bereichern.

Sehr hilfreiche Hinweise aus ihrer eigenen Forschung zu den Familien Auchentaller und Scheid erhielt ich von der Grado- und Österreichisches-Küstenland-Kennerin Christine Casapicola, wie von der Katha-Wallner-Forscherin Dr. Julia Hinrichs, die mich das erste Mal auf die Existenz des Ortes Rehberg und die dort früher ansässige Familie Schmitt aufmerksam machte. Besonderen Dank möchte ich auch an Dr. Lilian Rechinger aussprechen, die mir gestattete, die Briefe aus ihrer Familie zu veröffentlichen.

Dokumente aus dem Scheibbser Stadtarchiv beschaffte Frau Lisl Hopf, dafür besten Dank.

Die umfangreichsten Arbeiten ergaben sich allerdings durch die Aufarbeitung meines eigenen Primärmaterials. Da galt es erst einmal Urkunden, Briefe und die Familienchronik in leicht lesbare Formen zu bringen, handschriftliches Kurrent musste transkribiert werden und jeder, noch so unbedeutende Zettel wurde eingescannt.

Für viele Jahre begleitete mich bei diesen Arbeiten Ilsa Bernhard, der ich auch für ihre unermüdliche Mitarbeit, Korrekturen und spätere Arbeit als Lektorin am langsam entstehenden Buchmanuskript sehr herzlich danken möchte.

Was die bedeutende Stellung meines Urgroßvaters Georg Adam Scheid in der europäischen Schmuckerzeugung im 19. Jahrhundert betraf, von der ich vorher keine Ahnung hatte, möchte ich dem holländischen Scheid-Experten und Sammler Eric Schaling danken, der mich durch seine Forschung meinem Urgroßvater näher brachte.

Für alle historischen Hinweise, Richtigstellungen und Anregungen möchte ich meinem Sohn, Tassilo Maleta, herzlich danken. Sein geschichtliches Wissen um das »lange 19. Jahrhundert« brachte uns beide immer wieder zu langen Diskussionen zusammen.

Das Manuskript zu lesen und zu redigieren, kam auch Dr. Herbert Schwabl und Dr. Karin Eichhorn zu, die sich die Zeit nahmen, alle Teile des Buches immer wieder zu korrigieren.

Bei meinem Nachbarn, Mathias Becvar, möchte ich mich für seine technische Hilfe bedanken. Auch für die wunderbare Arbeit der Österreichischen Nationalbibliothek in Wien will ich innigst danken, die alle Medien der k.u.k Monarchie in ihrer ANNO Zeitschriftensammlung jedem Interessierten kostenlos zugänglich macht.

Eine besondere Rolle spielte auch die griechische Insel Patmos. Für viele Jahre war (und ist) sie mir zu einer zweiten Heimat geworden. Einige der wichtigsten Kapiteln und auch Vorarbeiten für das Buch konnte ich dort in verschiedenen Sommern ungestört erledigen. Den Hotels in Skala und in Kambos, wie dem Besitzer des Christo-Spiti sei hier herzlichst gedankt. Es war nicht immer leicht, mir einen ungestörten Arbeitsplatz zur Verfügung zu stellen.

Am Ende möchte ich auch einen besonderer Dank an die Botschaft der Republik Südkorea aussprechen, die mir und einem Team vom Leopold Museum ermöglichte, die frühere Villa Scheid in der Gregor-Mendel-Straße 25, heute die Botschaft von Südkorea, zu besuchen und die ehemaligen Räume des Auchentaller-Musikzimmers besichtigen zu können.

Juni 2023

BILDNACHWEIS

Wenn nicht gesondert bezeichnet, fallen alle Abbildungen ins Copyright der unten angeführten Archive, Institutionen, Personen:

amp andreas maleta press & publication,
Victor & Martha Thonet Archiv,
Scheid Archiv,
Galerie punkt12, Wien 2023.

Bei allen anderen, externen Quellen (in Klammern zusammengefasst) sind, soweit möglich, die Rechteeigentümer, Institutionen oder Herkunft angeführt:

Cover: *Galerie punkt12 Archiv/Ver Sacrum, Kolorierung Andreas Maleta*
Umschlag: *Foto vom Autor: amp/Ilsa Bernhard*
Vorwort: *17, 18*
Goldscheid: *25, 27, 28, 34, 38 (Dorotheum), 40, 41*
Martha: *43, 46 (Hackhofer Archiv), 50 (Ver Sacrum, Kolorierung Andreas Maleta), 53, 60, 66, 71, 78, 81, 82, 84, 85 (Postkarte)*
Das Lied von der Erde: 89, 91, 92 (Hackhofer Archiv), 95, 96, 101, 102, 105, 119
Victor: 121, 123, *(127, 129, 138 oben und unten, 196): Google gemeinfrei.*
(124, 131, 133, 135, 153, 155 ((Kolorierung Manfred Markowski)), 183): ANNO Zeitschriftensammlung ÖNB.
183, 140, 143, 144, 145, 148, 150, 159, 161, 170, 173, 175,
176 (Screenshot: »Great Women Spirits Ltd.« www.thefamilycoppola.com)
177, 178, 180, 182, 185, 186, 189, 190, 191,
194 (IKEA Werbung).
Der Lehenhof: *199, 201,*
204 https://designtraveler.wordpress.com/2012.
207, 210, 212, 213, 218, 221, 225, 227, 232, 234.
Stammbäume: 263 - 267, *Design Andreas Maleta*
Anhang: *269, 270 (Diana Battipaglia, ÖNB)*

Dieser Bildnachweis wurde mit bestem Wissen und Gewissen erstellt. Bei einigen wenigen Abbildungen konnte kein Urheber ermittelt werden. Falls Sie meinen, ein solcher zu sein, ersuchen wir um Kontaktnahme.

STAMMBÄUME
der Familien:

Georg Adam Scheid
Josef Maria Auchentaller
Jakob Thonet
Franz Xaver Schmitt

Stammbaum der Familie Georg Adam Scheid

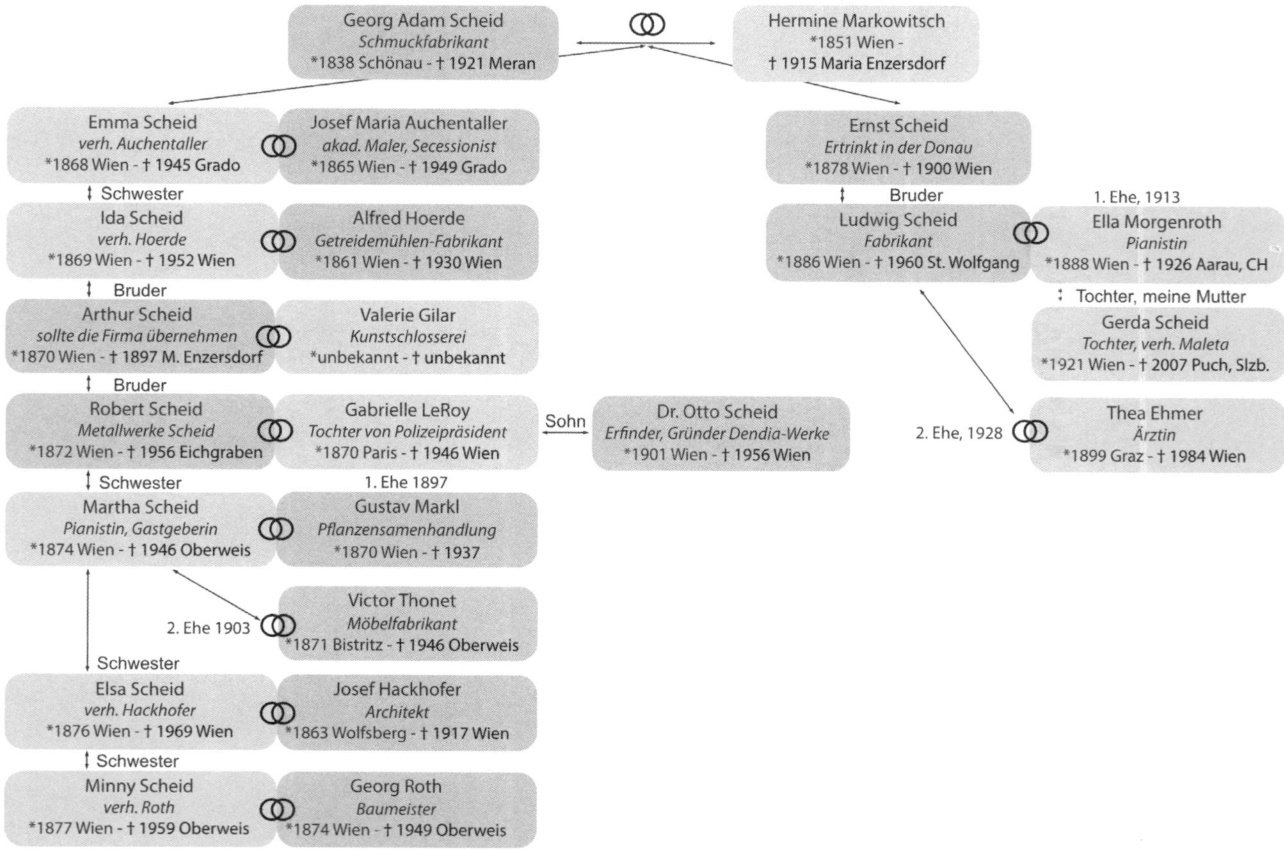

Stammbaum der Familie Josef Maria Auchentaller

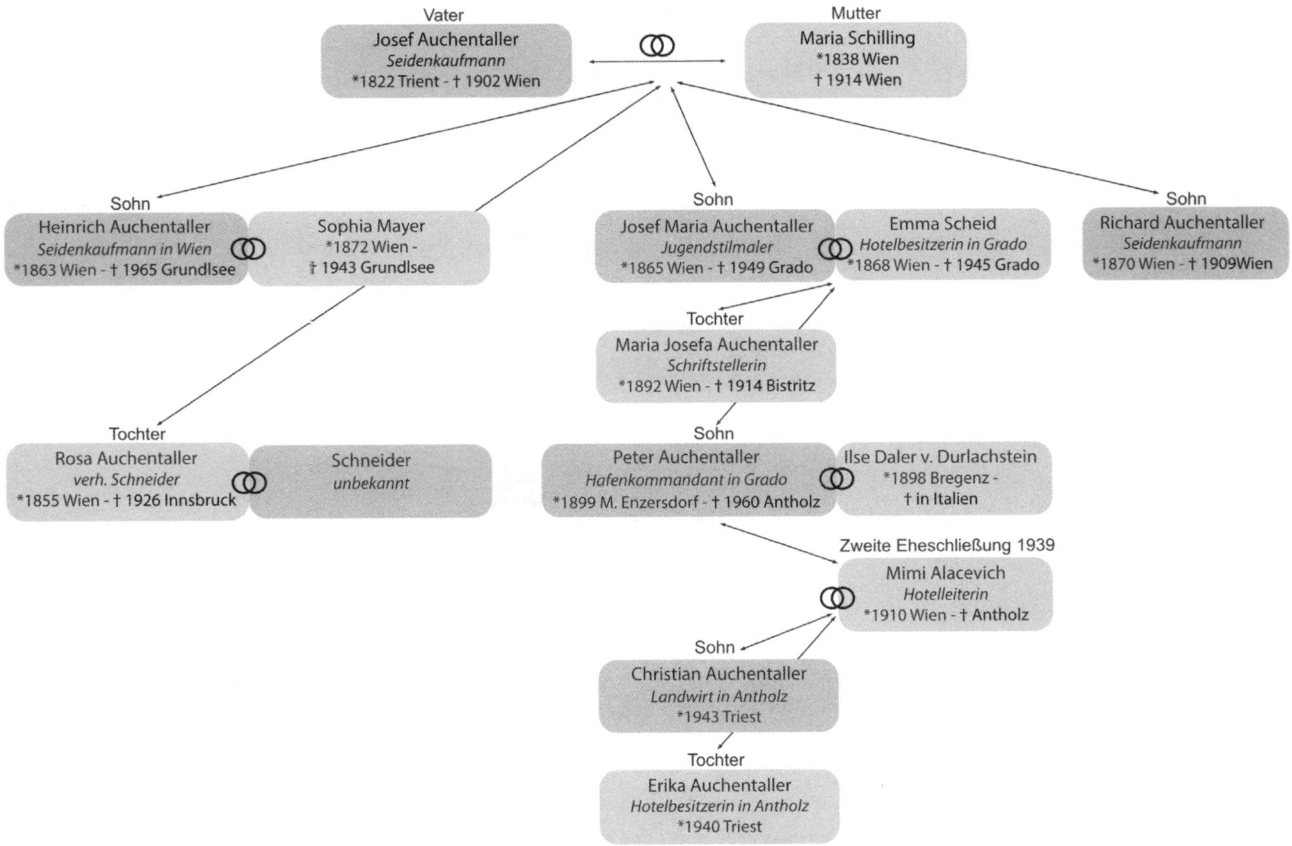

Stammbaum der Familie Jakob Thonet

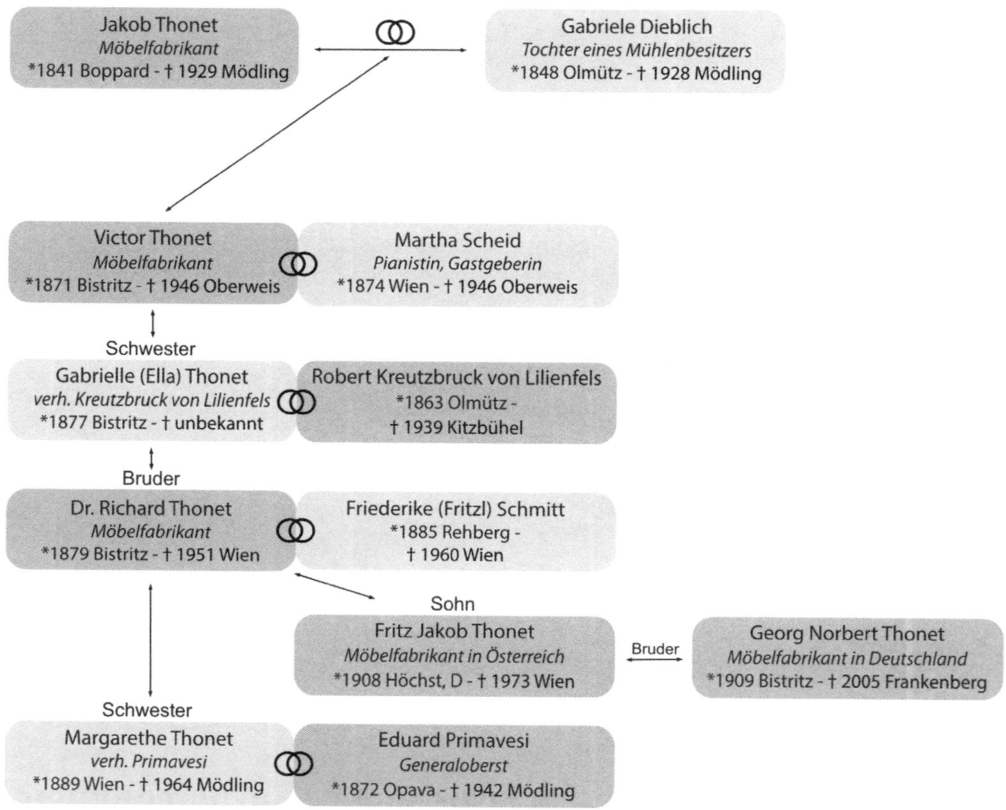

Stammbaum der Familie Franz Xaver Schmitt

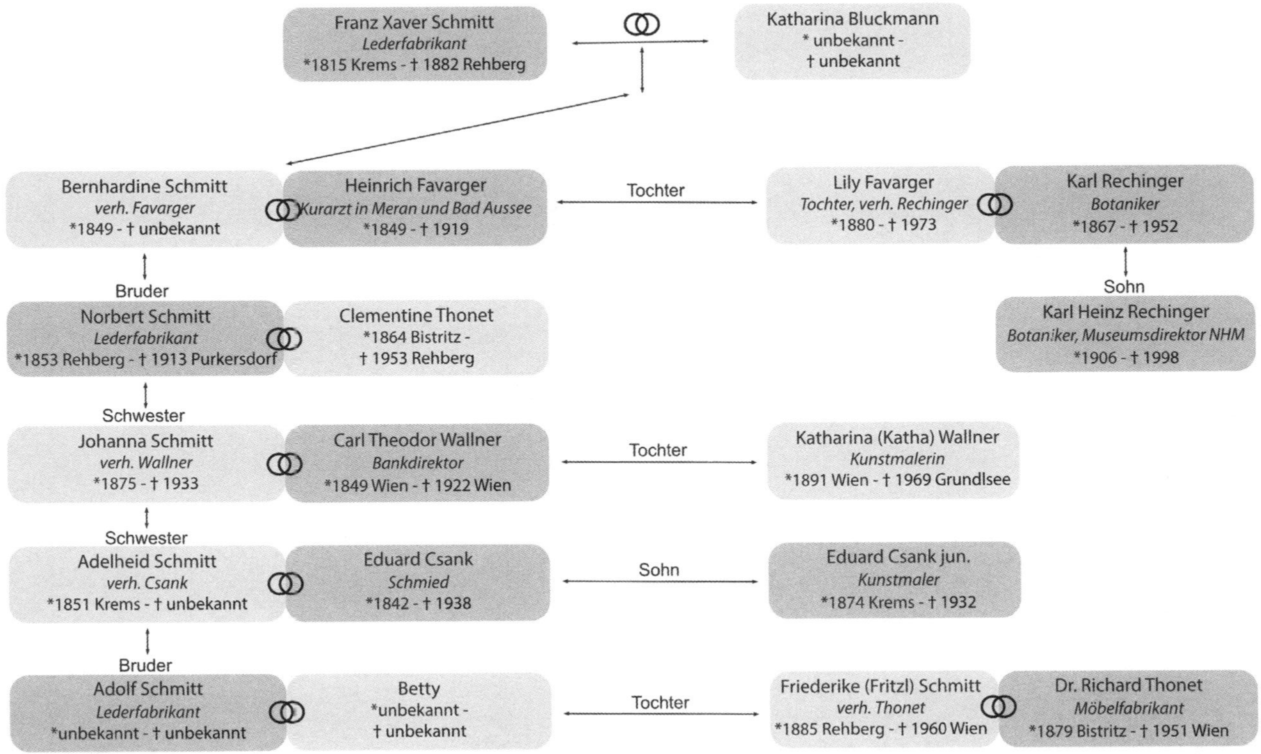

Anhang

AUS DER NACHT

Liebesgedichte von Maria Josefa Auchentaller,
vertont von Franz Mittler
(eine Auswahl)

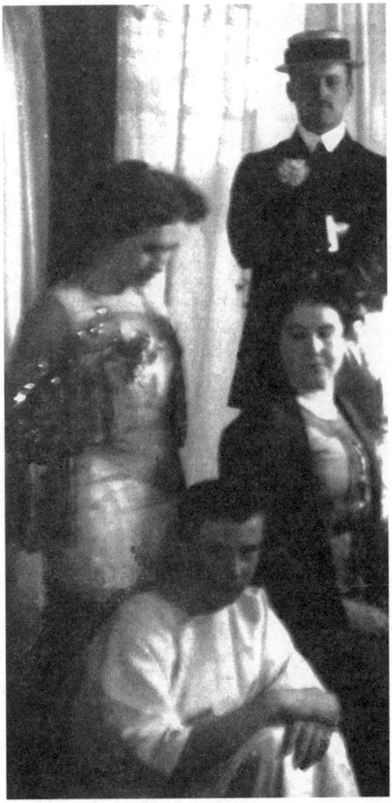

Maria J. Auchentaller in Maria Enzersdorf 1905
v.l.n.r.:
Maria J. Auchentaller, Louis Hoerde, Ludwig Scheid (oben), Emma Auchentaller

Handschriftliches Manuskript von Franz Mittler 1925/26
mit den vertonten Gedichten von Maria J. Auchentaller

Franz Mittler (1893-1970), ein klavierspielendes Wunderkind um 1900, später musikalischer Begleiter von Karl Kraus, vertonte diese Gedichte im Stile der Zwanzigerjahre: der »*Neuen Musik*«. In seiner Biografie bezeichnet er diese Kompositionen als eine seiner besten Werke. Später, ab 1939 in New York, übersetzt er einige der Gedichte ins Englische: (Zweites Lied) »*In flaming beauty sinks the day*« (In rote Schönheit sinkt der Tag) und (Viertes Lied): »*Oh, just a tiny bit of untruth*« (O, schenkt mir eine kleine Lüge). Wie weit diese Lieder in den USA damals erfolgreich waren, lässt sich heute nicht mehr feststellen. Jedenfalls gab er Konzerte im Weißen Haus (für Präsident Roosevelt) und komponierte für Groucho Marx. Zurückgekehrt, unterrichtete er ab 1965 in Salzburg.

I. Erstes Lied

WER SIND DIE MENSCHEN, SAGT!

Wer sind die Menschen, sagt!
Was sprechen sie?
Was sind Geliebte: Brüder, Freunde?
Gab es nicht einst ein Wort: Zuhause?

Ich bin allein,
war ich es jemals nicht?
Ward jemals diese wirre Seele
erblickt, geliebt und still erkannt?
War sie an andre flücht'gen Seelen
nicht nur durch Traum und Trug gebannt?

Ich möchte wandern
ohne Ziel und Sinn,
dem Abend zu, der fernen Dunkelheit.
Ich möchte wandern zu den schwarzen Wassern,
wo alles dämmert in ein großes Nichts.

II. Zweites Lied

IN ROTE SCHÖNHEIT SINKT DER TAG

In rote Schönheit sinkt der Tag
Nichts ist, das seine reine Anmut quäle
und Du bist hier,
in deinem Blick liegt schimmernd
meine reich verzierte Seele.

Oh, neige dich zu mir herüber,
und gib mir deine Hand von Sehnsucht frei
und schweige nur,
und ich will glauben,
dass Deine Seele meine Seele sei.

IV. Viertes Lied
O, SCHENKT MIR EINE KLEINE LÜGE

O, schenkt mir eine kleine Lüge,
ihr, die ihr reich und fröhlich seid,
Nur eine kleine bunte Lüge,
nur eine kleine bunte Lüge,
die meine Wahrheit überschreit.

Denn seht: es ist nicht gut mit ihr zu zwei'n,
die bangen Jahre Tag und Nacht zu sein.
Es ist nicht gut, dass ohne Süßigkeit
das Leben fließe in die Endlichkeit,
so trostlos hinfließt unsere Erdenzeit.

O, schenkt mir eine kleine Lüge,
ihr, die stark und lächelnd seid.
Nur eine kleine rote Lüge,
nur eine kleine rote Lüge,
als meiner Seele erstes, erstes Kleid.

VI. Sechstes Lied
NACHT IST IN MIR

Nacht ist in mir
und hellstes Wissen des Tages-Traum ist abgetan.
Nacht ist in mir,
und hellstes Wissen,
dass morgen neue Träume nahm.